さあ、地獄へ堕ちよう

菅原和也

男女間のいかなる行為も、それが愛の表現であり、
一方が他方に強要したものでない限り、それは道徳的な行為である。

ハブロック・エリス

一

ピアスを開けると運命が変わるって話を聞いて、これまでに両耳合わせて十二個のホールを開けた。

でも、わたしは何も変わらない。

そもそもそんな話が嘘だったのか、でなければきっと三十度ずつ運命が変わっていって三百六十度一回転してしまったのか、どっちかだ。もう一つピアスを開ければ、もう三十度運命が変わるのだろうか？　合計で三百九十度ほどの運命の転換。そんなことがあるとは思えない。

鏡に映ったケバイ化粧。

目のまわりは暗い色のシャドウで真っ黒、パンダみたい。まつげには爪楊枝《つまようじ》どころか、がんばれば箸《はし》がのりそうだ。髪をピンでまとめると、銀色のウィッグを被《かぶ》った。安っぽいナイロン製の髪の毛が額にかかってチクチクした。昨日はピンク、今日はシルバー。明日《あした》は何色にしようか？　青？　それとも赤？　いつからか、仕事中はウィッグを被ることが習慣になっていた。

ときおり燃やしたくなる。

きっとナイロン製のこの髪は、中学生のときに理科の実験で見たマグネシウムリボンのように、勢い良く、あっというまに、燃え尽きるだろう。音を立てて。白っぽい激しい炎を上げて。それをいうなら、ファンシーなこのドレスも、ラバーでできたオモチャみたいなこのブーツも、そしてこの分厚く素顔を覆い隠す化粧をしたわたし自身も、すべて焼き尽くしてやりたかった。存在からして薄っぺらいそれらはきっと、簡単に燃えるだろう。

シュバババ！　って音を立てて。きらめく光を放って。あっさりと、あっけなく。紙みたいに。その光景は少しは綺麗《きれい》かもしれないと思って、マッチ箱を取りだして火を点《つ》けたい衝動に駆られるが、代わりにピルケースを取りだすことで我慢した。そもそもマッチなんて持っていない。ライターもお店のしか持っていない。わたしはタバコを吸わないから。タバコは嫌いだ。麻薬だもん、あれ。あんな体に悪いドラッグを日常的に服用するなんて、喫煙者たちは頭がおかしいんじゃないだろうか。

「ミチー！　着替えにどんだけ時間かかってんのよー！」

カーテンの向こうからタカコちゃん……その平凡な名前で呼ばれると怒る……ことルーシーの声がして、わたしは返事をした。

「はーい！　いまいくー！」

ピルケースから錠剤を取りだした。抗不安剤と鎮痛剤。眠剤。あとこれはなんだっけ？

忘れた。ざらざらと駄菓子屋のラムネみたいに手のひらに取りだすと、それらを口に含んで無理やり飲み込んだ。心療内科を三軒はしごして手に入れた薬だ。ちゃんとお医者さんで処方された薬だから、タバコよりは体に悪くないはずだ。きっと、たぶん、おそらく。そう信じたい。

白い錠剤を奥歯でバリバリと噛《か》み砕いて飲み下すと、頭にぼんやりとした膜がかかったように、ちょっとだけ世の中が綺麗に見える。銀色のウィッグも、薄っぺらいドレスも、雑な作りのブーツも、ついでにいえば鏡に映ったわたしのブサイクな顔も、ちょっとだけ。立ち上がろうとして、少し足元がふらついて椅子にペタンと座り直してしまった。胃が拒絶反応を起こすように、飲み込んだ錠剤を吐きだそうとする。その痙攣《けいれん》とせり上がってくるツンとしたのどの痛みを、わたしはまとめて飲み込んだ。

わたしは醜いものが嫌いだ。

それは別に外見の美醜の話じゃなくて、なんていうか、わかるでしょ？　道端に落ちている犬の糞《くそ》、電車で大口を開けて眠っている酔っ払い、お爺《じい》さんお婆さんに席を譲らない高校生。そりゃあ、外見も汚いよりは綺麗な方がいいけど。でも、もっと大切なものがある。そう考えると、世の中は汚いものでいっぱいだ。踏みつけられた汚物とそれをひりだす犬、口の端から吐瀉物《としゃぶつ》を漏らすホームレス、ケータイを耳に当ててゲラゲラと笑い転げるニキビ面の学生。吐き気がする。マシンガンがあったら全員ぶち殺してやりたい。

そしてわたしも、そんな醜いもののひとつ。

ときおり、生きている意味がわからなくなる。

わたしが最も嫌いなのは、わたし自身だ。マシンガンの銃口はまっさきにわたしの口内へと突っ込まれることだろう。

そして脊髄《せきずい》をふきとばす。あっさりと、あっけなく。

薬物による、世界でわたしひとりに起こる震度六弱の超局地的地震が収まると、ようやく椅子から立ち上がった。銀色のウィッグに隠れた銀色のピアスが、きらきらと鏡の中で輝く。これはちょっと綺麗だ。左右非対称の十二個のサージカル・ステンレス。

目にはウィッグの色に合わせてグレイのカラーコンタクトレンズ。店内に入る前に、ピルケースをポケットにしまって代わりにフリスクを取りだした。その白い錠剤を口に含む。ガリガリと噛み砕くと、舌に痛みに似た刺激が広がる。歯磨きは神経質なほどにやっているけれど、念のため。接客業だから息が臭くちゃかなわない。

カーテンを開けて店内に入る。極限まで絞られた照明。黒で統一された空間。さほど広くはない店内に、革張りのソファがいくつか置かれている。中心には銀色のポールが立っていて、足元には毛足の長いカーペットが敷かれていた。入口の隣には、ガスマスクを被り、エナメルを塗った首輪とコルセットが嵌《は》められたマネキン人形。壁には鮮やかな色のベネチアンマスクと乗馬鞭《むち》、バラ鞭、長さが一メートルはありそうな、先端にトゲの生えた一本鞭。手錠、セシュター、蜘蛛《くも》の巣《す》の形に編んだ荒縄。丸い穴が三つ並んだ木製の板は、首と両手を同時に拘束するためのものだ。燭台《しょくだい》に飾られた赤い蠟燭《ろうそく》。天井からは無骨な鎖が垂れさがっている。店内のすみにはささやかなバースペースがあって、洋酒の瓶が並んでいる。

そして店内の中央。一番大きなスペースを使っているのが、ステージ。現在は照明が落とされていて、誰もいない。もとは普通のマンションの一室だったのを、オーナーが改造した。

SMバー《ロマンチック・アゴニー》。

SMクラブっていうのとは違う。ここは基本バーだ。お酒を飲んでお喋《しゃべ》りをするところ。ときどき鞭で叩《たた》かれたり、荒縄で縛られたりはするけれど。

わたしの職場。

店内ではルーシーと、まだ新人のクッキーちゃんがソファに座って談笑していた。営業時間前だから、当然のことながらお客さんはいない。

ちょうどバーテンダー兼ボーイのムラサキくんが表に看板をだしに行くところだった。っていっても、この建物自体はただのマンションだから、でかでかとしたネオンきらめく看板はだせない。ドアの前に、『OPEN』と書かれたプレートを飾るだけだ。秘密クラブ的な空間、というのがこの店の売り。ルーシー、クッキーちゃん、そしてわたしの他にも、あと何人か女の子が出勤してくるはずだ。

「遅いよ。何か変なことでもやってたんじゃなーい？」

ふたりの元に向かったわたしの尻《しり》を、ルーシーが冗談めかしてひっぱたいた。その冗談に乗っかるようにして、わたしは手で尻を押さえてソファの上を大げさに転げまわる。

「痛ーい！　ちょー痛ーい！　死ぬー死んでしまうーもう無理ー！　仕事できなーい！」

「はいはい、そんなに強く叩いてないでしょ。いつもは鞭で叩かれて、あそこをびしょびしょにしてるくせに」

わたしたちのいつものやりとりを、クッキーちゃんが失礼にならない程度にクスクスと笑う。

ルーシーは今日、その体を黒いエナメルのボンデージファッションに包んでいた。彼女は美人だ。そのエナメルと似た色の長い黒髪を垂らし、肌は陶器のように白くて滑らかな質感をしている。すっと通った高い鼻筋とふっくらとした厚い唇。毒々しいまでに赤い口紅がひかれている。ラメの入ったシャドウを塗った瞼《まぶた》は一重で、重たく垂れさがっていたけれど、それすらも彼女を神秘的に見せる要素のひとつとなっていた。コルセットを嵌めた体は触れたら折れそうなくらいにくびれていて、太ももまである編み上げのブーツを履いている。こんなにも『女王様』という言葉が似合う人を、わたしは他に知らない。事実、彼女は女王様だ。あらゆる意味で。一方、クッキーちゃんはまだ学生。背中が大きく開いた赤いドレスを着ている。服飾系の専門学校に通っている彼女は、将来自分の店を持っために、こうしてアルバイトをしてお金を貯めているらしい。

で、わたし。まるで不思議の国のアリスのような、子供っぽい、ファンシーなドレス。シルバーの髪。今年で二十二歳。バカみたい。

人にはそれぞれ役割がある。もともとが童顔で幼児体形だったせいか、わたしの場合その役割は、フリルのついたかわいらしい服を着て、派手な色のウィッグを被り、きらきらと光を反射する分厚いメイクで素顔を塗りつぶして、その童話の中から飛びだしてきたような格好で嬌声《きょうせい》を上げて世間知らずでおバカな発言をする。無邪気で無垢《むく》な少女のふりをする。そういうキャラクターを求められているらしい。

バカらしい、と思う。けれどわたしはその通りのキャラクターを演じている。それなりに、うまく。白い錠剤のカクテルが、わたしにささやかな演技の才能をくれる。

「ねえー、知ってるー？　ミカがさぁ、今度はヒライさんと付き合いはじめたらしいよ」

ルーシーがそう言い、わたしは尻の痛みも忘れてソファに座り直す。ミカっていうのは同僚のSM嬢のひとりだ。最近はあまり出勤してこない。

「あれ？　でもミカちゃんって、彼氏いるんじゃなかったっけ？」

「知らない。でも、ほんと、何を考えてるんだろうね、あいつ、マジで。お客と、しかもあんなデブで脂性《あぶらしょう》のおっさんと付き合うなんて。たしかに金は持ってそうだけどさぁ。オーナーも、とっととクビにすりゃいいのに」

「何も考えてないんじゃないですかー」クッキーちゃんが応《こた》える。

「つまんない女だねー」

ルーシーは呆《あき》れたようにため息をつくと、言葉を継いだ。

「そもそもミカって元モデルとかって自慢してたけど、胸が大きいだけで顔は潰《つぶ》れたヒキガエルみたいじゃん」

「胸だって、あれ、太ってるだけですよ。あと十五キロ痩《や》せてから自慢しろっての！」

「言えてるぅー」ルーシーは声を上げて笑う。と、わたしにちらりと視線をよこして、同意を求めるように首をわずかに傾けてみせる。「ねえ？」

「うん」

わたしはうなずく。顔には笑顔を貼りつかせて。銀色のウィッグと同じ、チープで薄っぺらい微笑み。薄っぺらい言葉を吐きだす。

「ほんとー。きっとモデルって、お肉屋さんの看板のモデルとかだよ。ほら、ときどきあるでしょ、トンカツ屋さんとかで、看板に豚の絵とか描いてあるの。あんな感じー」

わたしのセリフが気に入ったらしく、ルーシーはきゃっきゃと口を開け、体をのけぞらせて笑った。その笑い声に追従しながら、わたしは、自分もきっとこんなふうに笑われているんだろうな、とぼんやりとした頭の片隅で考える。

わたしがいないとき。きっとそこでは、いまと同じようにソファに腰をかけたルーシーやクッキーちゃん、あるいは他の女の子たちが、何気ない世間話として、わたしを引き合いにだして笑う。『あいつさー、トロいし頭悪いし、ほんと使えないんだよねー』『言えてるぅー、いい歳してあんな格好して、恥ずかしくないのかしら』エトセトラエトセトラ。そして紅を塗った唇を大きく捻《ね》じ曲げて笑う。腹を抱えて。声を揃えて。その場面がわたしにはリアルに想像できた。でも、彼女たちに悪意はない。たぶん、次の話題に移るころには、そんな会話があったこと自体を忘れているだろう。普段のわたしがそうであるように。

そこに残るのは悪意未満のざらりとした感触だけ。

そのざらりとした嫌な感覚だけが、白い錠剤の作る柔らかいカーテンの隙間をすり抜けて、わたしの中に染みを残す。ひとりで勝手に想像して、ひとりで勝手に死にたくなる。いや、死なないけどね。

ムラサキくんは看板をだし終えると、そのままバーカウンターに入って氷を割りはじめた。アイスピックの先端が氷のブロックを削る音が響く。カンカンカンカン。かき氷みたいな破片が飛び、ブロックアイスが割れる。彼は物静かで大人しい、というよりは根暗で自閉的な青年だ。いつも無言でバーの仕事をしているから、わたしはほとんど喋ったことがない。あんまり興味もない。

「よっしゃ！　じゃあ、今日も一日がんばりますか！」

ルーシーが気合を入れるように言って、それを合図にわたしたちは立ち上がる。彼女はSMの女王様としては完璧《かんぺき》なプロなので、営業が始まった瞬間から一切気を抜かない。お客さんを相手にするときでなければ私語は厳禁だし、椅子に座るなんてもってのほかだ。

他人にもそれを許さない。もちろん、彼女をタカコちゃんと平凡な本名で呼ぶことも許さない。そのプロ意識と厳しさに、わたしは素直にすごいなぁと感心したりもするし、たまに疲れたりもする。

しばらくするとお客さんがやってくる。ほとんどは常連客で、中年から初老の、お金を持った上品な男性客。たまに女装子《じょそこ》さん。今日の口開けは、紳士然としてジョン・レノンみたいな丸メガネをかけたお爺《じい》さんだった。ルーシーの熱心なファンで、週に一度は彼女に顔面騎乗してもらうことを期待してやってくる。仕立てのよいスーツを着て値の張りそうな腕時計をつけて、多くの人間をあごで使う地位にある男性に違いないのだろうけれど、ここでは女王様に顔の上にお尻で座ってもらうことを唯一の生き甲斐《がい》にしているマゾヒストだ。その彼の願いをルーシーは叶《かな》えてやったり、たまに意地悪をして叶えてやらなかったりする。

彼がソファに座るとルーシーが並んで座り、ひとつひとつ巻き直して香りをつけたおしぼりを渡す。業者が持ってきたおしぼりというのは、ときどき髪の毛や汚れがついていたりするし、そのままだと漂白剤の臭いがきついので、店の人間がいちいちチェックして巻き直している。お客さんがキープしていたボトルが運ばれてくる。ローヤルサルートの二十一年。ボトルにかかっていたネームプレートをちらりと盗み見て、わたしはこの紳士の名前を思いだした。シロサキさんだ。人の名前を覚えるのは苦手だ。覚えたつもりでもすぐに忘れてしまう。

早い時間はひまなので、ルーシーに呼ばれてわたしもシロサキさんのソファについた。ムラサキくんがミネラルウォーターとアイスペールを持ってきてテーブルに置き、ルーシーが水割りを作ってシロサキさんに手渡す。気前の良いこの紳士は、わたしたちにも何か飲むように勧めてくれた。ルーシーはウィルキンソンのジンジャーエール、わたしはジンライム。シロサキさんがプルプルと震える手で持ったグラスの、それよりも低い位置でわたしたちはかちりとグラスを鳴らして乾杯し、液体で唇を濡《ぬ》らした。わたしはお酒も嫌いだ。消毒薬みたいな刺激臭は鼻から吸い込むたびにむせて、吐き気を催させる。でもわたしはその嫌いな液体を飲み込む。そうすると胃の中の錠剤たちと混じり合って、少しだけ体から緊張が抜けるのを感じる。腹の奥にある硬くて重い何かが、ほんの僅《わず》かに薄まって柔らかくなる。

この通り、SMという枕詞《まくらことば》がついてはいるが、基本は普通のバーだ。スタッフが女の子なだけで。ルーシーもボンデージファッションこそしているが、胸を露出したりはしないし、パンツを脱いだりもしない。シロサキさんもペニスを取りだしてそこに待ち針を刺したりはしない。でも普通のバーではなかなかスタッフの女の子とエログロ小説の話なんかできない。したら確実に『げ、何この人？　ちょっとヤバイ人？』と思われる。それがこの店では、『家畜人ヤプー』の話題で盛り上がれる。いまのルーシーとシロサキさんみたいに。ルーシー専用の椅子になるのがシロサキさんの夢らしい。椅子よりも便器が欲しいわ、とルーシーが笑う。きっと彼女の小便なら、瓶詰にされて生産者の名前が入ったラベルを貼られて、奴隷たちのあいだで高級酒として通用するだろう。不勉強なわたしはその小説を半分読んだところで投げだしてしまったので、曖昧《あいまい》な笑みを浮かべてふたりの話を聞いているしかなかった。でもバカだと思われているから、それでも許された。誰かがわたしに何かを訊《き》く。わたしはわからないと答える。例『ミチ。あれは犬ですか？』『えー？　わかんなーい！』。それで万事オーケー。

わたしは人形だ。頭がからっぽで、中身なんて求められていない。ABS樹脂でできた虚《うつ》ろな容器。

「ミチ。ショーの準備して」

本人の要望に応えてシロサキさんをスツールとして使っていたルーシーが、こっそりわたしに耳打ちした。シロサキさんは床の上に四《よ》つん這《ば》いになって、背中にルーシーの長くて綺麗《きれい》な脚を乗っけられていた。丸メガネをかけた初老のジョン・レノンは、彼女がブーツを履いた肉感的な脚を組み替えるたびに、「あふん」とか「おうふ」とか幸せそうな声を漏らす。「あんたこんなふうに家具みたいに使われるのがキモチイイんだ。変態ね」ルーシーが冷たい声で言う。肉足台が熱っぽい口調で答える。「はいわたくしめは変態でありますルーシー様のスツールとして生きるのに至上の悦《よろこ》びを……」「家具は口を利かないんだよ」とんがったヒールの先がシロサキさんの尻《しり》に突き刺さる。悦びの声が漏れる。この通り、基本は普通のバー……のはずだ。

いつのまにやら、お客さんが増えはじめていた。他のスタッフの女の子たちも出勤してきている。オーナーも来ていた。そもそも広い店ではないし、回転率を上げて利益をだしたい店でもないから、数人で店内はいっぱいになる。わたしはルーシーに言われた通り、席を立つとショーに備えた。っていっても、特にすることなんてない。彼女に任せておけばすべて完璧に終わるから。ここでもわたしは人形だ。いちおう、事前にルーシーと練習しておいたセリフを頭の中で反芻《はんすう》する。大丈夫、覚えてる。ついでに、緊張するといけないからピルケースを取りだし、こっそり錠剤をいくつか飲み込んだ。胃の中でジンと混じり合う。薬草で香りづけしたアルコールが、のどまでせり上がってくるのを我慢する。縛られて吐いたりしないだろうか。ちょっと心配。でもまあ、吐いたら吐いたで悦ぶ人もいそうだから、別にいいか。こんなふうに気軽に思えるのも白い錠剤のおかげ。

それから最後に、お腹の傷跡がファンデーションで隠れていることを確認する。大丈夫。綺麗に消えている。この暗い店内なら、見られることはないだろう。

オーナーと少しやりとりをしたあと、こっそりと照明の消えたステージへ上がった。

「ずっとそうやって犬みたいにしてなさい」

ルーシーはシロサキさんにそう言い残すと、席を立った。途中、何気ない……けれど完璧に意識された仕草で壁のバラ鞭《むち》を手に取ると、そのままわたしのいるステージへと上がった。わたしはといえば、うなだれるようにして座り込んでいる。オーナーがＰＡシステムを操作し、ＢＧＭが穏やかなバロック調のものから、テンポの速いエレクトロへと変わる。スピーカーから流れる、サンプリングされた誰かの喘《あえ》ぎ声。吐息。そしてノイズ。

ショーはいつも唐突にはじまる。

店内の明かりが消え、ステージにだけ明かりが灯《とも》る。紫色の照明。その光の真ん中にいるわたしからは、観客の姿は暗がりに沈んで見えなくなる。熱心にショーを観察しているクッキーちゃんの姿も、女王様の命令を聞いて素直に四つん這いのまま待機している老人の姿も。世界にはわたしとルーシーだけ。彼女はいま、うずくまるわたしを見下ろしながら、バラ鞭を手で撫《な》でている。

「……さあ、お嬢様。調教のお時間です」

よく通る声で、ルーシーが歌うように言う。わたしを見下ろす、冷たい視線。

「まずは、そのドレスを脱いでもらおうかしら」

わたしは彼女を見上げると大げさに首をふって、誰かが考えた台本通りのセリフを口にする。

「いやです！　できません！」

ルーシーが大きくため息をつく。と、いきなりわたしのあごを摑《つか》み、強引に顔をひきよせた。唇が触れ合いそうなくらいに近づいた、ふたりの顔。彼女の口から漏れる生温かい吐息が肌にかかり、くすぐったかった。呼吸の音が聞こえる。彼女の息は甘ったるい果物の匂いがした。

「いい加減、理解したらどうかしら？　あなたは売られたのよ！」

彼女の怒声に、わたしはできるだけショックを受けたような表情を浮かべる。そして叫ぶ。

「うそよ!」

成金に身売りさせられた没落貴族の娘と、その調教師。

という設定。

こういう演劇の形をとったストーリー仕立てのSMプレイを、ロールプレイという。そのまんまだ。トップとボトムがお互いに決まった役割を演じてプレイをする。普段の自分とは別人になりきって、インモラルな行為に耽《ふけ》る。赤ちゃんプレイや痴漢プレイもこの一種。BDSMでは定番だ。

……が、わたしはこの店で働きはじめるまでは、まったく知らなかった。BDSMっていう言葉も聞いたことがなかった。SMは判るけど、BDって何よ? って感じ。正解はボンデージ&ディシプリン。拘束と懲罰。SMという言葉も海外では、スレイブ&マスターやサブミッション&マニピュレーションの略称だったりする。奴隷と主人、服従と操作。いろいろだ。スレイブ&マスターって、一般に知られているサドマゾとじゃあSとMが逆になっちゃうじゃん、というわたしの素朴な疑問に、ルーシーはいつだったか、『だから外国でSMプレイをやるときは気をつけなさい、縛るつもりが縛られちゃうわよ』と適当な答えをした。

いま、そのルーシーは鞭を片手に、わたしを冷たい目で見下ろしている。

「聞き分けの悪い子には、お仕置きが必要ね」

　できの悪い教え子に対する数学教師のような表情でそう口にすると、わたし……いまは没落貴族の娘だ……のドレスを無理やり脱がしていく。人から見られることを意識した動作で。

　そしていまや奴隷身分となった少女の抵抗むなしく、愛らしいドレスは無残にも剝《は》ぎ取られ、下着姿になった少女は顔を伏せこれまでに感じたことのない恥辱に涙を滲《にじ》ませる……ってルーシーに渡された台本には書いてあったけれど、わたしはうまく演じられているんだろうか？　よくわからない。でも恥ずかしいのは事実だから、たぶん大丈夫だろう。

　下着姿になると、冷たい空気が肌に触れて、鳥肌が立った。ここまでくれば、あとは人形になりきるだけ。わたしは何も考える必要がない。彼女がすべてやってくれる。無機質なラヴドールにもできる簡単な役割。

　どこからか荒縄を持ってきたルーシーはわたしの手首をすばやく後ろ手に縛ると、そのまま縄を首にかけて等間隔にこぶを作るように結びながら、わたしの体にまわしていく。首から胸の谷間を通り、股間《こかん》へと行きつき、パンツに食い込むようにして尻の肉を割って背中へととどく。肌に縄が食い込むちりちりとした痛みが走る。縄は複雑な模様を作りながら体の表面を這《は》いまわり、幾何学的な絵を描いた。亀甲《きっこう》縛り。さらに左脚を、膝《ひざ》を折り曲げた形で縛られた。無理に体を動かすと、余計に縄が皮膚にきつく食い込む。最後にわたしの口に細い縄が嚙《か》まされる。舌の先に縄のざらざらとした感覚が触れ、頰にひきつるような痛みをともなって縄が食い込む。いつもより少し縛り方がきつくて、痛みを感じたわたしは「んおー」とか変な声を上げてしまった。

痛いのも嫌いだ。

本当に心の底から痛みが好きな人間なんていないと思う。それがマゾヒストと呼ばれる連中であっても。ただ痛みが欲しいだけなら、道を走っている車の前に飛びだせばいいのだ。クラッシュ！　飛び散るフロントガラスの破片とひしゃげた頭蓋《ずがい》。晴れて痛みが好きなその人物は、全身打撲と骨折で苦痛にもだえながらオーガズムに達し昇天する。最高の死に方。アスファルトの上に脳ミソをぶちまけたその耳に聴こえてくるのはこの上なく美しい天上のバラードに違いない。

ふと、わたしの感じている痛みに気がついたようで、ルーシーがさりげなく縄を緩める。わたしはそもそもマゾヒストではないから、こうやって縛られることで快感を覚えたりパンツを汚したりはしない。わたしのあそこはいつだって渇いたまま。

天井についている滑車に、体を縛る縄が通される。その端をルーシーが握り、体重をかけてひっぱると、縄が軋《きし》み滑車が音を立てて、わたしの体が宙に浮く。折り曲げた左脚が高く持ち上げられた、不自然な体勢。右足だけがぶらりと垂れて、床の上すれすれを指先が漂っている。照明が紫から赤に変わる。縄が食い込んだ太ももが、照明の光を受けて薄紅色に染まる。吊《つ》り上げられた拍子に、肺から空気が押しだされて喘ぎ声に似た音が口から漏れた。その音を聞いたルーシーは満足げな表情を浮かべると、わたしの体に指先を這わせる。重力にひっぱられて肉を縄がきつく締め上げる。その表面を触れるか触れないかぎりぎりのところで行き来する彼女の細い指先。頬から首筋、胸元、腹を通って股間にかすかに触れ、太ももへと。くすぐったくて身じろぎをした。縄を嚙んだ唇から唾液《だえき》が垂れて床を汚す。ルーシーの手が鞭をふりかざす。赤いバラ鞭。何本もの革製のひもが伸びている。鞭がふりおろされる。その先端が尻《しり》の肉を弾《はじ》き、甲高い、小気味の良い音を上げた。皮膚を伝わる鋭い刺激に、わたしは体をびくりと震わせて声を漏らす。痛みにというよりは、びっくりして。ルーシーは何度もわたしの尻に鞭を叩《たた》きつける。何度も何度も。そのたびにわたしは声を漏らす。ジンジンと痺《しび》れた尻の肉に、赤い鞭の痕《あと》が増えていく。痛いのは嫌いだ。でもその嫌いなものを、わたしは飲み込む。その端から、漏れだしていく。張り巡らされた荒縄は、照明の色に染められて、まるでモダンアートのように見えた。ずっと吊るされていると、筋肉が緊張に耐えきれなくなったように痙攣《けいれん》した。呼吸が荒くなる。でもわたしは渇いている。

ショーは続く。

軋んで音を立てる縄。肌に突き立てられるヒールの切っ先。揺らぐ蠟燭《ろうそく》の炎。黒いエナメル。ふりおろされる鞭。鋲《びょう》を打ちつけた首輪。鎖。次々と変わる照明。バイブレーション。融《と》けた蠟《ろう》。白い肌に残った縄の痕。尻の肉についたみみずばれのような鞭の痕跡《こんせき》。喘ぎ声。肌を伝わる汗。毒々しいまでに赤い唇とそこから漏れる甘ったるい吐息。心音。落ちる照明。拍手と歓声。

ショーが終わって控室の鏡を見ると、唇の端から頬にかけて、赤い線が残っていた。猿ぐつわの痕だ。鏡を見ているわたしの背中に、ルーシーが声をかける。

「ごめんね。痛かったでしょう」

「ううん。ぜんぜん。むしろ気持ち良かったー」心にもない言葉。

「セーフワードだって決めてあるんだから、痛いときはちゃんと言うのよ」

ルーシーはそれこそ教師のような口調で言った。

SMには、『ヤバイ！　マジで死んでしまう！』というときに使うセーフワードというものがある。『痛い』だの『やめて』という言葉はプレイの最中には相手に通用しない。それどころか、むしろパートナーを興奮させる結果にもなりうる。だから、本気で耐えられないような苦痛を感じるときには、それを伝えるための特定の言葉や仕草、キーワードを設定しておくのだ。けれどわたしは、ルーシーを相手にこれを使ったことがない。彼女はセーフワードを口にするまでもなく、相手の限界を察するから。ルーシーは天才なのである。女王様として。

「でも、わたしが痛がってるってよく気がついたね」

「当たり前でしょ」

呆《あき》れたように彼女は腕を組んで首を傾ける。

「二年も一緒にやってるんだから。表情や雰囲気でわかるわ」

そういうものなんだ。わたしには、彼女が何を考えているのか、まったく想像もつかない。

ルーシーは手をふると、一足先に店内に戻っていった。彼女がいつだったか言っていたことを思いだす。SMというとインモラルで暗くてジメジメしたイメージを受けるけれど、実を言うとSMをやるにも社交性が必要なのだ、と。これも数ある人間関係の形態のひとつ。親と子供、男と女、SとM。だから大切なのは思いやりと気遣い。恥ずかしい言葉で言うと愛。

お互いの合意の下、思いやりと気遣いと愛情を以《もっ》て行われる暴力。

ルーシーには愛があってわたしにはそれがない。だからSMの才能がない。それどころか、わたしの中には何もない。からっぽだ。

ミチル、という自分の名前が嫌いだ。こんな名前、うそっぱちだ。充たされたことなんてない。わたしの体、あるいは心のどこかには、大きな穴が開いている。そこからすべて漏れだしてしまう。

服を着替えて店内に戻ると、今度はルーシーとは離れてお客さんの席につく。いらっしゃいませ~ミチっていいまーす。交わされるやりとり。相手はスーツ姿のサラリーマン。大手新聞社に勤めているのを自慢にしている。なんて名前だっけ？　忘れた。相手が何かを喋《しゃべ》る、さっきのショー良かったよー、わたしが何かを答える、えーありがとうございますー、相手が言う、かわいいよーほんとー、えーうそーうれしー。それはきっと店内の暗さとアルコールが見せる錯覚だ。

「ミチちゃんは、なんでSM嬢なんてやってるの？」

サラリーマンがそんな質問をしてきた。わたしは少し考えるふり。そんなこと訊《き》くなよな、と頭の中では考える。おまえに『なんで企業の奴隷なんてやってるの？』って訊いていいのか？　ダメだろ、そんなこと質問しちゃ。

「えー、だってぇー、縛られるのとかぁー、痛いのとか好きだしー」

口を開くたびに嘘が漏れる。なんでわたしはM嬢なんてやっているんだろう？　自問する。よくわからなかった。気がついたら、この仕事をしていたのだ。けれどお客さんはわたしの答えに満足したように、「へー。い、痛いの好きなんだー」と鼻の下を伸ばしている。もしかしたらちょっと勃起《ぼっき》させている。

ルーシーは生まれながらにして女王様だし、クッキーちゃんは貯金をしながらビザールファッションの勉強もできるという現実的な理由がある。オーナーは筋金入りの女装子で、その少し変わった性癖を広く認めてもらえる場所を求めてこの店を作った。みんなそれぞれ理由がある。わたしにはそれがない。というか、何もない。短大のころに友達に誘われてこのバイトを始め、先に友達が辞めてわたしひとりが残った。特に辞める理由もないし他にやりたいこともないから、この仕事をやっている。それだけだ。……わたしはいったい何なのだろう？　何でもないのだ、きっと。

なんだかちょっとムシャクシャしたから、新しくもらったドリンクを一息に飲み干すと、トイレに行って抗不安剤を飲んだ。頭がぼんやりして足元がふらつく。いい感じだ。

トイレから帰ると、いつのまにか社長が来ていた。名前は覚えていないけど、とにかく社長だ。げぇ、うぜぇ、とその小太りで脂ぎった姿を見て思う。やたらと声がでかく説教好きなのだ、このオヤジは。セクハラは耐えられるけれど、人生について説教をされるのは耐えられない。めんどうくさいなぁ、と思ったのはわたしひとりではないらしく、他のＳＭ嬢たちもうんざりとした表情を浮かべながら、おしぼりで顔を拭《ふ》いているこの中年男を遠巻きにして眺めていた。けれど困ったことに社長はそれなりにお金を持っているし、何よりこういう店は基本的に誰でもウェルカムだ。男も女もその中間も、若者もインポテンツになった年寄りも、変態も精神病者も異常者も。病める人も健やかなる人も、すべての人に愛とお酒とＳＭを。らしい。

できるだけ目立たないよう、さりげない動作で社長の前を通り過ぎる。まだ社長の隣には誰もついていない。特定の指名を持たない、フリーの客なのだ。ブロンドのウィッグに大きくスリットの入ったドレスを着たオーナーのアキラちゃん（四十九歳男性）が、キープボトルをだしているところだった。響の30年。店のメニューには載っていないのだけれど、社長が無理を言うからわざわざ買ってきた。わたしはこのお酒をドンキのガラスケースの中で見つけて、その値札に書かれた数字にひっくりかえりそうになったことがある。と、その社長の視線がわたしを捉《とら》えた。げ、なんか嫌な予感。

「お！　きみ、見たことがあるな！」

社長が胴間声で言って、わたしを指さす。見たことがあって当然だ。

「よし、指名してやろう！」

「え〜、ほんとですか〜？」おいおいマジかよ、めんどくせぇ。「うれしぃ〜」

やだなぁ、とは思ったけれど、指名されて断るわけにもいかない。できるだけバカっぽい動作で社長の隣に座った。ここへ来る前に焼肉か何かを食べてきたらしく、アルコールとニンニクの臭いがした。うぇ、吐きそう。

おまけに社長はポケットから葉巻を取りだすと、口にくわえる。これまた仕方がなく、店のライターを取りだして両手で火を点《つ》けた。ぷかぷかと吐きだされる紫色の煙。げぇ、吸い込んじゃったよ、のど痛い、うぇ吐きそう。

社長にお酒を作ると、何を話せばいいんだろう？　とわたしは悩んだ。が、こちらから口を開くまでもなく、社長は勝手に喋りはじめる。ロックグラスに口をつけて、感嘆したようにうなる。

「う〜ん。やっぱりこの酒はうまいな。日本のウイスキーは世界一だよ。これは間違いない」

「へぇ〜、そうなんですか〜、すごーい」ぱちぱちぱち。自分で言っていて、何がすごいのかわからない。

「まあ、たしかに値が張るがね。それにしたって、ワインなんかに比べりゃ安いもんさ。あんなの、一本空けたら百万二百万は飛んじゃうからね」

「へぇ～、そうなんですか～、すごーい」ぱちぱちぱち。

話しはじめて数秒で飽きてしまった。話の先がなんとなく予想できてしまう。このお酒はこんなに高級ですごいんだぞー↓わしはそんなお酒を飲んでいるんだぞー↓つまりわしはとても高級ですごいんだぞー。という感じだろう。意味のないヘンテコな三段論法。中途半端な金持ちのする話ってだいたい似通っている。

なんかもっとわたしにも興味の持てる話をしてくれないかな～、ていうかSMの話しろよ～、じゃなきゃわたしにも酒をくれ～、と心の中で念じたが社長には伝わらず、彼は口を休ませることなく喋り続けていた。グラスを顔の前にかかげて、氷を鳴らす。からん。

「ふむ。良いウイスキーってのは色でわかるな。この見事な黄金色だよ。やはり、樽《たる》で何十年と熟成させてこそ、この重厚な色と香りが……」

「へぇ～、そうなんですか～、すごーい」ぱちぱちぱち。

と、同じセリフをくりかえすのに飽き飽きしていたわたしの唇からは、さきほど飲んだ錠剤の効果も手伝ってか、考えていたことが意識せずにするりと漏れでた。

「でも、ウイスキーってカラメル色素で着色してるんじゃないでしたっけぇ？　無添加のウイスキー見たことあるけど、ホワイトスピリッツみたいな色してましたよぉ」

この言葉に、社長がグラスを置いた。せわしなく動いていた口が閉じている。

あれ？　わたし何か変なこと言っちゃった？

「……あのなぁ、きみ」社長がわたしに顔を向けて言う。酒臭い息がこっちにまでとどく。

鼻をつまむのを我慢する。「なんというか……わかるだろう？」ごめん、わからない。「たしかにカラメルだのなんだの使っているのかもしれないがね。そこをあえて、樽の中で二十年三十年と長い年月を眠ってきた風景を思い浮かべてこそ、粋《いき》というものだろうが」

「はあ」

「はあ、じゃなくて、はい、だろう。そもそもなんだ、そのふにゃふにゃした喋り方は。もっとハキハキできんのか」しょうがないじゃん、そういうキャラなんだから。「わしがきみくらいのころには、目上の人間にそんな口の利き方をしたら殴られたぞ。わしがきみくらいのころには、もっと情熱的で、何事にも熱心で、エネルギーに満ち……」

「なぁに若い娘《こ》いじめてんのよ」

いつのまにか、わたしの背後にはルーシーが立っていた。社長が弁解するように、

「いや、いじめてなどおらん。ただ、少し、教育的な……」

「ここはSMバーよ。堅苦しい話なんてナシ。わたしが社長さんのこと、いじめて、あ・げ・る」

そう言うと、半ば強引に社長の手を取り、ソファから立たせる。彼女は客あしらいがうまい。多少の抵抗があったが、ルーシーは言葉巧みに社長を説き伏せ、あっというまに彼は頭から黒い頭巾《ずきん》をかぶらされると、銀色のポールにロープでぐるぐる巻きに縛られてしまった。そのまま放置プレイ。人によっては最高のご褒美。

営業が終わってから、ルーシーに少し怒られた。
「ミチもさぁ。本当に要領悪いわよね。もう二年でしょ？　もう少し、学びなさいよ。あ
あいう手合いは、外見が女の子で、自分の話にうんうんうなずいてさえしてくれれば、相
手が自動販売機だったたってかまわないんだから」
「……はい」
しゅんとしてうつむく。すると彼女は慰めるように、
「まあ、バカらしくなるのもわかるけどね。前に一回だけ来た、社長の部下から聞いたん
だけど。あのおっさん、毎年海外に行って、十歳とかそこらの女の子を買うんだって。そ
れも、何をするでもなくオシッコを飲ませてもらうんだとさ。オシッコ飲むのが悪いって
言ってるわけじゃないのよ、わたしだってプライベートでは彼氏に飲ませるし。でも、何
も知らない外国の子供を買ってそういうことをするのは、ちょっと違うじゃない？　はっ
きり言ってゲスよ。その口で、ワンショット何千円も何万円もするお酒を語るんだからね。
イラッとするのも理解できるわ」
じゃあそのゲスに媚《こび》を売ってお金をもらっているわたしたちはなんなんだろう？　と思
ったが、口にはださない。だしたところで彼女にはきっと理解できない。ルーシーは媚を
売ってるんじゃなくてサービスを売っているんだし、プライドを持っているから。わたし
にはそれもない。
「じゃ、おつかれさま」ルーシーがかるく手をふる。

「おつかれさまです」わたしはかるく頭を下げる。

彼女は帰っていった。営業が終わった途端に、ルーシーじゃなくてタカコちゃんになる。ボンデージを脱ぎブーツを放り捨て、長袖《ながそで》のセーターとジーンズ姿になる。足にはスニーカー。化粧だけがファッションとちぐはぐだ。マンションをでたタカコちゃんは路地裏に隠してあるママチャリに乗って、二駅先にある自宅へと帰っていく。自転車通勤は美容と健康のため。SMの女王様も楽じゃない。わたしももう勤務時間は終わり。店のあとかたづけはオーナーとムラサキくんがしてくれる。地味な私服に着替え、ウィッグを外してピンを取ると、短い髪がおでこにかかる。わたしの本当の髪。それは真っ黒で重たく垂れさがっている。この髪も気に入らない。何回か染めたりもしてみたけれど、やっぱり何も変わらない。重苦しい。

みんなに挨拶《あいさつ》をして店をでた。扉をくぐればそこは普通のマンションだ。時刻は午前四時三十分。建物はしんと静まりかえっている。穏やかな眠りをむさぼっているはずの住民の皆様を起こさないようにそっとエレベーターに乗り、一階へ降りて建物の外へでる。九月が終わっても夏の気配がまだかすかに残っている空は、ほんの少しだけ白みはじめていた。この時間だとまだ始発は動いていない。とりあえずわたしは、路地裏を抜けて最寄りの地下鉄駅へと向かった。

路地裏にはパンパンに膨らんだゴミ袋が投げ捨てられ、腐敗した生ゴミの臭いを放っそれを丸々と太ったカラスがくちばしでついばんでいる。ノラネコが物陰から物陰へと、しっぽをピンと立てて駆けていく。この街の最上位捕食者はカラスだ。次点でネコ。人間はハイエナ。カラスは人間が近づいても逃げないから、わたしはそれをスニーカーの先で蹴《け》っ飛《と》ばして追い払う。小便と吐瀉物《としゃぶつ》の臭い。コンビニの前でスーツ姿の若いホストが堂々と立ち小便をしていた。道端には浮浪者が死んだように寝転がっている。もしかしたら本当に死んでいるのかもしれない。でも気にしない。

ここはゴミ溜《た》めみたいな街。

SMバー、SMクラブの激戦区といえば、新宿や六本木あたりなのだけれど、ああいうところは何もかもが派手でやかましいから苦手だ。それに比べて、この街はもう死んでいる。生息しているのは日々の営みに倦《う》み疲れて、人生に絶望したような表情を浮かべた年寄りと、中国人、韓国人だけ。出稼ぎに来るフィリピン人も最近は見なくなった。どんどん人気《ひとけ》がなくなっていく。一見きらびやかに思えるネオンサインたちはよく観察してみればくすんで灰色で、韓国料理店の看板はハングル文字が消えかかっている。どっちにしたってわたしには読めないから関係ないけど。

何十年も前に終わった歓楽街。ゴミみたいなところ。でもわたしにとってはこの街は気が楽だった。この汚い街なら、わたしの汚さも目立たない。

それでも《ロマンチック・アゴニー》はマンションの一室に店をかまえ、秘密クラブ的な雰囲気をだして金持ちだけを相手に商売をしているから、なんとかやっていけている。ルーシーみたいな歌舞伎町あたりでも十分に上を狙える女王様が在籍しているのも大きい。

駅前のコンビニに入ると、韓国人だか中国人だかに両脇を抱えられ、ぐでんぐでんに泥酔したサラリーマンが、ATMの前でせっつかれていた。「ダイジョーブ、ダイジョブダカラ、バンゴー。アンショーバンゴーオシテ！」ということらしい。店員も他の客たちも見て見ぬふり。もちろんわたしも。上京して初めてこんな場面を見たときにはびっくりしたけれど、もう慣れた。ATMの前を素通りして、サンドイッチと缶ビールを二本買った。コンビニをでると、その場でサンドイッチの封を開け、立ったまま一口食べる。お腹が空《す》いていた。店の営業時間は午後九時から午前四時までで、そのあいだお菓子なんかの間食はできるけれど、さすがにがっつりとご飯を食べることはできない。乾いてパサついたパンとハム、しなびたレタス。とてもじゃないがビールがなきゃ食べられない。プルタブを開けると、味気ないサンドイッチを小麦色の液体で胃に流し込んだ。口の中に苦みが広がり炭酸が弾《はじ》ける。やっぱり酒は嫌いだ。でもその嫌いなものを、わたしは日常的に飲む。少しでもアルコールを入れて感覚を麻痺《まひ》させないと、耐えられそうになかった。何に？自分でもわからない何かに。缶コーヒーを買いに来たタクシーの運ちゃんが、路上でサンドイッチ片手にビールを飲む若い女……つまりはわたしを、変なものを見る目で眺めていた。

駅ではすでに始発が停車していた。出発するまでは、まだしばらく時間がある。がらんとした車内に入り席に座ると、サンドイッチを食べ終えて二本目のビールに手をつけた。車両の端っこでは浮浪者みたいな格好をした老人が、靴を脱ぎ、足を投げだして座席に横たわりながら発泡酒を飲んでいた。

ビールをちびちび飲んでいるうちにアナウンスが流れ、扉が閉まって電車がゆっくりと動きだす。二十分ほど揺られていると、地下を走っていたはずの電車は地上へでて、分線に乗り換える。地下鉄のくせに地上を走る電車に五分だけ乗って、わたしは降りた。空になったビールの缶とサンドイッチの包装をまとめて駅のゴミ箱に捨て、アパートまでの十分くらいの道のりを歩く。空はすっかり明るくなっていた。雲一つない青空。すがすがしい空気。吐き気がする。

途中もう一度コンビニに寄って、ビールとポテチを買った。わたしの住んでいるアパートの前に置かれたジュースの自動販売機が、毎朝律儀に声をかけてくれる。スピーカーから漏れる無機質な電子音声。『オハヨウゴザイマス』『イッテラッシャイマセ』。わたしはいま帰ってきたところだしこれから寝るんだけど、機械にそんなことを説明しても無駄だろう。お金を入れずに適当にぽちぽちとボタンを押した。この自販機もわたしもなんら変わらない。きっと、明日《あした》からわたしの代わりにこの自販機がドレスを着てケバイ化粧をして、《ロマンチック・アゴニー》で働き始めても、誰も気にしないし困らない。この機械に少し愛着が湧く。ジュースは買わないけど。

六畳一間のワンルーム。二階建ての木造アパートで、立地もそれほど良くないから家賃も安い。別にお金に困っているわけじゃないから、もっと広くて綺麗《きれい》なところに住もうと思えば住めたのだけれど、ユニットバスもついているしわたしには六畳の空間があれば十分だから、自分よりも長生きしているこのアパートに住んでいる。亀裂《きれつ》の入った灰色の壁を眺めながら階段を上り、二階の一番奥の部屋へと鍵《かぎ》を開けて入った。オモチャみたいな流し台とユニットバス。靴を脱いで室内に入ると、ジーンズとパーカーを床に脱ぎ捨ててベッドに横たわる。部屋の中にあるものは少ない。病院みたいな簡素なベッドと小さな冷蔵庫、ガラガラに隙間の空いた本棚がひとつと、音楽CDがちょっと。学生時代に買ったノートパソコン。あとはビールの空き缶と安ウイスキーの瓶、心療内科でもらった処方薬の包み、ゴミ袋。それだけ。物が少ないから、かたづいて見える。口を縛ったゴミ袋を見て、今日が燃やせるゴミの日だということを思いだした。……めんどくせぇ。また服着て外行くの？ 今度でいいや、今度で。化粧も落とさなくちゃいけなかったけれど、それもあとにした。とりあえず冷蔵庫に向かうと、冷凍庫で凍らせてあった国産の安いウイスキーとジョッキを取りだし、買ったばかりのビールと混ぜて一口飲む。のどが焼けて胃のあたりが火傷《やけど》をしたように熱くなる。下品な飲み方だけど、いちおう名前のあるカクテルらしい。簡単に酔っ払えるから実に経済的だ。ジョッキを持ったままベッドに戻ると、ポテチの袋を開けてつまむ。あぐらをかいてビールにジャンクフード。こんな食生活だけど、わたしはあまり太っていない。

床に置いてあったパソコンを膝《ひざ》のうえに置くと、電源を入れてヘッドフォンを耳にあてた。音楽をかける。

——奴隷が叫ぶ。

って歌ってる。叩《たた》きつけるような激しいリズムに金属同士がぶつかりあうような雑音。ノイズ混じりのギター。セクシーだけどどこか神経質なヴォーカルが、叫ぶようにしてくりかえし歌う。

——奴隷が叫ぶ。何か言うべきことがあると思っている。

一九九〇年代のアメリカを代表するロックバンドのひとつだ。バンドといっても事実上フロントマンひとりの私物。ひたすらネガティブで自己嫌悪に満ちた内向的な世界観と、音に音を重ねた神経症的な作りの音楽で、イライラしているときに聴くと余計に神経がささくれ立って、いい感じに死にたくなる。

部屋の明かりを消す。窓から光が差し込んできていた。目障り。よく眠れるように、眠剤をビールで流し込んだ。ヘッドフォンをつけたまま、横になる。眠剤とアルコールで組み上げられた不自然な眠りが訪れる。

目が覚めてから、少し嘔吐《おうと》した。

そんなに飲んだつもりじゃなかったのに、二日酔いで頭が痛い。鎮痛剤を飲む。ぼんやりとした膜が痛みを覆い隠してくれる。ヘッドフォンは寝ているあいだに頭から外れていて、音楽も鳴り止んでいた。

時計を見ると、そろそろ家をでる準備をしないと仕事に間に合わない時刻になっていた。慌ててシャワーを浴びて歯を磨き、落としたばかりの化粧を直して服を着ると部屋をでた。歩く。電車に揺られる。店の扉を開く。「おはようございまーす」。ファンシーなドレスに着替えてウィッグを被《かぶ》る。バカのふりをする。そのうち本当にバカになった気分がしてくる。客が来る。「いらっしゃいませ〜」。酒を作る。酒を飲む。ショーで縛られて鞭打《むちう》たれる。パシンパシン、アン、アン、ギシ、ギシ。肉を打つ音、喘《あえ》ぎ声、荒縄の軋《きし》み。客が帰る。「ありがとうございました〜」。また客が来る。客が帰る。営業時間が終わる。ビールを飲みながら電車に乗る。自販機に声をかけられる。音楽を聴いて薬を飲んで寝る。ゲロを吐く。そうしているうちに日付が変わる。

このくりかえし。

始発電車の端っこの席では今日もまた汚い爺《じい》さんが発泡酒を飲んでいた。休みの日は病院に行って薬をもらう。薬とお酒を飲んで嘔吐する。目が覚める。仕事へ行く。いらっしゃいませありがとうございましたいらっしゃいませありがとうございました。まるで喋《しゃべ》る自動販売機。パシンパシンアンアンギシギシ。中身がからっぽな人形にだってできる役割。ビールを買う、カラスを蹴《け》っ飛《と》ばす、自販機が喋る、寝る、起きる、ゲロを吐く。

腐っていく。

停滞した水みたいに。冷蔵庫の奥で存在を忘れられたキャベツの芯《しん》みたいに。道端でハエがたかっている車に轢《ひ》かれたネコの死骸《しがい》みたいに。

わたしが腐っていく。

少しずつ、でも確実に、わたしの中で大事な何かが死んでく。失われていく。削られていく。零《こぼ》れ落ちていく。ショーを見たお客さんたちは拍手をくれるし、わたしに対して『かわいい』なんて褒めてくれることもある。それはそれなりにうれしいけれど、わたしは知っている。ショーをやっているのはルーシーで、わたしは縄や鞭といった道具と変わらない。それに、わたしはかわいくない。暗がりでアルコールが入った状態で見る女の子は、誰だっておっさんの目からはかわいく思えるのだ。けれど、それすらいつかはわたしから失われていく。日々わたしの価値は目減りしていく。いつかはきっと空気よりも軽い存在になって、人々の視界から消え去ることだろう。

別に、いつかは白馬の王子様が迎えに来てくれて、遠い異国の地でお姫様になれるなんて信じているわけじゃない。けれど、このままでいいのだろうか？　とは思う。でも、何が？　どうすればいい？

ビールを飲みながら始発に乗る。乾いたサンドイッチを口に運ぶ。

いつも車両のすみで発泡酒を飲みながら横になっていた老人は、いつのまにか消えていた。ああ、死んだんだろうな、とわたしは思う。でも誰も消えた浮浪者のことなんて気にかけない。わたしもそう。あんな小汚いジジイの行方なんてどうでもいいし。だからすぐに忘れてビールを飲む。

ビールを飲もうとして、それがすでに空だと気がついた。缶の底に残った数滴が、舌のうえに落ちる。かすかな苦み。

みじめだ。

急激に、表現しようのない怒りと不安がこみあげてきて、手の中の缶を握りつぶした。わたしの口から、汚い呪詛《じゅそ》の言葉が漏れる。

うめくように、呟《つぶや》いた。

「くそっ！」

二

なんだかどうしようもなく死にたくなって、手元にあった薬をまとめてビールとウイスキーで飲んだ。

ベッドに横になり、気がついたときには、口の端からゲロが漏れて頰と髪の毛と枕を汚していた。寝間着のTシャツが汗でびっしょりと濡《ぬ》れている。

うぇ、寝ゲロ吐いちゃったよ、危うく窒息死だ……と体を起こすと、その拍子に胸元に嘔吐した。慌ててゴミ箱を引き寄せると、ベッドの上でそれを抱えて吐き続ける。濁った液体がびしゃびしゃと音を立てて口からふきだす。鼻の奥につんとした痛みがひろがり、涙が溢《あふ》れてくる。胃が脈打つように痙攣《けいれん》していた。

ヤバイってこれゲロも止まらないし頭も痛いしマジで死んじゃうよ怖い誰か助けて！

叫びたいが口はゲロを吐くので手一杯。救急車を呼ぶ代わりに店に連絡を入れた。風邪をひいたと伝えるとあっさりと休むことを許可してくれる。わたしがいなくても別に困らないからだ。

吐き気止めを飲んで、それもまた吐きだす。そのうち吐くものがなくなって、細かく泡立った胃液が唇の端から垂れる。胃の痙攣は止まらない。と、吐くものがなくなったと思っていたのどの奥から、どろどろとした半固形状の塊が溢れだす。ゴミ箱の底に溜《た》まった澱《おり》のような物体を見て、げ、何これ？　わたしこんなの食べた記憶ないよ？　と焦る。もしかして、吐きすぎて消化し終わった汚物まで口からひりだしてしまったんじゃないだろうか？　怖い。マジで死んじゃう。

ようやく落ち着き、ゲロまみれの服をゴミ袋に突っ込み、たぷたぷと湿った音を鳴らす重たいゴミ箱の中身をトイレに流し、シャワーを浴びてでてきたわたしの前に残ったのは、吐瀉物《としゃぶつ》と汗で水浸しになったベッドだ。もしかしたら失禁もしているかもしれない。前に一度、お酒を飲みすぎて漏らしたことがあった。どうしよう、これ？　ベッドを前にして途方に暮れる。

ああ、もう死にたい。

こんな気分のときこそお薬が必要なのだけど、溜め込んであった薬の半分以上を飲んでしまっていた。こまった。

幸いにも翌日は店休日だったので、病院に行くことに決める。つい最近行ったばかりだけど、たぶん大丈夫だろう。わたしは正直者だから正直に話す。

『生きているのが苦痛でもらった薬をぜんぶ飲んでしまいました！』

医者が答える。

『それは立派なうつ病だ！　うつ病を治すにはこれしかない！　そう！　抗☆うつ☆剤』

そしてめでたくわたしは失った薬を取り戻す。我ながら完璧《かんぺき》。

さすがに今日はお酒を飲む気にはなれなかったので、ビタミン剤と水だけを口にした。ベッドのシーツは丸めてゴミ袋に入れ、ゲロ臭いマットレスも外した。部屋にどんどんゴミが増えていく。硬いベッドに横になった。失神するようにして眠る。目が覚めるとあっというまに一日が経っていて、電話で予約を入れると行きつけの総合病院に向かった。

真昼。空は青く染まっている。空気が冷たくなりはじめていた。街路樹の中には赤く染まり始めているものもある。

駅から歩いて数分のところにある白い建物の内部には、内科に外科、泌尿器科などが並んでいる。それらの並びのひとつに、心療内科もあった。受付をすませ、待合室のソファで名前を呼ばれるのを待つ。

看護師に名前を呼ばれて診察室に入ると、医者と適当な会話を交わす。いつものやりとり。デパスとパキシルを多めに処方された。やったぜ！　と内心ガッツポーズを決めながら、病院内の一角にある薬局に向かう。再び待ち時間。薬をもらえるのを待つ。

ふと、薬局の待合室でソファに座っていると、少し離れたところに座っていた少年が、じろじろとこっちを眺めていることに気がついた。

なんだろ？　小柄なわたしと同じくらいの身長で、わたしよりも痩《や》せて華奢《きゃしゃ》だ。パッと見ただけなら、女の子と間違えてしまいそう。まだ十代？　肩にかかるくらいのストレートの髪を白に近い金髪に染めている。色白で、切れ長の目はキツネみたいだった。容姿は悪くないんだけど、美形になり損ねている顔。服装もアディダスの黒いジャージだった。サイズが合っていないらしく、裾《すそ》を汚れたスニーカーのかかとで踏んづけている。もうちょっとおしゃれすればいいのに、と思う。肩から大きなボストン・バッグを提げていた。少年はときおり、ずず、と音を立てて洟《はな》をすする。

その少年と目があった。どことなく、違和感を覚える。なんだろう？　もやもやした感じ。

少年の目は、白目の部分が夜のように青みがかっていた。

と、彼は意を決したように立ち上がると、こちらに一直線に向かってくる。え、なになに？　と混乱するわたしに、口を開いた。

「……ミチか？」

その口から飛びだしたのは、少女めいた見た目からは想像がつかないくらい、野太く低い声。記憶が刺激される。

「あ！」そして思いだす。たしかに、その顔に面影が残っていた。「タミー！」

ちょうどそのとき、薬局の受付がタミーのフルネームを呼んだ。彼は何も言わずに、わたしに背を向けるとそちらに向かう。わたしはといえば、驚きのあまり固まっていた。

彼、いったいいままで、どこで何をしていたんだろう。それに、噂ではたしか……でも、いま見た感じ、そんなこともなさそうだし……思考が頭の中でかきまぜられる。タミーは受付で薬の入った袋を受け取り、すぐに戻ってきた。そのすぐあとに、今度はわたしの名前が呼ばれる。すれ違うタミーに、声をかけた。

「ちょっと待ってて！」

　薬を受け取ってお金を払い、ふりかえるとそこにタミーの姿はなかった。ええ、どこ行ったんだよ、待っててって言ったのに！　とロビーを捜しまわっていると、病院の掲示板の前で彼の姿を見つけた。『病院からのお知らせ』『薬の正しい飲み方』などと一緒に貼られているポスターに見入っている。白ネコと黒ネコが並んで写っているポスター。どこかの大学が、アレルギーのでないネコを研究開発、とかなんとか。

　タミーを見つけてほっとし、それからゆっくりと彼の元に向かった。それにしても、病院で再会するなんて、なんだかあまりロマンチックではない。それでも携帯の画面を鏡代わりに、かるく手櫛《てぐし》を入れて髪を整えた。タミーの背中に声をかける。ちょっとだけ、ドキドキしていた。

「タミー。ちょーひさしぶり。すごい偶然だね」

「おれさ……人類はとっとと滅亡して、ネコ科の生物が生態系の頂点に立つ世界がくればいいって本気で思ってるくらい、ネコが好きなんだけど」

　タミーはポスターからは目を逸《そ》らさず、そんなことを話しはじめる。なんのことやらわからなかったが、とりあえずわたしはうんうんとうなずき、先を促した。彼は淡々と続ける。

「最近になって、自分がネコアレルギーだって知ったんだよ。おれ、実家でもネコ飼ってたんだぜ？　どうりで、子供のころはよく喘息《ぜんそく》で死にかけてたよなーって。こんなにネコを愛してるのに、ネコに触れると命にかかわる……これ、すごい悲劇じゃね？」

「なんの話だよ！　ネコよりこっちを見ろ！」

タミーの足を乱暴に蹴《け》っ飛《と》ばす。大げさに悲鳴を上げて痛がる。周囲にいた人々の視線が、いっせいにわたしたちに向けられた。

そこでようやく、彼はこちらに顔を向けた。記憶にある姿よりも成長しているし、髪の色も変わっているけれど、やっぱりタミーだ。

「ねえ、タミー、すごいひさしぶりじゃん。六年ぶりくらい？　タミーもここの心療内科に通ってるの？」

「心療内科ぁ？」彼は呆《あき》れたように眉根《まゆね》を寄せる。眉はほとんど剃《そ》り落としてあった。

「なんでおれが。おれが用あったのは、アレルギー外来だよ」

「ああ、ネコ」

「ネコ分が足りなくてネコカフェに行ってみたんだよ。そしたら、次の日から具合が悪くて、死にそうになったから」

「自殺行為ね。ネコ自殺」

そう言われれば、さっきからタミーは頻繁に洟をすすっている。片方の目が酷《ひど》く充血していた。これもきっとアレルギー反応だろう。ていうかネコ分ってなんだよ。わたしの頭の中で、『ネコ分1000mg配合、ネコビタンC！』というCMが流れた。『ネコ百匹分のネコ分！』

「まだ鼻がムズムズするし、目がかゆい。……いやしかし、ネコカフェのネコはダメだな。人に馴《な》れすぎっていうか、牙《きば》を抜かれてるよ。野性が残っていないとネコとしての魅力を感じない」

「だから、なんの話だよ！　わたし別にネコ好きじゃねーし」

そうして、彼のジャージを強引にひっぱる。

「ねえ、ひさしぶりに会ったんだし、どこか落ち着けるとこ行こ？　ていうか、タミー、いままで何してたの？　いまどこに住んでるの？」

自分の口からでる言葉が、声が、まるで他人のもののように聞こえた。いや、違う。これがきっと、本来のわたしの声なのだ。いつのまにか、声に、仕草に、媚《こび》を含ませることに慣れ切っていた。薬を飲まないと、人とまともに喋《しゃべ》れなくなっていた。

急激に、懐かしさがこみあげてくる。けれどタミーはわたしの質問には答えずに、眉を吊《つ》り上げて声を荒らげる。

「おまえイヌ派か？　敵か？　おれの敵なのか？」

「イヌもネコもケモノだから嫌いなの！」

会話が嚙《か》み合ってない。けれどわたしは無理やり彼をひきずるようにして、病院の外へ向かった。すぐ目の前に病院の食堂があったけれど、いくらなんでも数年ぶりの男女の再会場所としては色気がない。駅前にファミレスがあったはずだ。ここから歩いて五分くらい。そのあいだ、タミーはショックを受けたように、「ケモノ……？　ネコがケモノだと……？」とくりかえしていた。

「タミー、いきなり高校やめちゃうんだもん。わたし、タミーの家だって行ったんだよ？　いったい、何があったの？　病気とか？　もしかして、いじめられたりしてたの？」

病院から駅前までの道のりを歩きながら、わたしは彼を質問責めにした。けれど、返ってくるのはふにゃふにゃとした曖昧《あいまい》な答えばかりだ。

タミーとわたしは、いわゆる幼馴染《おさななじみ》というやつだった。家が近く、幼稚園よりももっと前、お互いがオネショをしていたころから知っている。そのまま、小学校、中学校、進学した高校まで一緒だった。ふたりとも性格があまり明るくなく、活発でなかったのも合っていたのだろう。仲は良い方だったと思う。

それが突然。タミーが高校に来なくなり、そのまま中退。家に行っても彼の両親が応対してくれるだけで、本人とは会えなかった。そのまま、今日この日まで、会うことはなかった。

忘れていたわけじゃない。けれど、思いだすこともなかった。

それに、彼については妙な噂もあった……わたしは信じてないけど。それが、突然の再会。緊張もあったけれど、ちょっとだけ、浮き足だっていた。

「ねえ、タミー、ファミレスでいい？」

わたしが訊《き》くと、彼は困ったように、

「うん、まあ、それはいいんだけど……」

もごもごと口ごもる。なんだろう、と考えて、わたしはようやく、自分がかなり強引に
彼をひきずってきていたことに気がついた。彼の服の袖《そで》を放す。

「あ、ごめん。もしかして、これから何か用事あった？」

「いや、そうじゃなくて」

言い難《にく》そう。わたしは辛抱強く、彼の言葉の続きを待った。彼が言葉を継ぐ。

「ミチっていま、ひとり暮らし？」

「うん？　まあ、そうだけど。すぐそこ、歩いて十分くらい」

「う〜ん。そのさぁ。なんていうか」

「なぁに？　ちゃんと言いなよ」

自然と息子に対する母親のような口調になる。この小柄な少女みたいな容姿の幼馴染を
見ていると、心配になってくるのだ。乱暴に扱うとあっさりと死んでしまう植物を相手に
しているような気分になってくる。昔から体も小さかったし、病気がちで、控え目な性格
だった彼を見てきているからかもしれない。

「ミチの家じゃダメ？」と、すぐに彼は弁解するように、「いや、実はさ。おれ、行くと
ころがないいんだよ。マジで」

「え？　え？　ちょっと、待って、行くところがないって……」

「家なき子なの。助けて」

そうして、顔の前で両手を合わせる。

「あのさぁ、タミー」少しのあいだ考えてから、わたしは訊いた。「何があったの？」

「何もなかったよ」タミーはあっさりと切り捨てる。「反吐《へど》がでるほどにね」

そのとき、わたしは再び、わずかな違和感を覚えた。さっき、彼と目が合ったときに感じたような、かすかな不自然さ。ふと、いま目の前にいるタミーは、わたしの知っているタミーと同じなんだろうか？　と、そんな漠とした思いが浮かんだ。

でもまあ、六年もあれば人も変わるだろう。きっと、わたしだって変わっているはずだ。

「行くところがないって……まあ、少しくらい泊めてあげることはできるけど」

わたしの言葉に彼はパッと表情を明るくすると、

「お、マジで？　ありがとう、じゃあはやく行こうぜ。ミチんちどっち？」

「あっち」

わたしが帰り道の方向を指さすと、タミーはジャージのポケットに両手をつっこみ、さっさと大股《おおまた》で歩いていく。その歩幅に合わせるために、わたしは小走りにならなければいけなかった。彼のあまり大きくはない背中を追いかけながら、やっぱり、違和感に囚《とら》われる。それが少しずつ大きくなっていく。

記憶の中にある彼は、体が小さく病弱で、いつも他人の視線に怯《おび》えては、おどおどと身を縮こまらせているような子供だったはずだ。学校からの帰り道、いつだってひとりで、道のすみっこを背を丸めて歩いていた。わたしが声をかけても、曖昧な笑みを浮かべて何かをもごもごと言うだけ。いじめられていたわけじゃないけれど、周囲にはとけこめていなかった。

それがいまの彼は、堂々と……というよりは、他者のことなんか視界に入っていないとでもいうようにふるまっている。わたしのことすら目に映っていないように。不思議だった。ずっと会っていなかったとはいえ、こんなに変わるものだろうか？　これも大人になったとか、男らしくなったとか言うのか？

何を話せばいいんだろう？　なんとなく気まずい。ていうか、タミーの方はわたしに対して何か言うことないのか？　十六歳のとき以来だぞ？　幼馴染との再会だぞ？　かなり長いこと考え、戸惑い、逡巡《しゅんじゅん》したのちに、彼の隣を歩きながら、わたしは言った。

「タミーさ。変わったよね」

「ああ。おれは変わったよ。……ミチは変わらないね」

こちらを見ることもなく、タミーはそう答えた。自信に満ちた口調。臆病《おくびょう》だった彼はどこへ消えたのだろう？　長い金髪が太陽の光を浴びてきらきらと瞬く。昔はどんな髪形をしていたっけ？　とわたしは首をひねる。思いだせなかった。

「泊めてあげてもいいけどさ……。ちゃんと、わたしの質問に答えて」

タミーは面倒くさそうにうなる。無視して、強引に言葉を継いだ。

「いままで、どういう生活してたの？　行くところがないってどういうこと？」

「うーん。別にさぁ、話すようなこともないんだけど。何年か前までは実家でひきこもってたんだけど、キナコが家出しちゃって」キナコというのはタミーの家で飼っていたネコだ。名前の通り茶色い毛なみの、キナ粉もちみたいなネコである。「キナコ捜しにでかけたまま、実家に帰ってない」

「おいおいマジでどんな生活してたんだよ」呆《あき》れた。バカかこいつは？　「でも、ネコって死ぬ前に飼い主の前から姿消すっていうよね。それじゃない？」

「はあー？　死んでませんー、絶対にいまもどこかで生きてますぅー！　……こうさ、ピンク色のかわいい首輪してるから、ミチも見つけたら保護してくれよな」

「はいはい、ていうか、もうネコの話はいいから。……タミー、どこに住んでるの？」

「仕事してないから部屋も借りられないしさ。野宿とかしてたら、素敵なお姉様に拾われた。つい最近まで、その人の部屋に住まわせてもらってたんだよ」

なんだか、知らない男の家に泊まる家出少女みたいだ。少女めいた外見も、肩からぶら提げたボストンバッグも。この場合はヒモというべきか？

「でも、いまは行くところがないの？」

「うん、なんていうか、ちょっと事情があって、一緒に住めなくなっちゃって」

タミーは言い難そうに、もごもごと口ごもりながらそう言った。要するに、追いだされたというわけか。わたしは勝手に納得する。……あれ？　ていうかもしかして、今度はわたしの部屋に住みつくつもりなのか？

「タミーのことはよく知ってるつもりだし、泊めてあげてもいいけど……そんなに長くは無理だよ？」

わたしの言葉に、彼はあーあーと声を上げて、いいかげんにうなずく。それからわたしは、いちおう、念のため、付け足した。

「それと、変なことはしないでね」

そりゃ、相手は子供のころから知っているし、小学生くらいまではお互いの家を行き来もしていたから、別に泊めることに抵抗はないんだけど……なんといっても、いまは成人した大人の男女で、おまけにわたしはひとり暮らしだ。か弱い乙女である。タミーの性格からして、いきなり襲いかかってくるようなことはないだろうけど……でも彼、以前とはずいぶんと雰囲気が変わっているし。それに何事もなかったらなかったで、わたしの女としてのプライドは……う～ん、悩む。

「は。するかよ、そんなこと」わたしの言葉に、タミーは笑った。「おれの好みは、背が高くて髪が長くて綺麗《きれい》な顔立ちで胸と尻《しり》が大きくてグラマーで淫乱《いんらん》でアバズレのお姉様なの」

「……ごめんなさいね、わたしはチビでショートヘアでブサイクで幼児体形で貧相でそれなりに貞操観念をもってる同級生で」最悪だ。真逆じゃないか。いや、別に何かを期待していたわけじゃないんだけど。「ていうか、インランでアバズレって何よ。普通、それ、マイナス要素でしょ」

「貞操観念をもった女はゴミだ。淫乱じゃないと女としての魅力を感じない」

ネコについて言うのと同じようにタミーは言うと、大げさに肩を竦《すく》める。すさまじい偏見を感じる言葉だが、なぜだかわたしは少し対抗意識のようなものを覚えて、口を開いていた。

「でもわたし、ＳＭバーで働いてるよ」

「え？　何それ？　ＳＭ？　マジ？　どんなことすんの？　縛ったり？　鞭《むち》とか？　え、まさか、針とか使ったりなんて……」

タミーは足を止めわたしに向き直ると、ハアハアと呼吸を荒くする。なんだこの食いつきの良さは。昔はわたしが生理でつらいって言うだけで顔を赤らめていたうぶな少年だったのに。きっとタミーを囲っていた淫乱なお姉様とやらの影響だ。うん、そうに違いない。

「針なんて使いません。そんなの痛いだけでしょ。ハードコアなＳＭクラブと一緒にしないで」仕事を教えたことを少し後悔しながら、わたしは付け加える。「基本は普通のバーだよ。言ったでしょ、貞操観念はあるって。パンツも脱がないし、性的なサービスもありません。ショーがあるから、縛られたり鞭で打たれたりはするけど、あんまり酷《ひど》いことはしないよ」

「なーんだ。つまんねーの」興が削《そ》がれたように、タミーは歩きはじめる。「痛くなくちゃ意味がないだろ」

「わかってないなぁ。SMって、相手が求めてることを察して、満足させてあげることなの。だから、思いやりと気遣いがすべてなの。愛なのよ、愛」

わたしは自信たっぷりに説明した。ルーシーからの受け売りだったけれど、だからこそ間違いないはずだ。けれどタミーは、「へぇ」とあまり興味がなさそうにうなずいただけだった。

話すことがなくなってしまい、しばらくのあいだ、黙々とわたしたちは歩いた。前方に見えてきた古い建物を指さして、わたしは言う。

「あれ、わたしのアパート。ボロっちくてごめんね」

「よさそうなとこじゃん」

築三十年の木造アパートを指して、よさそうなところとは珍しい。ふたりしてアパートの錆《さび》の浮いた階段を上り、扉に鍵《かぎ》を差し込んだところで、わたしは自分の部屋の惨状を思いだした。ゴミ袋やゲロのついたマットレスが置きっぱなしだし、そもそも長いこと掃除もしていない。ずっと青ざめる。パンツとか脱ぎっ放しじゃないかしら。

「部屋、汚いよ」

「いいよいいよ、おれ、そーゆーの気にしないし」

タミーの言葉に安心して、扉を開けた。途端に、彼が悲鳴を上げる。鼻をつまんで、

「汚ねぇ！　それになんかゲロ臭ぇ！」

「……ごめんなさいね、頻繁にゲロを吐く女で」

気にしないって言ったのに、嘘つき！

汚い汚いと口にしながらも、タミーは部屋に上がるとボストンバッグを投げだし、染みのついたマットレスに寝転がる。汚れてしまったからベッドから外し、床に放りだしてあったものだ。幸いにも、ゲロは乾いていたみたい。たしかにタミーは、部屋の汚れを気にしているふうには見えない。病院で受け取ったばかりの薬を、水もなしに飲み込む。アレルギーの薬だろう。

タミーに遅れて部屋に上がると、彼の前に正座する。正面から相対すると、タミーは戸惑ったように、曖昧《あいまい》な笑顔を浮かべる。ぐずぐずと洟《はな》をすする。

わたしはできるだけ真剣に聞こえるように、顔をひきしめると彼の目を見据えて言う。

「ねえ。本当に、タミーに何があったの？　家に帰ってないのだって、それって家出でしょ？　おばさんとかおじさんとか、心配してるんじゃない？」

「だから、本当に何もなかったよ」タミーはわたしの視線は受け止めずに、天井のあたりに目を泳がせる。「何もなかった。本当に毎日毎日同じことのくりかえしで、うんざりするくらいの日常だった。何もなさすぎて死ぬところだったよ」

タミーは意味のあることは何も答えてはくれない。それっきり、わたしは何を尋ねればいいのか、尋ねていいのか、わからなくなってしまった。

「ねえ……ちゃんと話してよ」

「家に帰らないくらい、気にすんなって」タミーはそんなことを言って笑う。「ミチだって、どうせずっと実家帰ってないだろ」

「うちは……仕方ないじゃん」

まさかタミーにそんなことを言われるとは思わなかった。お腹の傷が、ちょっとだけ、しくしくと痛む気がする。鎮痛剤を飲もう、と思った。

わたしの困惑に気がついたように、タミーは面倒くさそうに顔の前で手をふると、

「おれ、柔らかいところで寝るのひさしぶりだからさ。ちょっと寝かせてよ。横になったら眠くなってきた」

そうして、頭の下で手を組んで目をつむる。まだ日は高い位置にあるけれど、夜に働いているわたしにとっては、普段だったら眠っている時間帯だ。

「うん。……わたしもシャワー浴びたら寝るつもりだけど」

面倒なことはあとまわしだ。そう決めた。タミーと再会したのだってついさっきだし、そのうち気が向けば彼の方から色々と聞かせてくれるだろう。正直に言ってしまえば、無理に問い詰めたりして関係を壊したくはなかった。

目をつむったまま、寝ているのか起きているのかわからないタミーを置いて、バスタオルと着替えを持つとユニットバスに向かった。シャワーを浴びる前に、こっそりと、病院でもらったばかりの薬を何錠か飲んだ。十五分ほど浴槽で熱いシャワーを浴びていると、体がふわふわとしてきて地面の感覚があやふやになる。少しだけ、肩から力が抜ける。頬に当たる水滴の圧力と熱が消える。

タミーは、何もなかった、と言う。それはわたしだって同じだ。毎日同じことのくりかえし。そのわたしの日常に、ちょっとだけ、変化が起きた。これはよろこぶべきことなんだろうか？　少しだけ、心臓が脈打つ速度を速めている。

ユニットバスの中で体を拭《ふ》いて寝間着に着替え、ベッドに向かった。部屋の真ん中で寝ころんでいるタミーを跨《また》ぎながら、ついでに部屋の明かりを消した。真っ暗にはならない。カーテンの隙間から明かりが差し込んできている。マットレスのない硬いベッドに横たわると、毛布をかぶりながら、タミーに声をかける。

「タミー、もう寝た？」

あー、という寝言だか返事だかわからない声が返ってきた。

本当に寝ちゃったのかな？　……いちおう、念のため、万が一の場合にそなえて、歯はていねいに磨いておいたし、マウスウォッシュを使ったから口臭もないはずだ。股間《こかん》もいつもよりは時間をかけて洗った。それにわたしはいま薬を飲んでいる。襲われたら抵抗できない！　うん、言い訳も万全。少しドキドキしながら、わたしは目をつむると、ぼんやりとした薄明かりの中で声を張り上げる。

「絶対に、変なことしないでね！」

本当に、何もされなかった。

なんだよ、ちくしょう！　タミーはほんの数分で寝息をたてはじめてしまった。なんて寝つきのいいやつだ。そりゃあ別に、わたしだってエッチな気分になったりはしてないし、襲われそうになったら全力で抵抗するけれど、もう少し何かあってもいいんじゃないか？　タミー、本当にうちを宿代わりにしてるじゃないか！　第一、数年ぶりの再会だぞ？　こんな感じでいいのか？　ぜんぜんロマンチックでもなんでもない。ムシャクシャして、ベッドのうえで何度も寝返りをうつ。眠剤も飲んだはずなのに、目が冴《さ》えてしまって眠気が訪れなかった。タミーの穏やかで幸せそうな寝息を聞いていると頭にきて、ベッドから下りると部屋の明かりを点《つ》けた。

「タミー、起きろー」

優しく耳元で囁《ささや》いて、汚れたマットレスに転がっている彼の体をゆすったが反応なし。幸福そうな寝顔がムカつく。

と、彼の体をゆすっているときに、ジャージのポケットの中にある硬い感触に気がついた。形状から、携帯電話だ、と思った。そういえば、連絡先もまだ知らない。勝手に登録しちゃえ、とポケットの中に手を突っ込んだ。タミーはまったく起きる気配をみせない。

ポケットから出てきたのは携帯じゃなかった。

デジカメだ。

ベッドの端に腰かけると、銀色をしたステンレス製のボディを手の中でもてあそぶ。

……気になるなぁ、中身。どんな写真とか入ってるんだろう？　タミーの、最近の生活がどんなものだったかわかるかもしれない。でも、やっぱ勝手に見ちゃ悪いよな……うーん、しかし……。

数分のあいだ悩んだ末に、わたしは決意した。いいや！　見ちゃえ！　起きないタミーが悪いんだ！　どこをどう操作すればいいのかわからなかったが、適当にボタンを押しまくっているうちに、小さなディスプレイに画像が表示された。それを見て、わたしは首をかしげる。なんだろう、これは。

画面いっぱいに、赤黒い物体が映っていた。ところどころフラッシュライトを反射したように、白っぽく光っている。濡《ぬ》れているのだ。

それは肉。

……なんか、もしかして、エッチな写真じゃないだろうか？　と色と質感からわたしは連想する。でもあまりに接写なので、何が何やらわからない。うわ、どうしよう、ハメ撮りの写真とか入ってたら。あの、素敵なお姉様とやらが相手？　やだ恥ずかし。勝手にふくらんでいく妄想をふり払う。バカみたいだ。わたしは発情期か？

そんなふうに思いながらも、つい好奇心を抑えきれず、次の写真も見てしまう。そこにあったのは、裸の女の姿。仰向《あおむ》けのままベッドに横たわり、人にはけっして見せるはずのない部分まで、カメラのレンズに晒《さら》している。

蠟《ろう》のような、青白く透き通った肌。その顔は、紫色に変色した唇が半開きになっている。茶色く染めた髪が頬にはりつき、その質感はまるでマネキン人形みたいだ。目は大きく見開かれ、視線はどこか宙をさまよっている。

　そしてその女は、あごから下、……のどから胸、そして性器のあたりまでを、一直線に切り開かれていた。まるで、解剖実習に使われたあとのカエルみたい。白い肌に亀裂《きれつ》が入り、流れだした血液はシーツを赤く染め、赤黒く変色した肉の壁が傷口から覗《のぞ》いている。四肢を投げだした女の胴体は、まるでガマ口の財布のように腹を開いて、背中側の肉を露出させていた。白っぽい、骨のようなものまで見える。背骨と肋骨《ろっこつ》？　内臓がすべて取り除かれているのだ。じゃあさっきの赤く濡れた物体の正体は？

「タミー起きろー！」

　さっきとは打って変わって激しい口調で叫ぶと、わたしは思い切りタミーのお腹を蹴《け》っ飛《と》ばした。彼は「おうふ」とか変な声をのどの奥から漏らすと、蹴られた衝撃でマットレスから転げ落ち、壁際まで転がっていく。頭が壁にぶつかって、ゴツン、と鈍い音を立てた。金色の細い髪の毛を振り乱して、腹を押さえたまま苦しそうにこちらを向く。

「な、なんだよ……？」

「なんだよもクソもあるかー！」

　うずくまるタミーの顔面に、デジカメの画面を突きつける。自然と詰問するような口調になった。デジカメを持った手が細かく震える。

　写真を見せた途端、タミーがうろたえた。

「タミー。これ、何？」

　そう訊《き》いたが、わたしにはもう答えがわかっていた。質問するまでもない。

これは、人間。それも、お腹を切り裂かれている。

……死体だ。女の人の。のどから性器までを一直線に切り裂かれ、内臓をすべて摘出された。なんで、こんなものがタミーのデジカメに映ってるんだ？　混乱する。かるくパニックになって、涙がでそうになった。まさか、タミーが……。

「え？　ああ、それ？　それ、偽物だよ」タミーがこわばった表情のまま言う。「そう、偽物。うん。あー、映画のセット。ほら、おれ、B級スプラッター映画のスタッフやってたんだ」

「あ、なーんだ。そうなんだ。ごめんね、勘違いしちゃった！」そうだよね、まさか本物の死体が映ってるはずないもんね。「先に言ってよー。蹴っちゃったじゃーん」

そうして、ごまかすように大げさな笑い声をあげる。彼の肩を指先でつっついた。

「あははー」

「あははー」タミーも笑った。

「ねえ、本当のこと言って」

わたしが笑みをひっこめると、笑っていたタミーの顔がひきつる。

タミーはさっき、仕事をしていないから部屋を借りられない、と言ったばかりじゃないか。それに、彼の反応。普通じゃない。ていうかタミー、嘘つくの下手すぎ。

「あー、うーん、まあ、なんていうか」タミーはしどろもどろになりながら、困ったように腕を組む。と、いきなり声を荒らげ、「ていうか、人の持ち物を無断で漁《あさ》るなよな！」

「逆ギレとかいらないから。答えて」

自分でも信じられないくらいに、冷たい声がでた。それを聞いたタミーは諦《あきら》めたように、肩を竦《すく》める。

……と。彼は薄く笑みすら浮かべた。

「あー、わかった。言うよ。それ、本物の死体。おれが殺したの」

「……は？」

意味がわからなかった。彼の声はたしかにわたしの鼓膜に響いている。けれど、その言葉の意味を飲み込めない。頭に染み込まない。

ぐにゃぐにゃと。膝《ひざ》をついた床の感触が、曖昧《あいまい》になる。大量に薬を飲んだときみたいだと、頭の片隅、どこか醒《さ》めた部分でそんな感想を持った。

「いやー、でもさー。こうして見ると、本物の死体も、B級スプラッターの死体も、大して違いがあるようには見えないんだよね。不思議だ。造形の技術が高いのか、それとも本物の死がおれたちの考えるより安っぽいのか。まあ、どっちでもいいんだけど」

開き直ったように、タミーはペラペラと喋《しゃべ》りはじめる。違う、こんなのわたしが知ってるタミーじゃない。そう感じた。

タミーは立ち上がると、混乱するわたしの隣をすり抜け、床に置いてあったノートパソコンを手に取る。話を続けながらも、ベッドに腰かけ、膝にのせたパソコンの電源を入れる。

「いちばん違うのは、やっぱ臭いだな。三日もすると、臭ってくるんだよ。そのせいで、おれも部屋をでなくちゃいけなくなった。見た目も、なんか黒っぽくなってくるし。肌に網目状の、血管の模様が浮きでてきて、気味が悪いんだよな」

部屋をでなくちゃ……？　タミーのその言葉に、思いだす。素敵なお姉様に拾われたという話。

「あんた……じゃあ、ここに映ってるのって、タミーが一緒に暮らしてた……？」

「うん」あっさりとうなずいた。

「なんでそんなこと……」

口にしてから、思い直す。男と女だ。問題や感情のすれ違いなんて、腐るほどあるだろう。いわゆる、痴情のもつれってやつ？　でも、殺すなんて。タミー、そんなつまらないやつになっちゃったの？　わたしの頭の中で、勝手にストーリーができあがっていく。

「別れ話とか、そういうので……？」

「はあ？」うんざりしたような声。「バカ言うなよ。そんなくだらない理由で殺すかっつーの」

今度はこっちが「はあ？」となる番だった。まったく意味がわからない。

と。タミーは膝のうえでいじくっていたパソコンの画面を、こちらに向ける。インターネットエクスプローラーが表示されていた。

《地獄へ堕《お》ちよう》、と。

真っ黒な壁紙に、ゴシック体の白い文字で、それだけが書かれていた。

他には何もない。無機質すぎるホームページ。

「ミチはちょっと勘違いしてる」タミーは言った。さっきまでのうろたえようは消えている。「そもそもおれと彼女は、殺し、殺されるために出会ったんだ」

「ごめん、あなたの言ってる意味がわからない」

「これ、知らない？」

タミーはパソコンの画面を指さす。シンプルなWebサイト。わたしは首を横にふった。

彼は自分にパソコンを向けると、かろやかな手つきでキーボードを叩《たた》きながら、言葉を継ぐ。

「けっこう有名なはずなんだけどな。表面的には……っていってもこの時点で裏ではあるんだけど、オリジナルの死体写真を載せてるアングラサイトだよ。ここからちょっとURLをいじくると、画像の保管庫へ飛べる。PCにさほどくわしくなくても、誰でも行けるような、良心的なサイトだ」

彼が再びこちらに画面を向けると、表示されている画像が替わっていた。いくつもの画像のサムネイル。中には赤い字で、『NEW』と記されているものもある。小さなサムネイルはどれも、赤黒い血の色や鉛色の肌で埋め尽くされていた。ひとりやふたりのものだけじゃない。大量にある。数十、あるいは数百。

すべて死体だ。

画面から顔を背けながら、タミーに訊いた。

「それ……もしかして、タミーがやってるサイトなの？　……悪趣味」

「え？　まさか！　おれ、ホームページの作り方とかぜんぜん知らないぜ！」

「じゃあ……」

わたしは、バカみたいに突っ立っていることしかできなかった。何を考えればいいのかすらわからない。完全な思考停止。そのあいだ、タミーはもう一度、パソコンを操作しはじめる。カタカタとキーボードを叩く音が響く。

「ここから更に、ユーザー専用ページにログインできる。アカウント作らなくちゃいけないんだけど、もちろんおれはメンバー登録してあるからアカウントサービスを受けられる。登録も簡単なんだよ。少し金がかかるんだけどね。……あ、更新されてる」

呟《つぶや》いたまま、彼は画面を見せようとはしないので、わたしの方から彼のもとに歩み寄った。タミーの肩越しに画面を見つめる。そこには若い女性の顔写真と、文字の羅列が並んでいた。氏名、年齢、職業、住所までが掲載されている。電話番号やメールアドレスらしきものすらあった。個人情報のオンパレードだ。

「これ、何？」わたしは何度、この言葉を口にしただろう。

「えーと……なんだろうなぁ？」

「ごまかさないで」

できるだけ強い口調で言ったが、タミーはなんと説明するべきか、本気で悩んでいるよ

うだった。腕を組み、しばらく考えたすえに、

「……こいつを殺せ！　っていう情報だよ」つかみどころのない笑顔。「とにかく、ここに載ってる人間を殺して、その証拠に写真をサイトに送ると、報酬がもらえるんだ。数十万円なんだけどね。サイト側がクレジット決済を代行してくれるから、いやぁ、楽で楽で」

「金って……そんなもののために、人を殺したの？」

「もちろん、金のためだけじゃない。そんなの、おまけみたいなもんだよ」タミーの目がらんらんと輝く。わたしに顔を向けて、「でも、おれは殺す。おれ自身がときどき、こう……殺さなくちゃ！　っていう衝動に襲われるんだよ。街を歩いていると、どいつもこいつもぶち殺したくなる。おれみたいなやつって、絶対に何割かはいるんだ。人間の中に」

熱に浮かされたように喋るタミーの瞳《ひとみ》が、左右で微妙にぶれていることに気がついた。思いだす。あの噂。

「わ、わからない。何なの、このサイト」

唇から漏れる声がかすれている。タミーの言葉が理解できなかった。彼は、人を傷つけたりできる人間じゃなかった。臆病《おくびょう》で弱気で、繊細な少年だったはずだ。

ふと。古い記憶が蘇《よみがえ》る。

あれはいつごろのことだろう？　まだ小学校低学年？　学芸会か何かで、『走れメロス』の演劇をやったのだ。劇の本番、保護者たちが注目する舞台のうえに、タミーが立っ

た。といっても彼は主役でもなんでもなく、囚《とら》われたセリヌンティウスに槍《やり》を突きつける兵士役だった。緊張するまでもない脇役。それが、舞台にあがった途端、彼は泣きだしてしまったのだ。

あとで理由を尋ねると、『怖かったんだ』と教えてくれた。『体に刺さったら、痛そうで』。それを聞いてわたしは、タミーらしい、と思った。

ボール紙でできた槍を人に向けただけで、怖くて泣きだしてしまうタミー。

いま、わたしの目の前にいるのは、誰だ？

「本当に、タミー、人を殺したの？　何か、ちゃんと理由があるんでしょ？　……そうだ！　ここに映ってるやつら、悪い連中なんでしょ。たまに映画とか漫画であるじゃん。法律じゃ裁けないような悪人を、秘密裡《ひみつり》に処刑していく……」

「どうなんだろうなー。生活サイクルまで記載されている人もいるんだけど、普通に暮らしているんだから、普通の人なんじゃないの？」

「じゃあ……やっぱり、殺人請負サイトみたいな？」

わたしは数年前にニュースになった事件を思いだす。

が、タミーは首を傾げて、

「どうなんだろう。このサイトの場合、殺すか殺さないかはユーザーの自由だしなぁ。いつまでに殺せ！　みたいな期限もないし。相手の情報だけは与えるんで、いつでも好きなときに好きな相手を、殺したければどうぞご自由に、って感じ。……近いのは、出会い系かもな」

「出会い系？」

「そう。殺す人間と殺される人間が知り合う、出会いの場」

「お、おかしい。それ出会い系じゃないよ」

「うーん。説明するのめんどーだなー」タミーは気だるい口調で言うと、パソコンの蓋《ふた》を閉じて脇にどける。「それに、ミチはこんなこと知らなくていいよ」

そうして、洟《はな》をすすって、目を指先でこする。

「知らなくていいって……そんなはずないじゃない！」

わたしはすでに知ってしまっているのだ。タミーが、人を殺したことを。何か良くないことに関わっていることを。

ベッドに腰かけるタミーがこちらを向き、お互いの視線が正面から絡み合う。ふとした瞬間に生まれる違和感。なんだ、これは？

「本当に、何があったの？　昔は、ケンカすらできない子だったじゃん。いつもビクビクしてて。なんで、そんなに変わっちゃったの？」

「何もなかったよ。あるのはゴミみたいな日常。……だから、おれは変えたいと願ったんだ。そして実際に、変わった。昔みたいに臆病でもないし、弱くもない。ナイフみたいに鋭くて、頑丈な何かが自分の中に生まれたのを実感している」

タミーは頬を上気させて言う。熱のこもった声。キンキンと耳障りに響く。

まるで演説をするように、彼は言葉を継いだ。

「変わるのは簡単だ。必要なのは、ほんの一押しなのさ。かるく、指先で、ポンと背中を押すだけの。テーブルのふちギリギリに乗っかっているグラスを見ると、床に落としてみたくなるだろ？　スーパーで陳列されている綺麗《きれい》な桃を見ていると、指で押して痕《あと》をつけてみたくなるはずだ。やっちゃいけないってわかってはいるんだけど、やりたくなる。人間ってのはアイスピックを持つと、それをどこかに突き刺してみたくなる生き物なんだよ。そこに悪意とか暴力とかは介在していなくて、単なる衝動。好奇心なんだ。力はいらない。かるく触れるだけだ。……おれは一押しをしてみたのさ。その一押しで、人間はちょっとだけ特別になれる。一度触れてしまえば、そのまま指をズブズブと桃の果肉に沈み込ませていくのは、実に簡単なことだ」

喋《しゃべ》っているうちに自分でも興奮してきたように、タミーは瞳を輝かせている。その双眸《そうぼう》。左右で微妙に焦点がずれていることに気がつく。右目はじっとわたしに向けられているのに、左の瞳が、わずかに斜め上にずれている。アレルギーのせいで潤んでいるのは同じなのに、右目が充血しているのに対して、もう片方の白目部分は青味がかった冷たい色のままだった。

ずっと感じていた不自然さの正体。

「タミー……わたし、変な噂を聞いたことがあるんだけど」わたしは言った。声が震えた。

「その……タミーが学校来なくなったのって、自分で自分の目を……」

「ああ、それ本当」

あっさりとうなずく。

そのままタミーは、両手を顔の前に持っていくと、片手で左目の瞼《まぶた》をぐいと押し開き、もう一方の手の人差し指を、乱暴な仕草で眼窩《がんか》に突っ込んだ。

「おれは特別な存在として生まれ変わるために、自らの目をくり抜いたんだ」

ずるり、と。

彼の眼窩から、眼球が抜け落ちた。

三

あまりにも驚き混乱してしまったわたしは、とりあえず落ち着くために抗不安剤と眠剤と鎮痛剤をビールで胃に流し込んで、次に気がついたときにはベッドに横たわっていた。日付が変わっている。眠ってしまった……というよりは、失神してしまったのだ。ショックのせい？　薬のせい？　どっちでも同じだ。

ベッドの上で体を起こしたときには、部屋にタミーの姿はなかった。デジカメもボストンバッグもなくなっている。わたしのもとから去ってしまったのか。そのときわたしは眠っていた。何をやってるんだ、わたしは。死にたい。

本当なら、警察に通報しなくちゃいけないんだろう。タミーは犯罪者だ。けれどわたしの手は、携帯電話を握ったまま動かなかった。

いったい、彼はどうしてしまったんだろう？

それに、このサイト。

デジカメもボストンバッグも彼自身も消えてしまったが、部屋にはたしかにタミーがいた痕跡《こんせき》が、ひとつだけ残されていた。

《地獄へ堕《お》ちよう》というロゴが浮きでたホームページ。

それは、わたしのノートパソコンの画面に表示されたままだった。タミーが消すのを忘れたのだ。画面には会ったこともない女の個人情報が表示されている。その女だけじゃなかった。サイトには、数十人分の男女の個人情報が掲載されていた。

このサイトはなんなんだろう？　誰がなんのために作ったんだろうか？　ここに顔写真を載せられている人は、自分がこんな危険なサイトにプライベートを晒《さら》されていることを知っているんだろうか？　知っているはずがない。絶対に悪いことに利用されるに決まっているんだから。

やはりわたしの頭には、『殺人請負』という言葉が浮かんだ。タミーは出会い系とも言っていた。

きっとこれは、大っぴらに殺人の実行役を募集する、殺人請負、殺人代行サイトなのだ。依頼主がサイト側に殺したい人物を伝える。サイト側が人殺しをしたくてムラムラしているサイコパス（困ったことにタミーもそのひとりらしい）を募集する。サイコパスはユーザー登録をして、これは、と思う標的を選んで殺す。売り手と買い手を繋《つな》ぐ、言ってみれば、殺人請負の仲介サイト。なんてセコい！　けれど、そんなサイトを作って小金をかすめ取ろうと考える人間もいるかもしれない。運営側は、実際に手を汚す必要はないのだから。そして、自分が手を汚さなくて済むのなら、お金を払ってでも殺したい相手がいる、という人間は、残念ながら世の中に多くいるのだろう。問題は、それを真に受けて実際に殺してしまう人間の存在だが、それもどうやら世の中にはいるらしいのだ。非常に残念ながら。タミーのように。……そういえば、タミーは報酬がもらえるとも言っていた。よくよく考えれば、数万円のために人を殺してしまうおバカさんもいるのだ。意外と実行役には事欠かないのかもしれない。

頭をふって思考を打ち切る。こんなサイトなんかどうでもいい。わたしには関係ない。警察が勝手に解決してくれるだろう。わたしに関係あるのは、タミーひとりだった。

携帯電話をベッドの上に放りだした。警察には通報できない。タミーは友達だ。何年も会ってなかったけど。

それに、あの義眼。

いつのころからか、親やクラスメートたちが、ひそひそと噂話をするようになった。タミーは、刃物を使って自分で自分の目を潰《つぶ》し、そのせいで学校に来られないのだと。あの噂話は本当だったのだ。

タミーを見つけて、自首するように説得しよう。そう思った。きっと何かやむにやまれぬ事情があったのだ。そうに違いない。あんなに優しかったタミーだもん。わたしはひとりで納得する。やっぱり、捕まったら死刑になってしまうんだろうか？　悩むけれど、どうすればいいのか、まったく案が浮かばなかった。とりあえず、彼を見つけて話し合ってみるべきだ。タミーだって、わたしの言葉なら素直に聞いてくれるだろう。わたしに対しては何も危害を加えてこなかったんだし。うん。そう信じたい。

本当ならいますぐにでも彼を捜しに行きたかったけれど、どこへ行けばいいのか見当もつかない。それに今日は仕事だ。あんまり休んでばかりいると、信頼を失ってしまう。仕事をさぼって街へくりだしたとしても、昨日みたいに偶然タミーに会えるとは思えなかった。

店のみんなに話を聞いてみよう。水商売、それもSM関係という仕事柄、お店の女の子たちは変な方面に詳しかったり、顔が広かったりする。ルーシーのお客さんには、警察官僚の偉い人もいたはずだ。それとなく、《地獄へ堕ちよう》というサイトのことを尋ねてみるのもいいかもしれない。タミーがどんなことに手を染めているのか、わかるかも。


そんなわけで、わたしは《ロマンチック・アゴニー》に向かった。電車を乗り継ぎ、マンションの一室、『CLOSE』とプレートがかかった扉を開ける。挨拶《あいさつ》をしながら店内に一歩足を踏み入れた時点で、雰囲気がいつもと違うことに気がつく。静寂の中の不協和音。わたしはそういうことには敏感だ。そして理由もすぐにわかった。

ルーシーの機嫌が悪いのだ。

普段の彼女は、営業時間前であれば他のスタッフたちと陽気に喋っているのに、いまはソファに座って無言で脚を組んでいる。ルーシーは店のスタッフたちの中でも女王様のような立場なので、すでに出勤していたM嬢の琥珀《こはく》さんも、怯《おび》えたように体を縮こまらせて座っていた。珍しく、オーナーのアキラちゃんもこの時間に店にいる。バーカウンターの中のムラサキくんは、自分はなんの関係もありません、とでも言うように、黙々とボトルの肩にかかった埃《ほこり》を払っていた。

「お、おはようございま〜す」

「おはよ」

わたしが挨拶をすると、ルーシーはこっちを見ることもなく、面倒くさそうに返した。ああ、完全にご機嫌斜めだ。でもなぜ？ 思い当たる理由が何もなかった。ていうか、わたしが何かやっちゃった？

オーナーが困ったような表情でルーシーを眺めているのを横目に、わたしはその場を離れた。こういうときはできるだけ関わらない方が身のためだ。それに、少しいらだってもいた。みんなに色々尋ねようと思っていたのに、こんな空気の中に個人的な問題を持ち込んでも、余計にややこしくなるだけだ。なんてタイミングの悪い。

店の奥、控室に向かう。六畳ほどの和室に鏡台が置かれ、着替えをしたり化粧をしたりするのに使われているのだ。もとは襖《ふすま》だったらしい入口は開け放たれ、暗幕のようなカーテンで仕切られている。わたしがカーテンに手をかけようとした瞬間、それが向こう側から開かれた。誰かのシルエット。

「げ」

思わず声を上げてしまう。

「げって何よ。悪意を感じるわね」

彼女は皮肉めいた口調で言った。その姿を見て、ルーシーの不機嫌の原因を理解する。リストさんだ。てっきり辞めたのかと思っていた。

「お、おはようございます」

「おはよう。ひさしぶりね、あなたのこと、覚えてるわよ」

リストさんは腕を組み、指先をこめかみに当てて考え込む。目をつむって眉根《まゆね》を寄せる表情が、どこか悩ましげで、同性のわたしから見てもセクシーだった。唇に嵌《は》められたリング状のピアスが、暗闇の中できらきらと光る。

「えーと。み、み……ミダゾラムちゃんだったわね？」

「ミチですミチ。ミチル。どんな覚え方したんですか」

「ミが合ってるじゃない。ほとんど正解だわ」

どこが正解なんだ、と思ったが口にはださない。わたしの頭のてっぺんをポンポンとかるく手のひらで叩《たた》くと、リストさんは長い脚を大股《おおまた》で動かして控室をでていく。わたしよりかなり背が高く、そのうえ高いヒールのついたブーツを履いているため、大人に頭を撫《な》でられた小学生になった気分だった。

彼女の手には相変わらず、分厚い手袋が嵌められていた。

しばらく呆然《ぼうぜん》と彼女の小振りなお尻《しり》を眺めてから、はっとしたようにわたしは控室に入った。慌てて服を着替え、化粧を済ませるとウィッグを被《かぶ》る。少し悩んだがメイクとドレスに合わせてピンク色のものにした。全身ピンク色の、ちんちくりんなお姫様ができあがる。

たぶん……いや絶対。何かしらトラブルが起こる。

リストさんと最後に会ったのは一年以上も前のはずだ。一緒に働いていたのは半年くらいのあいだだけ。なんでタミーといい、こうして立て続けに懐かしい人間が現れるのだろう。それも、どちらも人格に問題あり。

わたしの記憶にある最後の彼女の姿は、客として来ていたスーツ姿のオッチャンを、鉄板入りのゴツいブーツで蹴《け》り飛ばしている姿だった。お尻を触られたことで、つい足がでてしまったらしい。この店はセクキャバではない。けれどときおり、勘違いをしているお客さんからセクハラを受けることはある。お尻を触ったお客さんが悪い……と言いたいところだが、リストさんはいくらなんでもやり過ぎだった。彼女は「つい」と言ってピアスの穿《うが》たれたベロをペロリとだして笑っていたが、蹴られたオッチャンは鼻の骨が折れて顔面が血まみれになるほどの暴行を受けていた。普通なら「つい」じゃ済まないところだけど、幸いにも（?）オッチャンは苦痛系のハードMだったらしく、警察沙汰《ざた》にはならなかった。それ以来、店でリストさんの姿を見ることがなくなったため、てっきりクビになったのか、それでなくても自主的に辞めたのだと思っていた。

いつもの半分くらいの時間で控室をでる。できることならルーシーとリストさんの『冷戦』には関わりたくなかったが、知らんぷりもできない。ああ、なんでこんなに面倒なことばかり起きるんだろう。イライラする。

ルーシーは普段通りソファ。リストさんはバーカウンターでタバコをふかしていた。まったく会話がない。怖っ。しんと静まりかえった店内。わたしは緊張しながらも、いつものようにルーシーの隣に座った。彼女は苛立《いらだ》たしげに、組んだ脚を小刻みに動かしている。貧乏ゆすり。人から見られることに慣れていて、なおかつそれを意識している彼女にしては珍しい。一方でリストさんはといえば、ひたすら無言で、煙突のようにプカプカと煙を吐きだしている。

このふたりは、あまり仲が良くない。というかルーシーがリストさんを目の敵にしているようなところがある。リストさんは彼女の敵意を知ってか知らずか、自由気ままにふるまっていた。というか何を考えているのかわからない。何も考えていないんだと思う。とにかく常識がなく、やりたい放題な人間なのだ。だからプロ意識の強いルーシーとそりが合わないのは当然のことだろう。そしてもしかしたら、性格的な問題だけが理由ではないのかもしれない。

リストさんは美しいのだ。とんでもなく。反則的なまでに。奇跡的なほどに。

ルーシーだって街を歩けばみんながふりかえるくらいには美人だけど、なんというか、リストさんは異常だ。お客さんをボコボコに蹴り飛ばした事件だって、もしもやったのが彼女でなくてわたしだったら、問答無用で警察に突きだされていたんじゃないかと思う。

想像すると悲しい。年齢も、去年で三十歳を迎えたルーシーより、いくつか若い。そしてリストさんは、そのありえないくらいに美しく均整のとれた自分の体を、めちゃくちゃに破壊しまくっている。

バーカウンターの止まり木に座ったリストさんは、わたしが前に見たときとまったく変わっていなかった。タバコの煙を鼻から盛大に漏らしながら、ときおりオーナーにちょっかいを出すように、お客さんのキープボトルを手に取って、「これ飲んじゃっていい？」なんて尋ねては叱られている。そしてケラケラと笑う。

まるで日本人形のような、黒髪のおかっぱ。パッチリとした二重の目に、すっと筋の通った高い鼻、薄い唇。

眉《まゆ》、鼻、そして唇には、それぞれ銀色にきらきらと輝く金属がいくつも生えていた。ボディピアスだ。耳たぶにぶら下げるような装飾の多いものじゃなくて、リングやボール状のシンプルで無骨な形のもの。唇の隙間から覗《のぞ》く舌にも、ボール状のピアスが穿たれている。皿にあけたミルクのように白い肌をしていて、触れたら折れてしまいそうな細い首には、荊《いばら》をかたどったタトゥーが一周していた。首から下は、ラテックス製の黒いキャットスーツに包まれている。全身をぴっちりと体のラインが浮き出るように包み込んだ、キャッツアイや不二子ちゃんが着ているアレだ。手足にも、同じような素材のブーツと手袋。胸元だけを大きくはだけていて、膨らんだ胸元にさえピアスと極彩色のタトゥーが刻まれていた。いったいどうなっているのか、左右の乳房のあいだの皮膚が、十字の形に浮き上がっていたりもする。暗闇に立ったら、きっと彼女は、白い肌と金属の輝きだけを残して周囲の景色に溶けてしまうだろう。

ルーシーはリストさんのことを嫌っているが、正直に言ってしまえば、わたしは少し彼女に憧《あこが》れてもいた。彼女くらい自由に生きられたら、どんなにいいだろう？　リストさんはいつだって楽しそうだ。

「おれ、看板だしてきますね」

ギスギスした空気に耐えかねたように、いつもだったら黙って作業をしているムラサキくんが、わざわざ宣言してから店をでていった。と、それを合図にしたように、リストさんがタバコの火を灰皿に押しつけると、のんびりとした動作で止まり木から立ち上がる。

その背中に、オーナーが声をかける。

「どこに行くの？　もうすぐ営業はじめるわよ」

「ちょっとオシッコ」

「……そういうときは、お花を摘みに、とか言うの」

「はいはい」

面倒くさそうに手をふると、リストさんはトイレに入りバタンと激しい音を立ててドアを閉めた。その姿が消えるのを見て、ルーシーがわたしに、囁《ささや》くような声で言う。

「あいつ、まだ生きてたんだ。てっきり手首切って死んだかと思ってた」

彼女の辛辣《しんらつ》な言葉に、わたしは黙り込む。息苦しくなってくる。全身の筋肉が緊張してきて、脈が速くなるのがわかった。

悪意未満の、ざらりとした感触。大丈夫、これはわたしにはなんの関係もない、と自分に言い聞かせる。あまり効果はなかった。

リスト、というあだ名。わたしが入店したときから、みんなにそう呼ばれていた。理由は知らない。けれど意味はわかる。手首だ。そして、手袋。

わたしはリストさんが手袋を外したところを、一度として見たことがない。他のスタッフたちに訊《き》いても、同じような答えが返ってくる。真夏だろうが分厚い手袋を嵌めて出勤し、仕事中も素肌を覆い隠している。ショーになればその豊満な肉体を惜しげもなくさらけだすのに、手首から先は白日の下に晒《さら》すことがない。

自然と噂が生まれる。彼女の手首には、人には見せられないような酷《ひど》い傷がある、という。

「みんな、仲良くしてね。リストちゃんだって、ショーをやるパフォーマーとしては天才的なんだから」

リストさんがいなくなるのを見計らったように、オーナーがわたしたちに……というかルーシーに言った。小さく、わたしの隣でルーシーが舌打ちをするのが聞こえる。

「あいつがやってるのはSMなんかじゃないわよ。ただ、イカレてるだけ」彼女はわたしの腕を肘《ひじ》でつっつき、「ねえ?」

首を傾げ、同意を求める。それにわたしは、笑顔を浮かべることで応《こた》えた。声はでなかった。……わたしは人形だ。頭はからっぽ。だから大丈夫、と自分に言い聞かせる。こんなことで不愉快になったり、人の悪意を感じたりはしない。営業がはじまると、わたしたちはソファを立つ。トイレから戻ったリストさんだけが止まり木に座り、タバコを口にくわえる。ルーシーは彼女に対しては、無視を決め込むことにしたらしい。

なんだか嫌な空気だが、とにかく営業時間だった。もう嫌だなぁ、帰りたいなぁ、とわたしは口の中で小さく呟《つぶや》く。うげぇ、なんか吐きそうな気分。営業がはじまっても、うまくお客さんたちと会話することができなかった。名前を呼ばれても気がつかなかったり、グラスを倒してしまったりと、細かいミスを連発する。なんだかいつもの調子がでない。笑顔がひきつっているのが自分でもわかった。しかも、こんな日に限って混雑したりするのだ。ついてない。

そうこうしているうちに、オーナーがステージに上がった。人々の注目を集めるように手を大きく広げると、声をはりあげる。

「皆様！　今宵《こよい》のショーは少々過激になっております！　心臓の弱い方はどうぞ、目をおつむりになって！」

スポットライトが灯《とも》る。ステージではなくて、店の中心にある銀色のポールだ。ＰＡからは激しい音楽が流れはじめる。金属と金属がぶつかり合うノイズに、空気を切り裂いて血を流させるような苦痛に満ちた悲鳴。いまどき珍しいガチガチのノイズミュージックだった。耳が痛くなり、心がぞわぞわと不安になってくる。照明で鮮やかなグリーンに染め上げられた空間に、黒い影が現れる。リストさんだ。

彼女はショーでパートナーを使わない。使うのは自分の体と道具だけ。手には細長い筒を持っていたが、彼女はそれを床に置くと、客席に妖《あや》しい微笑みを向けながら、キャットスーツのジッパーに手をかける。音楽に合わせて体をくねらせながらも、じらすこともなくあっさりとスーツを脱ぎ捨てた。黒いレースのブラジャーとショーツ。ラバーのブーツ。そして決して外すことのない手袋だけの姿になる。照明の色に染まった肌。それを目にした観客たちのあいだから、ため息のような音が漏れるのを聞いた。ただそれが、美しく整った彼女の体への賛美の声だったのか、それとももっと別の声だったのか、わたしにはわからない。

「ひくわ」

隣のソファで、わたしとは別のお客さんについていたルーシーが、リストさんの裸体を見て眉をひそめる。

リストさんの体には、首から背中、ショーツからはみだした尻《しり》、太もも。全身に、色鮮やかな絵が描かれているのだった。タトゥー。他のSM嬢の中にも刺青《いれずみ》やボディピアスを施している娘はいる。けれど彼女の体に施された装飾は度を越していた。そのままでも美しい白い肌よりも、色が入った箇所の方が確実に多い。そして、彼女が腰をくねらせ、艶《なま》めかしい仕草で髪をかき上げるたびに、光を反射して皮膚のあちこちがきらきらと輝いた。鎖骨や胸元、うなじにまでピアスがついている。ポールを手でつかむと、脚をからませてくるくるとまわる。そうするとまるで、一枚の絵画が艶めかしいダンスを踊っているように見えた。

リストさんの背中一面に描かれた、黒い太陽が目に入る。一見すると黒く塗りつぶされているように思えるけれど、よく観察してみれば、それが何重にも刻み込まれた幾何学模様の集合から成っていることに気がつく。

神経症的な暗い太陽。

踊り子が少し変わっているというだけで、これだけなら普通のポールダンスだ。が、続けてリストさんは足元に置いてあった筒を拾い上げると、それを顔の前で逆さにした。ジャラジャラと小銭が床に散らばるような音を立てて、中身が床に散乱する。筒はそのまま、ポイと放り捨てた。

針だ。

バーベキューに使うような金属製の串《くし》を、もっと細く、鋭くしたような。きっと特注なんだろうな、とわたしは些細《ささい》なことを考える。その細く鋭い針は、床の上に何十本と転がっていた。そのうちの一本をリストさんは手に取ると、挑発的な笑みを浮かべてみせる。黒い手袋と銀色の針が生み出す鮮烈なコントラスト。そのまま、躊躇《ちゅうちょ》することもなく、彼女は針の先端を自分の二の腕に突き刺しはじめた。

「ひえ〜。痛そ〜」

琥珀さんが呟き、目を伏せて顔を両手で覆う。わたしはじっと、魅入られたようにショーを眺めていた。お客さんのドリンクを作るのも忘れている。

ぐにぐにと皮膚がゴムのように伸びるのも無視して、リストさんは針を持つ手に力を込めていく。その先端は皮膚の下を進み、そのうち貫通して腕の反対側から飛びだした。傷口からは赤い鮮血が一筋の線を描いて流れている。刺さった針をそのままに、彼女は二本目の針を手にする。体を動かすたびに、長い針の先がぶらぶらと揺れた。痛くはないんだろうか、とわたしは不思議に思った。彼女の顔は苦痛に歪《ゆが》むどころか、唇の端を持ち上げ、艶めかしい微笑みを浮かべ続けている。

笑顔を崩さないまま、腕、太もも、背中、そして乳房にまで針を貫通させていく。流れでた血液が、肌に刻まれた鮮やかな絵に新しい色を加えていく。

「こんなの、見世物小屋じゃない。わたし、好きじゃないわ」ルーシーがわたしの耳元で囁いた。

たしかに、この店でやるには、彼女のショーの内容は少し過激だ。けれどわたしには、ルーシーの言葉があまり聞こえていなかった。禁忌は半ば強制的に人を惹《ひ》きつける。血と痛み、暴力。リストさんが針を体に突き刺すごとに、自分の体もどこかがズキズキと痛んだ。見ていて息苦しくなる。けれど、目が離せなかった。それは他のお客さんたちにも言えることで、誰もが苦痛を想像し、顔を歪めているのに、ショーを見続けている。顔を手で覆い隠している琥珀さんさえも、指の隙間からショーを眺めていた。まるで、ホラーを鑑賞する怖がりな子供。

全身から針を生やした状態で、リストさんはポールを軽やかな動作でよじ登ると、脚だけでポールにぶら下がりながら、体を弓なりにそらせて回転してみせた。針の先端がきらめき、流れだした血の飛沫《ひまつ》が床に点々とした染みを生む。くるくると回転しながら彼女は床に下り立ち、今度は一本一本針を抜く。針が抜けた途端に傷口からは激しく血が溢《あふ》れだす。そして、体中から血を流したままで一礼すると、スポットライトの外へと消えた。

銀色のポールには、掠《かす》れた血の跡が残っていた。

スピーカーから鳴り響くノイズが止み、数秒の沈黙のあとに、思いだしたように拍手が降り注ぐ。ルーシーは不満げだったけれど、ショーは成功に終わったらしい。気分を悪くするお客さんもいなかったみたいだ。わたし自身、心臓がいつもより強く脈打っているのがわかった。何による興奮なのかは、自分でもわからない。

いったん控室に戻ったリストさんは、ショーの前となんら変わらぬ涼しい顔をしてでてきた。再び拍手をするお客さんたちに、にこやかな笑顔をふりまいている。なんだか大変なことになりそうな予感があったけれど、どうやら今日も一日を無事に乗り切れそうだ。と、安心しかけたときにかぎって。

店のドアが開き、社長がやってきた。名前は覚えてないけど、とにかく社長だ。説教が大好きな面倒くさいやつ。うげぇ、なんだかすごく嫌な予感、と胃のあたりがきりきりと痛む。

空いていたソファに社長が座る。ポールを挟んで正面の、わたしからは離れた席だった。

よかった。とりあえず一安心。オーナーがおしぼりを渡しながら、しなを作って謝った。「ごめんなさいねー。今日ちょっと忙しくて、手が空いている女の子いないのよ。もうちょっと待っててね」

「えー？　指名料でもなんでも払うからさー。ちゃんと女の子呼んでよー」社長は無遠慮に言うと、何がおもしろいのか下品な笑い声を上げる。「わしはオカマバーに来たんじゃないぞ。中年男に接客されても楽しくないなー」

その不愉快な言葉にも、オーナーは笑って応対していた。傍《はた》で聞いているこっちの方が、胸糞《むなくそ》が悪くなってくる。このまま帰ってくれればいいのに、と口にはださずに思う。いつもより忙しいのは事実だ。

と、そんなふたりの様子を眺めていたわたしの視界を、黒い影が横切る。リストさんだった。どこへ行くのかと思えば、なんともまあ堂々とした足取りで、トイレへと向かっているのだった。なんてタイミングの悪い。

「おい、きみ。ひまそうじゃないか」社長がリストさんを呼び止めた。

「お花を摘みに行くので忙しいんだけど」リストさんが答える。いちおう、学習したらしい。

「それはつまりひまだということだ。ちょうどいい、指名してやる」

「あらほんと？　うれしいわ」棒読みで口にすると、彼女はトイレを指さして、「でも先にオシッコしてからね」

やっぱり学習してなかった。じゃなきゃバカにしているかだ。たっぷり十分以上もかかってトイレから戻ってきたリストさんは、どすんと音を立てて社長の隣に座る。心配そうな視線をソファに向けながらも、オーナーが離れた。と、リストさんは社長がくわえている葉巻を目にして、自己紹介をするよりも先に、

「あ！　葉巻！」宝物でも見つけたかのように声を上げ、続けてわざとらしい猫なで声をだす。「ねぇん。あたしにも一本くれない？　好きなのよ、葉巻。味なんてわからないけど」

「なんだきみなれなれしいな。見ない顔だが新人か？」社長はリストさんの顔をまじまじと見て、「それになんだ、それは。ピアスか？　首に入れとるのは刺青だろう。まったく信じられんな、最近の若いやつは後先も考えずにそんなものを入れるとは聞いていたが、刺青なんて、古くは罪人の証《あかし》だったんだ。どうせそんなことも知らんで、ファッション感覚で入れたんだろうが……」

「そんなこと言ったら、弥生《やよい》時代には男はみんな顔に刺青入れてたっていうじゃない。犯罪者に刺青入れるようになる江戸時代よりもずっと昔よ」

「そんな話はしとらん。現代においては、とにかく人に不快感を与えるという話をしとるんだ」

「……あたしの友達で風俗嬢やってる娘がグチってたんだけど」

社長の言葉を完全に無視して、リストさんが薄い唇を開く。

「一番うざい客ってのが、説教してくるオッサンなんだって。こんな仕事をして恥ずかしくないのかとか、親御さんに申し訳ないと思わないのかとか、偉そうに言ってくるやつ。そういうのにかぎって、ヤることはきっちりヤってってくんだってさ。挙動不審で包茎のキモオタの方がまだかわいげがあるって言ってたわよ」

葉巻がもらえないとわかった途端、手のひらを返したようにぞんざいな態度になった。なんてわかりやすい人。言っていることもかなり危険だ。ちょうど正面の席にいるため、わたしはこのやりとりをハラハラしながら見守っていた。隣でわたしのお客さんが何か言っていたが聞こえない。耳の神経が指向性になっていた。社長がいまにも怒りだすんじゃないかと思っていたのだけれど、彼は自分が皮肉られていることに気がつかない様子で、「なんの話をしているんだ？」首をかしげる。「いまはきみの話をしているんだ。きみな、歪んでるよ。親からもらった大事な体に、自ら好んで傷をつけるなんて。まったく何を考えとるんだ」

口から唾《つば》を飛ばして喋《しゃべ》り続ける社長の言葉を聞いていて、わたしは本気でテーブルのうえに嘔吐《おうと》しそうになった。苦手なのだ、こういう場面が。離れたところで聞いていて、自分には関係のない話だと理解しているのに、自分が叱責《しっせき》されているような気分に陥ってくる。それに、このままじゃリストさんがブチギレて、トラブルを起こすのも時間の問題のように思えた。動悸《どうき》を堪《こら》えながら、わたしは隣の席にいるルーシーに顔を向ける。

「ねえ……」

助けてあげなよ、わたしにしてくれたみたいに。

そう言おうとして、口をつぐんだ。いつもならさりげなく他のスタッフたちをフォローしてくれる彼女が、いまは、ニヤニヤと笑みを浮かべながらリストさんと社長のやりとりを観察していた。

期待しているのだ。リストさんが問題を起こして、不利な立場に追い込まれるのを。嫌だ。なんだかよくわからないけれど、すごく嫌な気分だ。ぐぇ、吐く。

「……親からもらった、大事な体？」

わたしの吐き気とは関係なく、静かな口調で、リストさんが言った。その顔には、うっすらと笑みを浮かべている。凍えそうなまでに冷たく、美しい微笑みだった。

「そうだ。きみにだってご両親がいるだろう。お母さんは、お腹を痛めてきみを産んだんだ。その大事な体に穴を開けたり刺青《いれずみ》を入れたり、親御さんに申し訳ないとは思わないのか」

社長は自分の言葉に満足したようにうなずく。なんとなく、いいことを口にした気分になっているのだろう。と、リストさんはやはり笑みを崩さずに、

「あたしね。友達からはリストってあだ名で呼ばれてるんだけど。なんでだか、教えてあげましょうか？」

「あのなぁ、きみ。わしの話を聞いてなかったのか？」

悦に入っていた社長が不快そうな表情を浮かべる。しかしリストさんは気にする気配も

なく、手袋を指先でつまんだ。その、誰にも見せたことがない素肌。遠巻きに様子を窺《うかが》っていたオーナーが、悲鳴を上げるように「リストちゃん！」と叫ぶ。

見ちゃいけない、と直感が訴えていた。けれどわたしの視線は彼女の手元に縛られて離れない。彼女はその黒い手袋を、キャットスーツを脱いだときと同じように、惜しげもなく、なんの躊躇《ちゅうちょ》も戸惑いもなく、脱ぎ捨てた。

そうして暗い照明の下、あらわになった手首。

それは綺麗《きれい》なものだった。傷跡ひとつない。ただ腕からのびたトライバル柄の荊《いばら》のタトゥーが、手首から手の甲、指先までとどき、そのまわりを飛ぶ黒い蝶々《ちょうちょう》が、繊細に描き込まれていた。

思わず、ほっと溜息《ためいき》をつく。噂は噂だ。リストさんのイメージに自殺未遂という言葉は、そもそも似つかわしくない。……が。安心しかけたわたしの耳に、社長のうろたえた声が響いた。

「な、なんだその手は！」

その叫びにも似た声に、わたしはあらためてリストさんの手を見た。そして、息をのむ。胃のあたりが、すーっと重たく沈む感覚。わたしだけじゃない。隣ではついさっきまでいやらしい笑みを浮かべていたルーシーすらも、顔をひきつらせて体を硬直させている。彼女も知らなかったのだ。

「もう片方も脱いでほしい？」

リストさんは残った方の手袋も脱ぎ捨てる。

その手はパッと見ただけなら、とても指が長く、すらりとした美しいものだった。けれど、どこか違和感を覚える手。

……指が長すぎるのだ。いくらなんでも。戯画化された絵の中にしか存在しないような、不自然でバランスを欠いた手。

指と指の根本。水かきの部分が、大きく切り裂けていた。手の甲のあたりまで。タトゥーで隠されてはいるが、裂けた肉の痕《あと》が爛《ただ》れたように盛り上がっている。

「フランツ・リストって知ってるかしら？　十九世紀の作曲家でピアニスト。『ラ・カンパネラ』や『超絶技巧練習曲』が有名ね。彼はピアノがとんでもなくうまくて、指が六本あるなんて噂が真面目に論じられていたくらいなの」

彼女は歌うように言いながら、顔の前で指先を艶《なま》めかしく動かす。描かれた蝶《ちょう》が、荊のまわりを舞うように。

「彼についてはいくつも伝説的な逸話が残っているんだけど、そのうちのひとつに、こんなのがあるの。リストは、指がよく広がるように、手の水かき部分を切断したっていうのね。……あたしのこの手と同じように」

誰も何も言えなかった。まるで彼女を除いてこの空間の時間が凍りついてしまったよう。他のお客さんたちまで、いまや彼女ひとりに視線を奪われ、その声に耳をかたむけている。

からかうようにして社長の頬に指先でかるく触れると、リストさんは言葉を継ぐ。

「母はピアニストだったわ。けれど、才能がなかったのね。音楽で食えなくなって、水商売をしているうちに知り合った客と結婚して子供を産んだわ。それがあたし。母は娘に夢を託したの」そして、自嘲《じちょう》するように笑った。「でも母に似たんでしょうね。あたしにも、才能なんかなかったわ。子供音楽教室みたいなところで、年下の子が楽々と弾いちゃう曲が、あたしにはどうしても弾けないんですもの。指がこわばって動かないの。そんな娘に、母親はどうしたと思う？……あたしの手をハサミで切って、傷が癒着しないように熱した包丁で切断面を焼いたのよ。リストみたいにピアノが上手になるかと思ったんですって」

そこで言葉を切ると、リストさんは声を上げて笑いはじめた。ソファの上で脚を上げてひっくりかえり、腹を抱えて。背をのけぞらせて。狂ったような、悲鳴にも似た笑いだった。

「親が大事にしなかった体よ！なんであたしがそれを大事にしなくちゃいけないの？」

目尻《めじり》に涙をため、のどからは喘鳴《ぜんめい》を漏らしながら、リストさんが言った。狂ったような笑い声。

その声を聞いていると、のどの奥から熱して溶けた鉄のような、ドロドロと濁った物体がせり上がってくるのを感じた。体のどこかが痛い。あ、なんかわたし、ちょっとヤバイかも。

瞬間。どん、と強烈な音をたててテーブルが振動する。衝撃でグラスが倒れ、琥珀色《こはくいろ》の液体と氷が床に飛び散った。社長がこぶしでテーブルを叩《たた》いたのだ。

「いまは！　そんな話をしとるんじゃない！　きみの接客態度について話しているんだ！」

ああ、もう無理ですなんかいろんな人ごめんなさい先にあやまります。わたしは心の中でそう呟《つぶや》いた。

ゲロは吐かなかった。

代わりに、わたしは隣に座ったお客さんの手から中身がなみなみと入ったグラスを奪い取ると、席を立つ。そのまま、正面の席、リストさんと社長のもとへ向かった。うしろからルーシーの声がとどいたが、なんて言っているのか聞こえなかった。

社長がわたしに気がつき、顔をこちらに向けた。

その顔面に、グラスの中身をぶちまけた。

「いい加減にしろクソオヤジ！」

「ミチ！」

ルーシーの怒鳴り声が聞こえた。それでようやく、わたしは自分がしたことに気がつく。全身の血がひき、体温が一気に何度も低くなる。体が硬直して動かなくなる。

やってしまった。

これは予想外。トラブルが起きるのは予想していたけれど、その原因はリストさんじゃなくて、わたしだった！　そして続け様に思いだした。そういえば今日、薬を飲むのを忘れていた。これは失敗、てへっ、と笑ってごまかそうとしたが、顔の筋肉が凍りついてぴくりともしない。目の前では社長が頭のてっぺんから水浸しになり、体を細かく震わせている。禿《は》げちらかした頭頂部から湯気が沸きそうなくらいに肌が紅潮していた。

殴られる、とわたしが体をこわばらせ、目をつむりかけた瞬間。手に何かが触れた。そのまま、強い力でひっぱられる。

「逃げるわよ」

リストさんだった。わたしの手をひき、店の出入り口へと向かう。転びそうになりながらも、ひかれるままにその背中についていった。わたしの手から滑り落ちたグラスが床で砕け散り、悲鳴を奏でる。

「待て！」

背後で怒鳴り声が響く。リストさんは足を止めずにふりかえると、空いた手の中指を天に突き立てながら叫んだ。

「誰が待つか！　バーカ！　死ねー！」

そのままドアを蹴《け》り飛ばすように開けると、廊下を走ってエレベーターに乗り込み、マンションを飛びだす。路上へでてもわたしたちは止まらなかった。薄汚い路地をどこへ行くとも知れずに走り続ける。ゴミ袋を靴底で踏みつけ、空き缶をつま先で蹴っ飛ばし。

わたしたちの勢いに驚いたように、ゴミ箱を漁《あさ》っていた野良《のら》ネコが慌てて逃げまどう。全力で走るのはひさしぶりだった。呼吸が荒くなり、肺が痛みだす。

唐突に、前を行くリストさんが笑いはじめた。金属をひっかくような甲高い、きゃははは、というイカレた笑い声。けれど不快な響きはなかった。その声を聞いているうちに、つられるようにして、わたしの口からも笑い声が漏れる。声を上げながら疾走するふたりに、通りすがりのサラリーマンや客引きたちが驚愕《きょうがく》したように目を丸めて道を空けていく。ましてや、ひとりは体のラインが浮きでたぴちぴちのキャットスーツ、ひとりは全身ピンクでフリルのついたドレスという格好だ。美しい女スパイと救出された囚《とら》われのお姫様くらいには見えるだろうか？　何かのパフォーマンスだと勘違いしたのか、通行人の中には拍手をして声援を送ってくる酔っ払いもいた。

そのうちさすがに息が切れて足を止めたが、それでもわたしたちはしばらくのあいだ笑い転げていた。周囲にいた人々が狂人を見るような目つきをこちらに向けると、顔を硬直させて逃げだしていく。

「最高。爽快《そうかい》だわ」

笑い過ぎて目尻に溜《た》まった涙を、彼女は指先で拭《ぬぐ》う。子供みたいに無邪気な笑顔だった。リストさんの言うとおりだ。爽快だった。胸の痛みすら心地いい。こんな気分になったのは、いつ以来だろう？

いつからわたしは腹の底から笑うことができなくなった？　抗不安剤なしじゃあ笑顔が作れなくなったのは、何歳のときからだろう？　覚えていない。

「それにしても、あなたがあんなことするとは思わなかった。意外と激しいのね」

ひいひいと喘《あえ》ぎながら、リストさんがこちらに意味ありげな視線を向ける。わたしは弁解するような口調になった。

「だって、リストさんがあんな……」

「リストでいいわよ。どうせ愛称なんだし。敬語も嫌い。……あのオヤジの反応、おもしろかったわね。あいつ、アキラちゃんにムカつくこと言ったでしょう。適当に怒らせて追い払おうと思ったんだけど」

わたしにとっては、彼女のこの言葉も意外だった。オーナーに接客されても楽しくないと社長が言っていたのを、さりげなく聞いていたのだ。けっこう、まわりのこともちゃんと見ているらしい。

彼女は肩を竦《すく》める。

「せっかくの努力が台無しだわ。あなたのせいで」

「ごめんなさい」

「あやまらなくていいわよ。おもしろかったし。……でも、びっくりしちゃった。正直あたし、あなたのことを誤解してたわ。てっきり、バカで頭がからっぽで、何も考えずにのうのうと本能のままに呼吸をしているだけの愚図みたいな単純女かと思ってた。……こっちこそあやまる。本当は、ハードコアでバイオレンスな単純女だったのね」

「正直に言い過ぎ」

そんなふうに思われていたのか。けっこう本気で傷つく。けれど誤解していたのはわたしも同じだろう。リストさん……リストこそ、毎日何も考えずに、それだけでハッピーに暮らせている人間だと思っていた。

「でも、あたしはハードコアもバイオレンスも、そして単純な人間も好きよ。お上品でモラルのある頭でっかちはみんな死ねばいいわ。反吐《へど》がでる」

そうして彼女は、その完璧《かんぺき》に整った顔を邪悪に歪《ゆが》めて呪詛《じゅそ》の言葉を呟くと、アスファルトの上に唾《つば》を吐き捨てた。そのちぐはぐな姿を見てわたしは再び笑いそうになった。

ふと、彼女の手がわたしの手と繋《つな》がれたままだったことに気がつく。店からここまで、ずっと手を繋いで走ってきたのだ。手袋を取った素肌からは、彼女の体温が伝わってきている。

わたしの視線に気がついたように、リストが手を離した。そのまま、背後へと腕をまわす。

「手袋忘れてきちゃった。……ごめんなさいね、嫌な気分になったでしょう」

「なんで？」申し訳なさそうな彼女の態度に、わたしは少しショックを受けていた。「そんなことないよ」

「あら、そう？」

コロリと表情を変えると、リストは隠していた手を顔の前に持ってくる。なんて変わり身のはやい。

「いや、あたし自身は気にしてないんだけど。見た人の方が、気味が悪いと感じるみたいだから」

そういうものなのか。わたしは首をぶんぶんと横にふると、

「わたしはぜんぜん、そんなことない」

そう口にはしたけれど、正直に言って、少し怖くもあった。彼女の手に残った暴力の傷跡が。爛《ただ》れた皮膚。裂けた肉。けれど、それを表にだしたくはない。

わたしは醜いものが嫌いだ。でも、もっと大切なものがある。それくらいは知っている。

わたしの言葉に、彼女はやわらかい微笑みを浮かべると、手を扇のように広げてみせる。

「あなたはハードコアでバイオレンスで単純で、おまけに優しいのね」そこには指先にからみつくようにして、繊細な荊のタトゥーが刻まれていた。「この刺青《いれずみ》、綺麗《きれい》でしょう？けっこう気に入っているのよ。自分で彫ったの」

「自分で？」

「そう。ピアノは下手くそだったけど、手先はそこそこ器用なのよ、あたし。自分で入れられる箇所には、できるだけ自分で入れるようにしてるの。……刺青に必要な機材とかって、普通にネット通販で買えるのよ。あ、そうだ！　せっかくだから、あなたにも刺青彫ってあげるわよ！　無料で」

「いや、刺青はちょっと……」正直に言えばかなり怖い。特に無料ってとこが。

「なぁんだ。練習したかったのに」リストは手をぶらりと下げる。練習ってなんだよ。

「それにしても、これからどうしようかしら。着替えとか荷物も店に置きっぱなしだし、

いまから戻るわけにもいかないし」

「ごめんなさい」わたしのせいだ。

「だから、あやまらないで。そのかわり、ちょっと付き合ってくれない？」彼女は口元で、くい、とグラスを傾ける仕草をした。「せっかくハイな気分になったのに、帰って寝るだけなんて虚《むな》しいでしょ。飲みましょ」

タミーを捜しに行かなくちゃ、という思いが一瞬頭をよぎったが、ほとんど反射的に、わたしは首を縦にふっていた。リストがいったいどういう人なのか、もっと知りたいと願った。

彼女がどこかへ向かって歩きはじめたので、その背中を追いかけながら、わたしは尋ねた。駅からは遠ざかっている。

「どこに行くの？」

「あたしいま、この近くに部屋借りてるの」首をひねってリストが答える。「居酒屋はうるさくて嫌いだし、バーなんて場所代がほとんどじゃない。そもそも財布も店に置きっぱなしだし。いいでしょ？　夜が明けて店の営業時間が終わったら、アキラちゃんに連絡して荷物を取りに行きましょ」

リストの住んでいるマンションは本当にすぐ近くだった。歩いて十分弱。雑居ビルと雑居ビルの隙間に、無理やり押し込んだようにして細長いビルが建っていた。ペンシル型マンションとかいうのだろうか。数人で力いっぱい押したら、根本からポキリと折れてしまうんじゃないかと心配になる。

「でも、こんな近くに住んでるのに、なんでずっと休んでたの？」

「ここで暮らしはじめたのはつい最近よ。しばらく海外に行ってたの」

「観光？」

「観光もしたし、仕事もしたし、改造もしたわ」改造？　いまいち意味がわからないことを、彼女は言った。「それにしても驚いたのは、外国人にも暗くてネガティブなやつっているのね。てっきりみんなマリファナきめて四六時中ハッピーなんだと思ってたわ。カルチャーショックってやつよね」

カルチャーショックの意味が少し違うような気がしたけれど、何も言うまい。

ふたりでお喋《しゃべ》りをしながら、マンションに入った。一階部分は丸々エントランスに使われていて、小さなエレベーターがついている。リストと一緒に待っていると、チン、と小さな音をたてて、エレベーターが降りてきた。扉が開く。ちょうど降りてきたところなのだろう、エレベーターには中年の男性が乗っていた。

と、中年男はわたしたちに気がつくと、ギョッとしたように目を丸め、顔を伏せながら隣をすり抜けるようにして、マンションをでていった。

その狭い箱に乗り込むと、わたしはリストに言う。

「いまの人、ちょっと挙動不審だったね。あやしい。泥棒とかじゃないの？」

「大丈夫よ、このマンション、鍵《かぎ》だけはやたら立派なのがついてるから。登録制とかで、ピッキングも難しいし合鍵も作れないんだってさ」と、そこでリストは言葉を切ると、

「ていうか……」

「ていうか？」

彼女は答えずに、わたしの姿をじろじろと眺めている。な、なんだろう？　少し緊張する。

やがて彼女は、言い難《にく》そうに、口を開いた。

「……その格好、趣味でやってるの？　もうちょっとなんとかならない？　一緒にいて目がチカチカするんだけど」

そう言われて、ようやく気がついた。

わたしは全身、真っピンク。ウィッグとドレスをつけたままだったのだ。

そりゃ、びっくりしますよね。

四

リストの住むマンションは、どうやらワンフロアをまるまる一部屋として使っているみたいだった。それでも建物自体が歪《いびつ》な構造だから、広さは十畳弱だろう。わたしたちがエレベーターを降りたのは最上階の八階。正面にひとつだけドアがついている。その手前にぽつんと観葉植物が置かれていた。幸福の木とか呼ばれている、ドラセナの仲間だ。

リストは幸福の木に近づくと、その鉢の裏側を探って、一本の鍵を取りだした。指先でつまむようにしてカチカチと鳴らすと、こっちに向かって微笑む。

「うわ。不用心」わたしは言う。「どんなに鍵が高性能でも、そんなところに隠してあったら意味ないじゃん」

「これがなかったら、あたしたち野宿よ。それにあたし、ちょくちょく持ち物をなくすから、こうしておいた方が便利なのよ」

その鍵はたしかに、あまり見かけないタイプのものだった。金属製のプレートに、模様のようなくぼみがついている。彼女は鍵をさしこむとドアを開け、真っ暗な室内に向かって、声を張り上げた。習慣なのだろう。

「ただいまー」

「おじゃましまーす」

彼女に続いて部屋に入る。暗がりの中でブーツを脱いでいると、リストが壁を探って明かりを点《つ》けた。

そして、わたしはそれを見た。ブーツに手をかけたまま硬直する。驚いた……というよりはちょっとびびっていた。一瞬、やっぱりこのまま帰ろうかな、という気持ちが湧き上がってくる。

部屋の壁一面に、何十枚もの写真が貼りつけられていた。それらが寄り集まり、一枚のモザイク画を浮かび上がらせている。なんだか、ホラー映画でこんな場面を見たことがあるような、ないような。

「いやー、やっぱり手袋がないと落ち着かないわ。パンツ穿《は》いてない気分」

わたしの混乱には気がつかないようで、リストはまっさきに部屋の片隅に向かうと、ジーンズやらジャケットやらが山積みになった中から革の手袋を捜しだし、おどけたように笑って手に嵌《は》める。きっと素肌を晒《さら》している時間よりも、手袋をつけている時間の方が長いのだろう。

一方、玄関から一歩も動けなくなっていたわたしは、壁に貼りつけられた写真の群れを指さして、恐る恐る尋ねる。なんだかわからないけれど、その写真の集合からは、邪悪と言ってもいいような雰囲気を感じた。

「あれ、何?」

「ああ、あれ」なぜか彼女は恥ずかしそうに目を伏せた。「あたしね、ネガティブアートをやっているの。って言っても、そういう確立されたジャンルがあるわけじゃないんだけど。いちおう個展をやったこともあるのよ」

「アート?」

そう聞いて、ちょっとだけ恐怖がやわらぐ。わたしはブーツを脱いで室内に上がった。彼女がどんなことをやっているのか、興味があった。

許可も得ずに、壁に貼られた写真に向かう。ほとんどはモノクロで、中には写真ではなくイラストもあった。群れをなしたそれらを俯瞰《ふかん》して見ると、ぼんやりとした人間の顔のように見える。口を大きく開き、叫びをあげるコラージュの亡霊。

「音と違って、写真や絵はいいわね。目に見えるから。音楽ってつかみどころがなくて、難しいんだもん。難しいことはよくわからないわ」とリスト。「本当はここに窓があったんだけどね。漆喰《しっくい》で固めて、壁一面を丸々キャンバスにしちゃった」

リストが言う。そう言われてみれば、この部屋には窓がない。写真を貼るために、潰《つぶ》してしまったのだ。わたしは半ば呆《あき》れながら言う。

「そんなことして大丈夫なの? 部屋でるときとか、元通りに直すのにお金取られるんじゃない?」

「知ったこっちゃないわ。問題があるとすれば、日当たりが悪くて部屋の中にキノコが生えることくらいね」

彼女は肩を竦《すく》めると、冗談か本当なのかわからないことを言った。

彼女の言葉を聞きながら、わたしは写真の一枚一枚を見ていく。てっきりモノクロなのかと思っていたら、違った。

それは、黒いアスファルトの上に、半透明の白っぽいゴミ袋が転がっている場面を写したものだった。

ゴミ袋の口が開き、そこからティッシュの塊とコンビニ弁当の容器が溢《あふ》れだしている。隣に貼られた写真を見る。それもゴミ袋。その隣も。珍しく違う被写体があったと思えば、駅のホームに設置されているゴミ箱や灰皿だったりする。ゴミ箱からは潰れた発泡酒の空き缶がはみだし、灰皿には濁った水の表面に吸い殻がぷかぷかと浮かぶ。じゃあイラストは？　と期待してみれば、そこにあるのはかなり写実的なタッチで描かれたカラスの死骸《しがい》だったりする。眼窩《がんか》はぽっかりと空いた空洞となり、蛆虫《うじむし》が湧いている。ロールシャッハテストのような模様の写真を見つけて、これはなんだろう？　としばらく考えたすえに、それが路上にまきちらされた吐瀉《としゃ》物を撮影したものだと気がついた。

「……これ、何？」

もう一度訊《き》いた。やっぱり帰ろうかな。

「人が見たら嫌悪感を催すようなものばかりを選んで、街を写していったの。……ポジティブアートみたいなのってあるでしょ？　芸術を通して世の中の美しさ、素晴らしさを知ろう！　みたいなの。あれ、大っ嫌いなのよ。吐き気がする」

彼女はその美しく整った顔を歪《ゆが》める。

そして吐き捨てるように、言葉を紡いだ。

「あんたらが綺麗《きれい》なものばかり見ているその視界の外では、ゴミ溜《た》めが腐って蛆が湧いているんだって。他人の耳元で囁《ささや》きたくなってくるわ」

「は、激しいね」

わたしの言葉にリストはかるく微笑むと、床の上に粗雑に転がっていたカメラを手に取る。本格的な一眼レフで、その大きくて無骨な機材を彼女が抱えると、ぷっくりと熟した金属製の果実を孕《はら》む、いまにも折れそうな細い木の枝を連想させる。

「だからね。誰も声を大にして言わないから、代わりにあたしが言ってあげるの。大きな声で、みんなに聞こえるように。……この世界は巨大な汚物入れだ！　ってね」

歌を口ずさむようにして言うと、リストはカメラのレンズをこっちに向けた。

「あなたも撮ってあげようか？」

「わたしは汚物か」苦笑いを浮かべて言った。

「あたしたちは、よ」わたしの冗談に、彼女は真顔でそんなふうに答えた。

正直に言って、わたしにはいまひとつ理解できない。汚いものよりは綺麗なものを見ていたい、それがみんなの本音だろう。けれど、なんとなく彼女がやろうとしていることも、わかるような気がした。この写真の群れを見ていると、心の奥底から、不安感というかおぞましさのようなものがこみあげてくる。リストのやるショーを見たときに与えられる、息苦しい感覚に似ている。

　それは痛み。

「リストは、嫌悪感を覚えるようなものが好きなの？」

「何をバカなこと言ってるのよ。好きなわけないでしょ」

　わたしの言葉に呆れたように、彼女はカメラを床に投げ捨てる。ごつん、と大きな音が鳴った。そんなに乱暴に扱っていいのか、と心配になる仕草だ。

　彼女は肩を竦めて言葉を継ぐ。

「嫌いだから、嫌悪感を覚えるのよ」そりゃそうですよね。「でも、好き嫌いを別にして、世の中はゴミ溜めみたいにできているの。あたし想像力が貧困だから、自分の目で実際に見たものを、そのままの形でしか表現できないのよ」

　写真のインパクトに惹《ひ》きつけられていたわたしは、ここでようやく部屋全体を見まわした。どうやら汚いものが好きなわけではない、という言葉は本当らしく、部屋は綺麗にかたづけられている。ゴミ袋もゲロもない。わたしのアパートなんかより、よっぽど清潔だ。

　それどころか部屋は、リストの印象からは想像もつかないくらいにファンシーで、かわいらしいもので溢れていた。彼女が真っ黒な服装で全身を覆っているのに対し、ベッドにかけられたシーツはパステルカラーの水玉模様だったし、同じ柄の枕の隣には、三十センチくらいの大きなぬいぐるみが鎮座している。人間に似た体をしているけれど、くちばしの生えた頭部を持っている。茶色い目がくりくりとしてキュートなぬいぐるみだった。トリだろうか？　頭には鍋《なべ》みたいなものを逆さにかぶり、棒状の何かを食べている。なんだかちょっとマヌケな感じでかわいい。リストの部屋にぬいぐるみとは、似合わないというか、とにかく意外だ。

「着替えなよ。こんなのしかなかったけど」

彼女はそう言って、クローゼットの奥から灰色のスウェットを持ってきてくれた。毛玉がついて、よれよれになるまで着古されたそれを受け取り、わたしは少し笑った。とんでもない美人の彼女が、この地味な色のスウェットを着て、カラフルなベッドに寝転がりながら、スナック菓子を食べている場面を想像する。リストも普通の人間なんだなぁ、と親近感が湧いた。部屋には他にも、生活感に満ちたものが溢れている。使い古された電子レンジ、小さな冷蔵庫、カラーボックス。ファッション雑誌にメイク道具。

ウィッグを外し、簡単にメイクを落としてピンク色のドレスを脱ぐ。お腹を隠しながら、わたしがせっせとスウェットに着替えている横で、リストは冷蔵庫から赤ワインのボトルを取りだしていた。どこからかソムリエナイフを拾い、慣れた動作で封を開けていく。ポン、と景気のいい音を立ててコルクを引き抜いた。キッチンからグラスをふたつ持ってきて、赤い液体を注ぐと片方を渡してくる。

「あら、そっちの方がかわいく見えるわよ」彼女はわたしのだらしない格好を見てそんなことを言う。「はい。冷やしてあるから飲みやすいと思うんだけど」

彼女は自分のグラスにもワインを注ぐと、それをごくごくとのどを鳴らして飲んだ。すぐに二杯目を注ぐ。

「おつまみに何か買っとけばよかったね。オリーブとか。あ、財布持ってなかったか」

わたしは受け取ったグラスに口をつけながら、何気なく部屋の中を見まわす。ワインは酸味が強く、重油のように重苦しい舌触りをしていた。カビにも似た独特の香り。もしかして、けっこう値の張るワインなんじゃないだろうか、となんだかちょっと不安になる。それでもアルコールを摂取することで、体の芯《しん》が少しだけ柔らかくなるのを感じる。

と、視線の先にあった物体をわたしは指さす。初めて見るもので、この部屋にあるものとしては少し浮いているような気がした。

「あれ何？」

「ああ、それ。ほら、言ったでしょ。刺青《いれずみ》入れる機械よ」

「え、これが？」

それは、一辺が二十センチほどの、平たいステンレス製の箱だった。つまみがついていて、その箱からケーブルが伸びている。ケーブルの先には金属製のペンみたいなものが繋《つな》がっていた。

刺青って、先っちょに小さい剣山みたいなのが生えた棒で入れるんじゃないの？　わたしの頭の中では、ふんどしを締めたヤクザのオッサンが、うんうんうなりながら背中に針を突き刺されている場面が浮かぶ。なんの映画で見たんだろう？

「さすがに手彫りは無理よ。最近じゃあ極道の人だって、機械彫りなんじゃないかしら」

彼女はグラスの中身を飲み干してからそれを床に置くと、カラーボックスから液体の入ったボトルと、小さなレトルトパウチのようなものを取りだす。

わたしの前で、ひとつひとつ説明をはじめた。

「このボトルに入っているのは染料。密封されているのは針。もちろん新品で使い捨てだから、感染症の心配なんてないわ。どう、やってみない？　ミチ、肌が白いからきっと似合うわ、刺青。しかも無料よ、無料」

「やりません」

わたしはきっぱりと断ると、ベッドに腰かけてワインを呷《あお》る。彼女はつまらなそうに肩を竦め下唇をつきだすと、針とボトルをポイと捨てる。タバコに火を点《つ》ける。そして酒を飲む。あっというまにボトルは空になってしまった。リストが冷蔵庫を開けて、ワインは二本目に突入する。

いい具合に酔っ払ってきたころ、リストはタバコを灰皿に押しつけると、かるく頬を上気させながらキャットスーツを脱ぎはじめた。え、こんなところでストリップ？　とわたしが驚いていると、彼女は言った。

「あたしね、いま、新しい作品を作っている最中なのよ。自分の体を使って」

キャットスーツを脱いだ彼女の体には、全身に包帯が巻かれている。それはところどころ赤く染まっていた。ショーでできた傷だ。そうして彼女は、包帯も取り去る。出血こそ止まっていたけれど、傷口は痛々しく開いたままだ。手袋と下着だけという姿で、バレリーナのようにくるりと回転する。

そこには、白い肌をキャンバスにした、一枚の絵が描かれていた。

幾何学模様が寄り集まってできた、暗い色の太陽。

その太陽を中心に、腰からお尻《しり》のあたりには荒廃した丘が描かれ、丘の上には枯れて死んだ木と絞首台が刻まれている。右の太ももにはトライバル柄の炎が体のフォルムをなぞるようにして這《は》いまわり、その周囲を活字が神経質なほどに隙間なく埋め尽くしていた。首から肩、両腕には荊《いばら》と黒い蝶《ちょう》。数匹の蝶を除いて、それ以外には生物を模したタトゥーはなかった。唯一の木は枯れ果てている。

死んだ世界。その風景は彼女の肌すべてを、浸食しようとしている。

まさしく、リストは自分の体に絵を描いているのだ。消すことのできないインクで。

わたしはなんとなく不安になって尋ねた。作っている最中、と彼女は言う。

「まだ完成じゃないの？」

「まだまだ。ぜんぜん足りないわ。理想は人間をやめることよね」

彼女はおどけたように笑ったが、わたしは笑えない。いったい何が、リストに人間をやめたいなんて思わせているんだろう。

と、黙りこくっているわたしをおもしろがるようにして、彼女は半裸のまま隣に腰かけると、指を伸ばしてわたしの耳朶《みみたぶ》に触れる。くすぐったくて、思わず身を引いた。

「な、何？」

同性だっていうのに、ちょっと緊張。リストは何も言わずに手を引くと、自分の首元を指さした。鎖骨に沿うようにしてピアスが穿《うが》たれている。

「これはマディソンっていうの」指の位置を下げる。「おっぱいのところについているのはチェストね。うなじについているのはネイプっていうのよ」

それでわかった。彼女は、わたしの耳についているピアスに触れたのだ。

「インダストリアルとか、オービタルはわたしもつけてるよ」

両方、耳に入れるボディピアス。

「ええ、あたしの耳にもついているわ」

彼女はおかっぱの髪をかき上げる。耳元にはわたしよりも多くの金属がきらめいていた。

リストは再び自分の胸に手を当てる。ちょうど胸の真ん中のあたりの皮膚が、十字の形に盛り上がり、陰影を作っていた。

「これは3Dアートインプラントっていって、皮膚の下にチタン合金でできた鉄板を埋め込んであるの」

「皮膚の下に鉄板って……」

そんなの、どうやってやったんだ？

「これがすごい野蛮な方法なのよ。メスで皮膚を切ってから、金属の棒を傷口に突っ込んで、ベリベリ皮膚を剝《は》がすの。それで傷口からジュエリーを埋め込んだら、皮膚を元通りに縫合して傷が治癒するのを待つだけ。施術時の写真あるんだけど、見る？」

「見ない見ない」聞いているだけで痛くなってきた。きっとわたしの顔は、とんでもないしかめ面をしていることだろう。「痛くないの？　……あ、麻酔か」

「麻酔なんて使わないわよ。あんなの体に毒じゃない」体を傷つけまくっている癖に、リストはそんな言葉を吐く。「めちゃくちゃ痛いけど、そこは根性でカバーよ」

「根性って……」

それでなんとかなるものなのか？　ていうか、そんな場面で根性を発揮する必要あるのか？

「これも似たようなものね。トランスダーマルインプラントっていうんだけど」

続いて彼女は腕をわたしの前に差しだす。皮膚から、六角形の頭をした小さな金属が生えていた。

「……これ、ボルトだよね？」

「残念、はずれ。ナットよ」似たようなもんじゃん！　「もちろん素材は金属アレルギーがでないように、特注して純チタンで作ってもらったものなんだけど。これも、皮膚を剝いで下に金属を埋め込んでいるの。そのときに、皮膚の一部を切除して、埋め込んだジュエリーを露出させているのよ。ネジ式のジュエリーを埋め込めば、この通り。フランケンシュタインまでもう一歩ってところでしょ？」

リストの説明を聞きながら、わたしは自分の顔が硬直しているのを感じていた。するりと、唇の隙間から言葉が漏れる。

「リストって、ちょっと、頭おかしいよね」

わたしの言葉に、彼女の動きがピタリと止まった。

ヤバイ、また余計なこと言っちゃった！　ほんの一瞬のあいだに、すさまじい後悔が襲う。なんでわたしって失言が多いんだろ、せっかく友達になれそうだったのに、傷つけてしまっただろうか、ああ、もう死にたい。

「ええ……たしかに、頭はおかしいわね。あたし」そして彼女は、ケラケラと笑いだした。店で見せたときの狂ったような笑いとは違い、楽しそうな響きがある。「何しろ、穴が開いているんですもの。この頭」

穴？　頭に？　意味がわからない。混乱するわたしに、彼女は額にかかった髪の毛をかき上げ、隠れていたおでこを晒《さら》す。吹き出物ひとつない、つるつるとした、ゆで卵みたいに綺麗《きれい》な額だ。

そこに、直径五ミリほどの、ふたつの金属製の球体が生えていた。

「ブレインピアスよ」

彼女は言った。

ブレイン……という単語を聞いて、わたしの体内を流れる血液が、重力に負けたようにいっせいに下方へ落ちていく。まさか脳に……。

「っていっても、脳ミソをいじくったりはしていないわよ。そんなことしたら死んじゃうもの」ほっとわたしが安心したのも束の間、「頭蓋骨《ずがいこつ》にドリルで穴を開けて、ピアスを通してあるの」

「……はあ？」

説明を聞いても、意味が飲み込めなかった。……頭蓋骨にドリルで穴？　脳ミソをいじくるのとそう違いが感じられない。

「生まれたばかりの技術で、どんなリスクがあるのかもわかってないんだけど。国内じゃ施術してくれるところがないから、わざわざ海外に行ったのよ。ていうか、日本じゃ違法なのね、医者じゃない人間が頭蓋骨に穴を開けるのって」

当たり前だ。呆《あき》れる。

彼女はピアスの穿たれた額を前髪で隠すと、言葉を継ぐ。

「トレパネーションって知ってる？」

わたしは首を横にふった。さっきから理解不能なことばかり聞かされて、脳ミソがショート寸前だ。こういうときはとりあえずお酒を飲むに限る。ワインをがぶ飲みしながら、彼女の次の言葉を待った。

トレパネーションは大昔からある民間療法の一種だという。

「頭部穿孔《せんこう》っていってね。生きている状態で、頭蓋骨に穴を開けるの。本来は呪術《じゅじゅつ》的な儀式だったらしくて、頭に穴を開けることで、そこから悪いものが体の外に排出されるって信じられていたんですって」

彼女はいったん言葉を切ると、ワインで唇を湿らせた。一方、わたしは顔をしかめる。

悪いものがでていく？　頭に開いた穴から？

「バカみたい」

「そうね。でも、いまだにトレパネーションを行う人たちはいて、彼らが言うには頭蓋に穴を開けることで脳圧が下がって、頭痛やうつ病が治ったり、気分が爽快《そうかい》になって意識が明瞭《めいりょう》になったりするんですって。中には、神秘体験をしてしまう人もいるそうよ」

頭痛、うつが治る。気分爽快で意識が明瞭？　神秘体験？

なーんか、どこかで耳にしたことがあるよなー、とわたしは首をかしげる。そして、いつも携帯しているピルケースが頭に浮かんだ。……鎮痛剤、抗うつ剤。それに神秘体験って、幻覚を見てるだけじゃないの？

それってつまり、ラリってるだけじゃん！

「ブレインピアスは、トレパネーションのより現代的な形なのよ」

リストはそう言い放ったかと思うと、打って変わって、残念で仕方がないというように肩を竦《すく》める。

「ハッピーになれるっていうから、やってみたのに。とりあえず、あたしは何も実感してないわね。生理痛も消えないし、精霊も悪魔も見えないわ。まあ、珍しいから気に入ってはいるんだけど」

「……ねえ」わたしは尋ねる衝動を抑えられなかった。「なんで、そこまでするの？」

「何が？」

質問の意味がわからない、というふうに彼女は首を傾げる。ぽかんとした表情。訊《き》かない方がいい、というのはわかっていた。これじゃあまるで説教好きのオッサンと同じだ。でも、わたしの口は閉じることがない。

「なんで、そこまで自分の体を傷つけるの？　痛いんでしょ？　そういうの、やるとき」

「……そうね、なんでかしらね」

リストは腕を組み、悩むようにして目をつむる。質問をはぐらかそうとしているのではなく、本当に自分自身でも理由がわからないといった感じだった。というより、いままでそんなことを疑問に思ったことがないのかもしれない。

自分を傷つけることが当たり前になった生き方。

そのうち、彼女はぽつりと言った。

「きっとあたしは、蛹《さなぎ》を作っている最中なのよ」

「さなぎ？」

ってあの、蝶々《ちょうちょう》とかカブトムシが幼虫から成虫になる途中の？　彼女はゆっくりと話をはじめる。

「あたしね、小学生のころ、学校から帰る途中の道端で、何かの蛹を見つけたことがあって。図鑑でしか見たことがなかったから、好奇心が抑えきれなくて、草にくっついていたのをひっぺがして持って帰ったの。家で飼っていれば、そのうち成虫になるんじゃないかと思ったのよ。意外とあたし、ひとり遊びが好きだったの。……というか、当時はいまほど友達がいなかっただけの話なんだけど」

リストの自嘲《じちよう》するような言い方に、わたしは彼女の手を思い浮かべる。そのころから、彼女の手には分厚い手袋が嵌《は》められていたのだろうか。

「虫籠《むしかご》に入れておいたんだけど、いつまで経っても羽化しないの。いま思えば、乱暴にいじくりまわしていたのがいけなかったのね。蛹って繊細なのよ。ちょっとしたショックでも死んじゃうんだって。……我慢ができなくなって、ちょっと強めに蛹を押してみたの、指先で。そしたら、硬かった殻がパキャッて割れて、中から茶色いネバネバした液体が飛びだしてきたの。悲鳴を上げたわ。かるいトラウマよね」

「……」わたしは黙って聞いていた。それしかできない。

「あとで知ったんだけど、蛹って、幼虫から成虫になる過程で、体を完全に作り替えるために、一度死ぬのね。アポトーシスって言って、細胞が自殺するプログラムがあらかじめ組み込まれているんですって。体の表面を硬い外殻で覆って、その内部をペースト状に融《と》かすの。そうして、芋虫から蝶々へと生まれ変わるのよ」

もう一度、リストは笑顔を浮かべた。彼女は笑ってばかりいる。狂ったように笑うし、楽しそうに笑うし、自嘲するように笑う。これはなんの笑顔だろうか？　わたしにはわからない。

リストは笑みを崩さないままに言葉を継ぐ。

「図鑑でそれを知って、自分にソックリだって思ったの。外が硬くて、内側がドロドロしている。……ね？　あたしはきっと、蛹を作っている最中なのよ。この芋虫みたいに醜くて不自由な体を脱ぎ捨てて、別の何かになるために。せっせと殻を作りながら、少しずつ自分を殺しているの」

わたしは何も答えられなかった。彼女も、それっきり何も言わない。ひたすら黙々と、ワインを飲み続ける。二本目のボトルが空になり、リストは無言で三本目に手をだした。このペース、ヤバイかもしれない、とわたしは麻痺《まひ》しはじめた頭で考える。それに、この沈黙も息苦しかった。

彼女が冷蔵庫に向かったのをきっかけに、わたしもベッドを立つ。何か話題を探そうと思って、壁に貼られた写真の群れを眺める。と、その中の一枚が目に入った。ゴミ袋とも吐瀉物《としゃぶつ》とも違う被写体。

「これ、ガスマスク？」

写真には、ラバー製の黒いガスマスクが写っていた。世の中にはガスマスクフェチという人もいて、SM関係の仕事の場合、そういう性癖の人たちを相手にすることも多い。だからわたしもガスマスクには何度か触れたことがあった。でも、これに写っているのはちょっと違う。本来なら防毒用のフィルターがついているはずの口元から、太いホースが伸び、それが傍らのボンベに繋《つな》がっている。

「ああ、それ？　マーシトロンよ。ボンベには何も入ってない偽物だけど」

「マーシトロン？」

「『慈悲の機械』よ。積極的安楽死の装置」ワインの封を開けながら、つまらなそうにリストは言った。「あたしのママね、それを使って死んだの。自殺だった」

「……」

唐突な話に、わたしは口をあんぐりと開けたまま固まった。

彼女は淡々と語る。そこにはなんの感情も滲《にじ》んでいないように思えた。まるで、他人が見た夢の内容を語るような表情。

「ジャック・ケヴォーキアンっていう医者が作った、安楽死のための自殺装置。この医者はまずタナトロンっていう薬物を使った装置を作って、医師免許を剥奪《はくだつ》されて薬物が手に入らなくなると、今度はマーシトロンを作ったの。ギリシャ語で、タナトロンは『死の機械』。マーシトロンは『慈悲の機械』ね」

そんなものを作った医者がいるのか、と驚いた。けれど、別に不思議なこととは感じなかった。誰だって、死ぬときは楽に逝《い》きたい。

「……じゃあ、リストのお母さんって」

「マーシトロンの仕組みは簡単。一酸化炭素の詰まったボンベをマスクに繋ぐだけ。マスクを被《かぶ》ってバルブを捻《ひね》れば、あっさりと死ねるわ。練炭自殺の精度を上げたようなものね。……ママは、わざわざこれを自分で作って、自殺したの。工業用の一酸化炭素まで手に入れてね。すごい情熱だと思わない？　彼女にはきっと慈悲が必要だったんだわ。苦痛から逃れるための」

「リスト……」

「娘の才能の無さに絶望したんでしょうね。あ、でも憐《あわ》れんだりしないでね、珍しい話じゃないんだから。よくニュースでやってるでしょ、この国の自殺者は年間三万人。十七分にひとりが自殺しているって。あたしのママも、そのうちのひとりだったっていうだけの話」

リストは穏やかな口調で言って、わたしの持っているグラスにワインを注ぐ。こぽこぽと音を立てて、赤い液体で満たされていく。

「無責任」わたしは言葉を吐きだすのを、我慢できない。「酷《ひど》いよ、自分の都合で他人を傷つけておいて、自分は苦しくなったら勝手にひとりで死ぬなんて。ムカつく」

わたしのセリフに、彼女はやっぱり穏やかに、笑った。

「何か、誤解しているわ。ミチは。……きっと、店であたしがあのオッサンとしたやりとりで、勘違いしちゃったのね。あれはかるい冗談よ」

まるで、子供に大事な話を言い聞かせる母親のような口調だった。

「あたしはママを憎んでなんていないし、ママもあたしを憎んでいたりはしなかった。……ううん、むしろ、強く愛しあっていた。だからママはあたしの手を切ったのよ。これはママなりの愛情表現だった。娘に優秀なピアニストになって欲しいっていう、自分にとって一番大切だった夢を、あたしに託してくれた。この傷は、あたしが強く愛されていた証拠なのよ。親が子の頭を撫《な》でるように、愛を囁《ささや》くように、あたしの手を切って、焼いた。あたしはそんなママが愛《いと》おしくて仕方がないわ」

彼女は自分の目の前に、その手を広げた。

大きく裂けた傷。そこに残った、ピンク色に爛《ただ》れた肉の壁。

「あたしが憎んでいるのは、ママの夢を叶《かな》えられなかった、あたし自身なのよ」

彼女が自分の体を傷つける理由が、ほんの少しだけ、わかったような気がした。

底知れない自己嫌悪と自己破壊願望。きっと、それがリストを形作っている。

そして、わたしはタミーのことを思いだす。自分の目玉をくり抜いたタミーと、体中に穴を開け自分の身体を破壊し続けているリスト。

「……あのさ。わたしの友達にも、自分で自分を傷つけるようなことをしたやつがいるんだけど……彼も、蛹を作ってたのかな?」

リストに訊《き》けば、何かを答えてくれるかもしれない。わたしに理解できない、タミーの心の内側について。

が、彼女は呆《あき》れたようにため息をつくと、

「そんなのあたしが知るはずないじゃない」封を開けたばかりのワインボトルをわたしに押しつけ、自分はベッドに戻るとタバコに火を点《つ》ける。「理由なんて人それぞれでしょ。自分にだって、自分が何をしたいのか、わかってない人間の方が多いんじゃない？　本人に訊けば？」

「訊きたくても訊けない。いなくなっちゃったの」

「ふうん」鼻から紫煙を吐きだす。「……そいつは何をしたの？　リスカとか言わないでね、あたし、そーゆーの嫌いだから」

彼の個人的なことについて、リストに教えてしまっていいのかどうか悩んだが、結局わたしは口を開いていた。

「自分でね、自分の目をくり抜いたんだって」

「は？　そいつ頭イカレてるんじゃない？　つきあわないほうがいいよ、そんなのと！」

頭蓋骨《ずがいこつ》にドリルで穴を開けた人に言われたくはない。

と、リストはタバコ一口分だけ考え込んで、

「……ま、あたしの知り合いにも似たようなのがいるか」そう言った。

おいおい、この国にはそんなにタミーみたいなやつがゴロゴロしているのか、んなアホな。

リストは点けたばかりのタバコを消すと、タトゥーの機材が置かれたカラーボックスに

向かい、ガサガサと音をたてて何かを漁《あさ》りはじめた。「あったあった！」とうれしそうな声を上げると、一枚のチラシを持ってくる。ポストカードサイズの小さなものだった。

そこには鋭く尖《とが》った釣り針のイラストと、小さな地図、そして一週間後の日時だけが記されている。地図の一点を赤い矢印が指し示していた。

「これは？」チラシを受け取りながら、わたしは訊いた。

「パーティーの案内状よ」リストは言った。「数か月おきにやってるの。そのうち一緒に行きましょ。いま言ったあたしの知り合いも来るはずだから。脚切りっていうの。クズだしイカレてるけど、おもしろいやつよ」

アシキリ？　足切り？　変な名前だ。入試を思いだす。とりあえず渡されたチラシは折りたたんで、脱ぎ捨ててあったわたしのドレスと一緒にしておく。

ベッドに戻るときに、少し足元がふらついた。自分で考えている以上に酔っ払っているみたいだ。そんなわたしの姿を見て、リストが声を上げて笑う。

「ちょっと眠りましょうか。酔っ払いもいることだし」

「酔っ払いって誰のこと？　……うん、でも、ベッドひとつしかないね」

「いいわよ、一緒に寝れば」

そう言って彼女はわたしの腕をつかむと、わたしを抱きかかえるようにしたままベッドに倒れ込む。予想外にその力は強く、しかもわたしは酔っ払っていたために、ほとんど転ぶようにして彼女に押さえこまれてしまった。リストは下着姿のままだ。

リストはわたしをベッドに横たわらせると、強引に馬乗りになる。わたしの視界には、微笑んだ彼女の上半身と白い天井。

……あれ？　なんか危険な感じ？

「……あら。ミチ、お腹に薄く傷跡あるのね」

と。リストはわたしのへそのあたりに目をやって言った。組み伏せられたことで、スウェットがめくれあがっていたのだ。

「あんま見ないで」

反射的に手で隠す。きっと、全力疾走して汗をかいたせいで、ファンデーションが落ちてしまったのだ。それに、アルコールが入ったことで鬱血《うっけつ》しているのかもしれない。

が、リストはいかにも興味津々といった感じで、わたしの手を強引にどけようとする。

「いいじゃない、ちょっとくらい。見せてよ、これなんの傷？」

なんだかやたらと楽しそう。

「やだ、エッチ！　やめてよ、普通そういうこと平気で訊く？」

わたしはわたしで冗談めかしながら、彼女に抵抗した。

ふと。リストになら、言ってもいいかな、という思いが頭のどこかで小さく生まれる。

「それ、ちゃんと縫合した傷じゃないわよね。あたし、自分の体いじくりまくってるから、だいたいどういう傷かわかるのよ」

「……これね」つい、ぽろりと。唇から言葉が漏れていた。「お母さんが切ったの」

「ふうん」なんでもないことのように、彼女はうなずく。「なんで？」

こんなにもあっけらかんと尋ねられたのは生まれて初めてだった。これまでにも何度か、恋愛関係になった男に訊かれたことはある。でもみんな、同情するような、あるいは何かを怖がるような。そんな目をしていた。唯一違ったのは、子供のころから知っているタミーだけ。

リストはまるで、髪形を変えた友人にその理由を尋ねるように、自然に訊いた。その事実が、わたしの口をかるくした。

「ちょっと、変な人だったから。……新興宗教っていうの？　に凝ってて。わたしも子供のころ、霊能力者みたいな人のところに連れて行かれたの」

そこで、どう見ても普通のオッサンにしか見えなかった自称霊能力者は、わたしを指さして、『この子の中には悪いものがいる』なんて言った。

そのことについては、何も思うことはない。霊能力者のオッサンは、これを飲めば悪いものがでていくという一本数万円の水を売りたかっただけだし、そうすることで他人からちょっと尊敬されたかっただけだ。誰だってお金は欲しいし尊敬されたい。

でも、それを聞いたわたしの母は慌てた。

その日の晩に、激痛に目が覚めると、わたしの上に包丁を持った母がいた。『ミチの中に、悪いものがいるから、ださないと！』って髪を振り乱して。悲鳴に似た声を上げて。ベッドのシーツは赤く染まっていた。

傷は治った。

でも、跡が残った。

「それで」リストは首を傾げる。「ミチのお腹からは、悪いものがでてきたの？」

「ううん」わたしは首を横にふる。「血がでた」

わたしの中に悪いものなんていない。ただ、からっぽだった。どこかに穴が開いている。そこから何もかも漏れでてしまう。だから充《み》たされることがない。

「なんだ。つまんないの」

本当に、心底つまらなそうに彼女は言った。あんまりな言いぐさに、わたしは笑ってしまう。

「そうだね。つまんない」

そんなふうに答えたわたしの顔を、リストが真剣な表情になって見下ろす。

「……ねえ、ミチはあたしのこと好き？」

リストが訊いた。

アルコールで麻痺《まひ》した脳ミソのどこかが危険信号を鳴らす。リストは下着姿。わたしは服を着ているとはいえ、だらしないスウェット姿だ。ふたりでベッドの上。密室。……もしかして、リストってそっちの気がある人？　わたしはといえばショーでルーシーとキスをしたことは何度かあったが、基本的にはヘテロだ。なんていうか、その、本気で女同士っていうのは……。

「好きっていえば好きだけど……」

性的な意味じゃないよ、と言おうとしたわたしの言葉を遮り、リストは断言した。

「それは嘘よ」

「う、嘘？」

嘘じゃないよ……そう、わたしが口を開きかけたとき、彼女は先んじて言った。

「あたしはあなたのこと好きよ」そして続ける。「あたしはあなたのこと嫌いよ」

相反するふたつの言葉。それを、彼女は同時に使う。

彼女が声を発するたび、唇に穿《うが》たれたピアスがきらきらと光った。

「好き。嫌い。愛している。憎んでいる。ありがとう、ごめんなさい。……こんな言葉、いくらだって言えるわ。言葉なんてね、すべて嘘なのよ。思いの時点では本物でも、言語として口から放たれた瞬間に、それは嘘になるの。ゴミよ、言葉なんて」彼女は微笑む。「この世界で唯一、人と人との接触を証明することができるのは、傷跡と痛みだけ。言葉なんて嘘ばっかり。でも、傷は違う。あなたとあたしはこうして触れ合いました、っていう事実が、確固たる痕跡《こんせき》として残る。人間関係なんて、実際のところは、傷つけるか傷つけられるか。このふたつがすべてなのよ」

まるで歌うように。詩を朗読するかのように言う。その声に、わたしは逆らえなくなりそうになる。

「でも……言葉で気持ちを伝えることも、大事なんじゃない？」

「あたしとあなたは他人よ。それ以外の人間も、すべて他人。人は他人の言葉なんて聞かないし、聞いたところで理解しない、理解したってすぐに忘れるわ。言葉なんてゴミ、汚物よ。人と人との繋《つな》がりを築くものは、苦痛だけ。だって傷跡は、目に見えるもの。指先で触れることができる。そのときの痛みを連想することができる」

「え、あの、ちょっと、いまいち意味がわから……」

わたしは息を呑《の》んだ。

いったい、どこに隠し持っていたんだろう？　いつから用意していたのか。

彼女の手には、長さが五センチほどの、銀色に輝く針が握られていた。

注射器の先端についている針を拡大したような、ステンレス製のパイプを斜めにカットした形状。わたしもピアスは何か所か開けているから、それを知っていた。ピアッシングをする際に使う、ニードルという道具だ。薬局で売っているオモチャみたいなピアッサーと違って、正真正銘の医療用具。とは言っても、それは単なる無骨な形の針だ。

「あたしはミチのこと好きよ。この一晩で、好きになったわ。こういう気持ちに、時間なんて関係ないものね」リストは手袋をした右手の指先で、針をつまむ。「だから、全力で愛してあげる。全力で傷と痛みを刻みつけてあげるわ」

「ええ、ちょ、ちょっと待って！」

ヤバイヤバイヤバイ！　なんかわからないけど、とにかく身に危険が迫っていることだけはわかった。それも、純潔を汚されるとかそんな類《たぐい》の危険じゃない気がする！

抵抗しようとしたわたしの手を、彼女は太ももで挟み込む。信じられないくらいに強い力だった。そうして彼女は、空いた手でわたしの服をたくし上げると、そのままブラジャーもずり下げる。乳房があらわになる。外気にさらされた肌が、驚いたように鳥肌を立てる。恥ずかしさよりも恐怖が勝った。体が緊張して、石になってしまったように動かない。

そのガチガチに硬直したわたしの胸を、リストは優しく揉《も》んだ。指先で乳首に触れる。かすかに痛みを感じるくらいの強さで乳首をつまみ、ひっぱったりしているうちに、こんな状況だというのにそれが少しずつ勃起《ぼっき》してくるのがわかった。

「お願い……本当に、やめて」

自分の声が、いまにも泣きだしそうに震えているのがわかった。ていうか、ちょっと泣いていた。涙が溜《た》まり、視界に映るリストの姿がぼやける。

「かわいい」はっきりとは見えなくても、彼女が笑顔を浮かべているのがわかった。「好きよ」

針の先端が乳首に触れる。その金属の冷たさに、血の気がひいて体温が下がる。ちりちりとした、鋭利な痛み。少しのあいだ、全力で暴れた。身をよじり、足をばたつかせる。ベッドがぎしぎしと音を立てて軋《きし》んだ。それでも彼女の拘束から抜けだせない。

針を持つ手に力が加わる。鋭く研がれた針の切っ先が、ぷつり、と音が聞こえてきそうな抵抗を残して、皮膚を切り裂く。そのままずぶずぶと、ステンレスの刃《やいば》はわたしの体の中に沈み込んでいった。

激痛。

衝撃ともいっていい、信じられないほどの痛みに、思わず声を上げた。肺が押しつぶされ、喘《あえ》ぐような響きになる。全身の筋肉がショックを受けたように痙攣《けいれん》する。反射的に足が持ち上がった。涙が零《こぼ》れて頬を濡《ぬ》らす。

ほんの二秒ほどのあいだに、針は乳首を貫いて反対側から切っ先を覗《のぞ》かせた。傷口からほんの僅《わず》かにだけ、血が流れる。痛みよりも、ジンジンと痺《しび》れるような感覚が体全体を包み込んでいた。

なんでこんな状況になったんだ？　思考がまとまらない。と、ニードルがわたしを貫通したままの状態で、リストは自分の耳に手を伸ばす。軟骨部分についていたバーベルピアスを外すと、そのまま慣れた動作でわたしの乳首に取りつけた。ネジ式になったキャッチを締め、血で濡れたニードルをゴミ箱に捨てると、ようやくわたしの上から下りた。ニコリと微笑み、「そのピアスあげるわ。感染症とかは持ってないから、安心して」そう言った。

わたしの右の胸には、銀色に輝くピアスが残った。

乳首は傷つけられたことで充血し、腫《は》れ上がっている。乳房に血で描いた線が流れていた。

レイプされた気分だった。

ていうかこれレイプだよ、完全に。わたしは虚脱症状に陥った。全身が汗でぐっしょりと濡れ、酷《ひど》い疲労感が体に残った。力が抜けて、四肢をだらりと伸ばしたまま動けない。痛みは不思議となかった。ただ、体が自分のものじゃなくなってしまったような不安だけがある。そんなわたしを見て、リストはなぜかニコニコと笑顔を浮かべていた。彼女に何か言いたかったが、なんて言えばいいのかわからなかったし、のどが潰《つぶ》れてしまったように声がでなかった。

パクパクと動くだけで音を発さないわたしの唇に、リストはかるくキスをした。触れた唇は柔らかく、赤ワインの味がする。

しくしくと泣いているわたしをよそに、彼女は作業的な動きで胸に消毒液をぶっかけると、抗生物質軟膏《なんこう》をピアスに塗って、それが終わるとわたしの隣に横たわり、遊び疲れて満足して眠る子供のように、すやすやと寝息をたてはじめた。めちゃくちゃだ。なんだかもう怒ればいいのか悲しめばいいのかわからなくて、とにかく泣いた。そして瓶に残っていたワインを一気飲みした。胃のあたりに火がつく。そのまま火がどんどん大きくなって、体を流れる血液に乗って全身を侵略し、わたし自身を焼き尽くしてくれればいいのに、と思った。でもこれくらいの熱量じゃ人間は死ねない。

いつのまにか眠り、そして目覚めた。リストはすでに起きていて、身支度を整えている。革のジャケットと革のパンツ。手にはもちろん手袋。仕事中と同じ、真っ黒でタイトな服装だった。

「ほら。もう朝よ。スタッフの女の子たちはみんな帰っただろうし、店に荷物とりに行きましょ」

リストは何事もなかったかのように言う。もしかして昨夜のできごとはすべてアルコールが見せた幻覚だったんじゃないだろうか？　そう思って自分の胸を見てみたら、やっぱりそこには銀色のピアスが貫通したままだった。

ああ、ちくしょう。口にはださずに呪詛《じゅそ》の言葉を吐きだす。ジンジンと痺れていた感覚も消え去り、いまは火傷《やけど》しそうなほどの熱と、ずっしりと重く鈍い痛みが枷《かせ》のように残っていた。痛い。マジで痛い。泣きたくなる。しかも昨夜のアルコールも残っていて、頭の芯《しん》に焼けた鉄の塊を突っ込まれた感覚と吐き気があった。ダメだ。最悪な気分。もう一回寝よう。ていうかこのまま死のう。

そう思って目を閉じたわたしをリストは強引に起こし、ショックが抜けきらないこの体をまるで着せ替え人形のように整えていく。ブラジャーがピアスに当たって痛い。

「朝っぱらからピンクのドレスっていうのはちょっとげんなりするわよね」リストはそう言うと、わたしに紺色のジーンズと白いセーターを着せた。「うん。サイズも合っているみたい」

茫然自失《ぼうぜんじしつ》したままわたしは彼女に手をひかれて店に戻り、上の空でオーナーの声を聞くと、自分の服に着替えて帰路についた。別れるときにリストは、部屋で見たチラシをわたしのジーンズのポケットに突っ込み、「またね」と手をふった。

いったいわたしの身に、何が起こったんだ？　というのが正直な感想。

空気には朝の冷たさが残っていたけれど、頭上には雲ひとつない青空が広がっていて、太陽光がさんさんと世界に降り注いでいる。電線に止まったスズメはちゅんちゅんと陽気に囀《さえず》り、こんな天気の下ではゴミ箱を漁《あさ》る野良《のら》ネコも心なしか上機嫌に見える。ジャージを着て首からタオルを下げたお爺《じい》さんが、道端を元気よくジョギングしている。

何もかも、ぶち壊してやりたかった。青い空も澄んだ空気も生命に満ちた世界も、どれもこれもが憎たらしい。

いくらなんでも、酷い仕打ちだ。じくじくと乳首が痛む。なんでこんな不条理なことをされなくちゃいけないんだろう？　わたし、リストに何かした？　マシンガンを持って街にでて、目に映るすべての生物、スズメもネコも健康志向なクソジジイも、かたっぱしから撃ち殺してやりたくなった。けれど現在わたしの手元には銃がないし、何よりも歩くだけでも胸が服に擦《こす》れて激痛が走ったので、そんなことはできそうにない。いまのコンディションなら皮膚病にかかった死にかけのチワワと闘っても負ける自信がある。

マシンガンの代わりにコンビニでビールを買った。店の控室に置き忘れていたピルケースから鎮痛剤を取りだすと、お菓子を食べるようにして口に放り込む。ビールで胃に流し込み、ついでに抗不安剤と眠剤も嚥下《えんげ》した。ビール片手に帰り道をとぼとぼと歩く。しばらくすると、体の中にしこりとして残っていた痛みと不快感がオブラートで包んだように、ほんの少しだけ意識から遠ざかった。二日酔いも治った。アルコール中毒の特効薬はアルコールだけだ。

リストはなんでこんな酷いことをわたしにしたんだろう？　それぱっかり考えていた。好きとか言っていたくせに、嘘つきだ。それともやっぱり、本当は嫌われていたんだろうか？　何がいけなかったんだろう。乳首に針を刺されたことよりも、その痛みよりも、彼女に暴力をふるわれたことがショックで、悲しかった。鼻の奥につんとした痛みを感じる。

アパートに着き、古びた階段を上がって自分の部屋に向かう。もう、帰ったら死のう。うん、そうしよう。決めた、嘘じゃないぞ、本気だぞ。

と、うつむいてばかりいた顔を上げると、わたしの部屋の前にうずくまる人影に気がついた。向こうもこちらに気がついたように、ゆるゆると立ち上がる。安堵《あんど》したような声が聞こえた。

「ミチ。どこ行ってたんだよ」

「うわーん！　タミー！」

手にしていたビールの缶を放りだして、彼の胸に飛び込んだ。が、乳首に痛みを感じてすぐさま「イテ！」と叫んでタミーを突き飛ばす。

「なんだよ、いったい」

わたしに押されてよろけながら、タミーは呆《あき》れたような困惑したような複雑な表情を浮かべる。けれどその声は、迷子になっていた子供が親を見つけたときのような、不安から解放された響きを持っていた。ほんの少しだけ、昔のタミーの姿がちらつく。

「どこ行ってたんだよ。おれ、ちょっとでかけただけなのに、ミチいなくなっちゃうし。部屋に入れないから廊下で寝たんだぜ？　……うわ、酒くせぇし」

嫌悪感をあらわにして、タミーは鼻をつまむ。

「タミー、戻ってきてくれたんだ」

「いや、だっておれ行くとこないもん」

うれしかった。世の中に嫌いなものは腐るほどあるけれど、その中でわたしが最も嫌いなのが、人から嫌われることだった。他人のことは嫌いなくせに、他人から嫌われるのは嫌いだなんてわがままだとは思うけれど、自分じゃどうしようもない。

リストに傷つけられて沈んでいた気持ちが、タミーがわたしを頼ってくれていると知って、僅かに浮上する。単純だと思う、自分でも。それでもよかった。彼がわたしを無料で泊まれるホテル代わりに使おうとも、いまの絶望的な気分の中では気にならない。鍵《かぎ》を開けてふたりで部屋に入り、わたしは少し便器に嘔吐《おうと》してから、シャワーを浴びて汗を流した。

乳首に穿《うが》たれたピアスには、血が乾いて固まり、こびりついていた。その塊を熱い水流で洗い流す。

それにしても、リストがつけていたピアスをそのままわたしにつけるなんて、なんという衛生観念のなさだ。普通は絶対にやっちゃいけない。彼女の非常識に呆れた。全身の汚れを落とし、ピアスにはリストから渡された抗生物質軟膏を塗った。いちおうタミーに裸を見られないように浴室の中で体を拭《ふ》き、寝間着に着替えるとユニットバスをでる。

ピアスは外そうと思えば外せた。きっとこの金属製の棒がなくなれば、傷は数日で塞《ふさ》がり、いつかは痕跡《こんせき》も見つけられないほどに薄まることだろう。けれど、わたしはそれをしなかった。

なんとなく、できなかった。

タミーが冷蔵庫の余りものでオムライスを作ってくれた。

といっても、わたしは普段自炊をしないので、部屋には卵とパックのご飯しかなかった。そんなわけで具なしのオムライス。食べてみると、意外においしい。タミーにコツを訊《き》くと、「炒《いた》めたご飯にケチャップで味をつけるんじゃなくて、炒めて味つけしたケチャップにご飯を投入すること」という答えが返ってきた。本当はカレー粉と醤油《しょうゆ》を少量加えるともっと味に深みが増すそうだが、残念ながら我が家にはカレー粉がなかった。いやしかし、さすがは一時期ヒモをしていただけのことはある。家事が得意な殺人犯。

本当は、オムライスの作り方なんかより、もっと話し合わなくちゃいけないことがあったはずだ。けれど、わたしはそれを切りだせない。

タミー、なんで人を殺したりしたの？　あの《地獄へ堕《お》ちよう》っていうサイトはなんなの？　なんで、自分の目をくり抜いたりしたの？　そのたった三つの質問を口にしようとしただけで、のどの奥がひりついて焼ける感覚があった。

正直に言ってしまえば、怖かった。もしもわたしが彼の大事な部分に強引に踏み込むことで、彼がわたしを疎ましく思うようになり、暗い部屋に自分ひとりが残されるようになったら。本当に、死んでしまう気がした。いや、さっきまでは本当に死ぬつもりだったんだけどね。

代わりに、わたしは訊いた。

「タミーさ。料理上手だね。こういうのって、あの、その……」なんて言えばいいのかわからずに、わたしは曖昧《あいまい》な言い方をする。「あの人と一緒に暮らしていたときに覚えたの？」

「うん、まあ、そんな感じ」

タミーはオムライスをスプーンでかきこみながら言う。どうやら通じたみたいだ。

と。タミーは手を止めると、独り言を呟《つぶや》くように言った。

「でも、結局、食べてもらえなかったな」

「……なんで？」

「拒食症っつーの？　食べても吐いちゃうんだよ。神経性なんたらとか言ってたけど。肉や魚は完全に受けつけなくて、サプリメントとほんの少しの野菜だけで生きてた。……うまいもん作れば食ってくれるかなーって思ったんだけど、ダメだったな。肉抜きのオムライス作ったら、フライパンに卵の臭いが染みついたとか言って怒ってた。そのうち、野菜も食えなくなっちゃったよ」

神経性無食欲症だ。いわゆる拒食症。そこまで極端なのは珍しいけれど、摂食障害自体は女性に多い。そして、拒食症になる理由は大抵決まっている。

「やっぱり、初めはただのダイエットとかだったのかな」

「ああ、いや、それが」思いだしたように、タミーはこっちに視線を向けた。ふたつの瞳《ひとみ》から放たれる視線は、微妙に食い違っている。「ほら。テレビでたまに、自然の動物を追ったドキュメンタリー番組とかあるだろ?」

「ああ、うん、あるね」

わたしの頭の中では、大自然の中でゾウの親子が仲睦《なかむつ》まじく水浴びをする光景が浮かぶ。

「あれってけっこう、キツイ映像も流れるじゃん?　ライオンがシマウマを食ってたりする場面。それ見て、肉がダメになったんだと」

呆れた。冗談みたいなメンタルの弱さだ。たしかにそういった捕食シーンにはショッキングなものもあるけれど、人間だってなんでも食べる生き物だし、見たものを忘れるという機能だってついている。そんなんじゃ生きていけないぞ!　と思いかけて、気がつく。

その女性はすでに死んでいるのだ。タミーが殺した。

のどから性器までを一直線に切り開かれ、内臓をすべて摘出されてからっぽになっていた女の死体。あの写真が脳裡《のうり》に蘇《よみがえ》り、わたしは顔をしかめる。オムライスにかかったケチャップの赤が、違うものの色のように網膜を染めた。

「そりゃあ、ああいうのって見ててかわいそうには思うけど……仕方ないじゃんね。生きるためなんだもん、ライオンだって」

「ああ、違うよ」タミーはスプーンの先でオムライスをつつきながら、首を横にふる。「かわいそうだったわけじゃなくて、単に気持ちが悪かったんだとさ。血とか肉が」

なんだそりゃ。再びわたしは呆れたけれど、彼の声に含まれる形容しがたい響きを聞きとって、つい、尋ねていた。

「好きだったの？　その人のこと。……そもそも、どういう関係だったの？」

「んー？　だから言ったじゃん、殺すために会ったんだって」と、タミーは少しのあいだ考えるように視線を漂わせて、「でもまあ、気は合ったのかな。殺すつもりで会ったのに、なんとなく仲良くなっちゃって。結局、一年くらい一緒に暮らしてたし」

つかみどころのない口調。質問を変えた。

「……それなのに、なんで、殺したの？」

わたしの言葉に、タミーは無感動な声で答えた。

「ガリガリに痩《や》せてて、触ったらそれだけで骨が折れそうで。……ほっといてもそのうち勝手に死にそうだったから、おれが殺した」

彼になんて言えばいいのかわからなくて、わたしは無言でケチャップライスと卵だけのオムライスを口に運んだ。

でも、確信した。

タミーは変わってない。

言葉の端々に、優しさに似た感情が含まれていた。それがわたしに向けられたものじゃないことが、ほんの少しだけ、残念な気もした。

食器を洗うと、薬を飲んで眠った。そうして訪れた眠りは、意外にも安らかなものだった。夢も見なかった。


目が覚めたとき、窓の外は明るかった。どれくらい眠っていたのだろう？　わからない。目をこすりながら体を起こす。ベッドの横では、床に直接あぐらをかいて座ったタミーが、ひざの上にノートパソコンを乗っけて動画サイトを見ていた。わたしの愛用しているヘッドフォンをつけていて、かすかに音が漏れている。

「タミー、なに聴いてるの？」

ベッドの上から手を伸ばし、彼のヘッドフォンを勝手に外す。音漏れが大きくなった。ノイズのような激しいギターの音が漏れている。パソコンの画面では、顔色の悪い男が白目を剝《む》きながらギターを弾き、マイクに向かって叫び声を上げていた。

「エンペラー。いやあ、やっぱりかっこいいぜ」

タミーが画面に目を向けたまま言う。

「それ、デスメタルとかいうやつ？」

「ちがうちがう。これはブラックメタル。バンドによって思想に違いはあるんだけど、基本的には、悪魔崇拝を掲げてる音楽のことだよ」

タミーは楽しそうに喋《しゃべ》りはじめる。本当に、こういう変なジャンルの音楽が好きなんだろう。

それにしても、いまどき悪魔崇拝って。

「特にさぁ、九〇年代初頭のブラックメタルはすごいぜ。インナーサークルっていう、ブラックメタル好きな若者が集まってできた悪魔崇拝団体があるんだけど、こいつらが本当にめちゃくちゃでおもしろいんだよ。自殺したバンドメンバーの脳ミソでスープを作ったり、教会に放火したり、人殺しまでしたり」

「おもしろくない」眠気の抜けきらないまま、わたしはタミーに訊く。「いま何時？」

「午後一時」タミーが答える。

わたしが眠ったのは朝だったはずだから、寝ていたのは四、五時間くらいだろうか？　ぐっすり眠ったつもりだったのだけれど、意外と眠りは浅かったのかもしれない。やっぱり、なんだかんだ言って疲れていたり、緊張していたりするんだろう。

と、タミーは続けて、茶化すような口調で言った。

「すごいぜ、ミチ。丸一日以上寝てたんだから」

「……え？」慌てて携帯を手にとる。日付が変わっていた。四、五時間どころじゃない。

三十時間近く眠っていたことになる。「なんで起こしてくれないの？　仕事あったのに」「携帯鳴ってたから起こそうとしたんだよ。でもミチ、ぜんぜん起きないし」

携帯には留守録が残っていた。ルーシーから。

無断欠勤してしまった……というか、それ以前に、社長にグラスの中身をぶっかけていたことを失念していた。ヤベ、どうしよう。

聞くべきかどうか悩んだ末に、再生ボタンを押して携帯を耳に当てる。不安と恐怖で心臓が張り裂けそうになっていた。耳朶《みみたぶ》にルーシーの声が響く。

『……ミチ？　あんた、もう来なくていいから。オーナーは甘い人だから許すだろうけど、わたしは絶対に許さないからね。あんなことをして、いったい何を考えているの？　あのあと、わたしたちがいったいどれだけ大変だったか』

そこまで聞いて再生を止めた。携帯を持った手をだらりと下げると、ベッドに腰かけたまま脚を伸ばして、タミーの肩をつま先でつっつく。

「タミー」平坦《へいたん》な声がでた。「無職になっちゃったよー」

「ああ、そう。おれも無職。仲間だな」

軽薄な笑みを浮かべると、タミーはそのまま再び音楽を聴こうとヘッドフォンをつける。だからわたしはもう一度、今度はさっきよりも乱暴に彼の頭からヘッドフォンをむしりとった。

「ああ、そう……じゃねーよ！　明日《あした》からどうやって暮らしてくんだよー。住まわせてるんだから家賃入れろー」

口を動かしているあいだに、涙がでてきた。ここ二年、ずっと親しくしてきたルーシーに嫌われてしまった。わたしにしてはうまく関係を築けていた相手だと思う。それが、ダメなやつだと思われてしまった。見限られてしまった。リストにも酷《ひど》いことをされるし、もう死にたい。

「な、なんだよいきなり」わたしが泣きはじめたことに驚いたのか、タミーが怯《おび》えたような表情を浮かべる。「更年期障害とかいうやつ?」

「ちげーよ!」怒鳴った。両手で顔を覆う。「もうやだ。みんなに嫌われちゃった。もう死にたい。生きていけない。どうすればいいの?」

「暗いなー。ブラックメタル聴こうぜ。スカッとするから」

「聴きません」

わたしはきっぱりと断ってから、少しでも気分を落ち着かせるために抗不安剤を飲んだ。ここのところ飲む量が増えている気がする。

「めんどーなやつだな。それにミチ、みんなに嫌われたっていうけど、おれは別にミチのこと嫌ってないよ」

「ほんとに?」

タミーの言葉に、わたしは伏せていた顔を上げる。

「おうおう、ほんとほんと。それと家賃だけど、いま十万くらいならあるよ。それじゃ足りない？」

タミーは自分のボストンバッグをごそごそと漁《あさ》りだす。しわくちゃの一万円札が何枚かでてきた。お金なんていらなかった。つい家賃を入れろなんて口走ってしまったが、そもそもわたしはこつこつ貯金もしていて、さほど困窮はしていない。働かなくてもしばらくは暮らせるくらいだ。それに、タミーが持っているお金って……。

「それ、タミーが人を殺してもらったお金でしょ？　そんなの受け取れない」

「えー。仕方ないじゃん、おれ、働いて金もらったことないもん」

クズだ、こいつ。ていうか、殺人犯とこんなに気安く話していていいのか？　こうして一緒にいると、彼が人を殺しているという事実を忘れそうになってしまう。

と、タミーが手を突っ込んでいたバッグの口から、ごとりと鈍い音を立てて何かが床に落ちた。長さが二十センチくらいの、スティック状の金属の塊。丸い穴が二列、並んで穿《うが》たれていた。蛍光灯の明かりに銀色に輝く。

「何？」

「ああ、これ？　ナイフだよ。バタフライナイフ」

タミーはその無骨な物体を拾い上げると、留め金を外す。扇子が開くようにしてそれはふたつに割れ、中から刃《やいば》が飛びだした。鞘《さや》の部分がそのまま柄に変わる。

薄く、水に濡《ぬ》れているように綺麗《きれい》な刃だった。きらりと光を反射する。その表面に、小さく蝶《ちょう》のマークがプリントされていることに気がつく。

「あ。蝶々」

「いいところに気がついたな。ベンチメイド社製だぜ」

タミーは手にしたナイフを顔の前にかざす。刃越しに彼の笑顔が見えた。と、名案を思いついたように、

「そうだ！　現金がダメってんなら、これミチにやるよ。けっこう高いんだぜ、このナイフ。これは人殺して手に入れたものじゃないし。小遣い貯めて買ったものだから」

そう言ってタミーはナイフを折りたたんで刃を仕舞うと、わたしの手に無理やり握らせるようにしてそれを渡してくる。

蝶のマークが少しかわいかったし、わたしは強くて頑丈なものは好きだ。手の中にはずっしりとした質量がある。それはどこか心強く、頼もしく感じた。けれど、これはナイフだ。人を傷つけるための道具。

「……これで、人を殺したの？」

問い詰める口調になっていた。けれどタミーは飄々《ひょうひょう》とした態度でそれを受け流すと、

「大丈夫だよ。それ、人を殺すのになんか使ったことないから」

ひとまず安心する。じゃあ、殺人に使った道具が手の中にあると考えると、恐ろしかったし気持ちが悪かった。それを行った本人であるタミーは？　そう考えると、混乱する。

と、タミーが言葉を継いだ。

「おれの目をつぶすのに使っただけ」

「……は？」

急に、ナイフがずっしりと重みを増したような気がした。

茫然《ぼうぜん》とするわたしを尻目《しりめ》に、タミーはパソコンに向かう。動画サイトが表示されていたウィンドウを閉じると、別のサイトが現れる。

《地獄へ堕ちよう》だ。

「まだそんなサイト見てるの？」

「日課みたいなもんだから」と、タミーは画面に表示されているサムネイルを見て呟《つぶや》く。

「お、増えてる」

タミーが言うとおり、死体写真の保管庫には、『NEW』の文字が浮かんだ画像がいくつかあった。

そのうちのひとつに、視線が惹《ひ》きつけられた。

わたしはタミーの肩をゆすり、そのサムネイルを指さす。

「ね、ねえ！　これ拡大できない？」

「イテテ。なんだよ、急に」

怒ったように唇を尖《とが》らせながらも、タミーは言われたとおりの操作をしてくれる。

画面いっぱいに大写しになった画像。

それを認識した瞬間。目を見開いた。のどの奥から、空気の漏れるような音が聞こえた。

「おお、すごいな、これ」

タミーの呑気《のんき》な声が、鼓膜をすり抜けてどこかへと霧散してしまう。意味がわからなかった。なんでこんなサイトに、これが映っているのか。

そこには黒い太陽があった。

一見しただけなら、死体の写真などとは思わない。それは一枚の絵だった。まるで十字架のような形の白いキャンバスに描かれた、荒廃し、死に絶えた世界の風景。黒い太陽の下には殺風景な丘があり、枯れて死んだ木と絞首台が刻まれている。それらを焼き尽くそうとする、うねるようなトライバル柄の炎。病的なまでに緻密《ちみつ》に記された活字と荊《いばら》。そして、黒い蝶々。

それは、リストの体に刻み込まれていた世界だった。

五

「こんなの初めて見たな。これ、ただの絵じゃないぜ。たぶん、人間の皮膚を……」

タミーが何かを言っているが聞き取れない。理解できない。声は鼓膜を震わせるばかりで、脳にまでは染み込んでこなかった。

画面に表示された絵画。

リストの肌に刻まれているタトゥーだ。

ナイフを置くと、ベッドを下りる。洗濯したまま部屋のすみで山になっていた洋服の中から適当なものを選んで身に着ける。そんなわたしに、タミーがびっくりしたように声を上げた。

「おい、ミチ。どうしたんだよ」ふと考え込むようにして、「……あれ。もしかして、これ、知り合いだったりする？」

「タミー！　一緒に来て！」

困惑するタミーの手をつかむと無理やりひきずって玄関に向かう。タミーはいつものジャージを着ていたから、このままでかけられる、と思った。けれど、彼は足をふんばって抵抗した。

「いや、ちょっと待てって！」叫ぶように言う。

「待てって、何を？」わたしの口から苛立《いらだ》たしげな声が漏れた。

「ミチ、どこに行くつもりだよ」

「決まってるでしょ、あの写真って、きっとわたしの……」

「ほっときゃいいんだよ、そんなの」

タミーはそう言った。口調こそ乱暴だったけれど、その表情や声には、ほとんど懇願するような響きがあった。

「ほっときゃって……どういうこと？」

「関わると、絶対に面倒なことになる。そのうち、どこかの誰かが発見して、警察に通報するよ。それを待てばいい。こっちから行く必要なんて、どこにもない」

関わると面倒？　どこかの誰かが通報する？　必要がない？

冗談じゃない！

「じゃあ、わたしがそのどこかの誰か。そもそもあの写真だけじゃ何もわからないし。普通に、友達の家を訪ねるだけ。ね？　一緒に来て」

「やめとけって。なんていうか、わかるだろ？　暗黙のルールみたいのがあるじゃん。他人の生き死ににには関わらない方がいいんだって」

「そんなルール知りません。それに、リストは他人じゃないもん」

他人じゃない……はずだ。たぶん。

でも、それじゃあ彼女はわたしにとってどういう存在だろう？　友達？　同僚？　それとも、キスしちゃったし恋人とか？　まさか。

と、わたしの言葉に、タミーは落ち着いた口調で言った。

「他人だったら、見て見ぬふりするんだろ？」わたしの手をふりはらう。「だよな。だってミチはもう《地獄へ堕ちよう》を知って、死体写真だって見てるのに、何もしてない。警察にも通報してないし、写真に写っている人物が誰なのか気にしてもいない。別にそれが悪いことって言ってるわけじゃねーよ。みんなそうする」

「……何？　いきなりそんなこと言いだして」

タミーはじっとわたしの目を見て、口を開く。

「あの写真の被写体がミチにとってどういう人なのか知らないけど、その人はもう死んでる」

「……」

「忘れちゃえよ。それしかないんだって」

そうして、目を伏せた。

タミーの言葉の意味がわからなかった。忘れろ？　そんなことできるはずがない。

「とにかく、おれは一緒には行けない。行きたくない。ごめん」

そのとき、ふと、わたしの頭の中にある可能性が浮かび上がる。昨日……いや、おととい か。わたしが《ロマンチック・アゴニー》でリストとひさしぶりに顔を合わせた日。タミーは、どこへでかけていたんだ？

「もしかして……タミーが、その……やったんじゃないよね？」

「ちがうよ。殺すやつは他にもいる」

彼は視線を足元に落としたままで言った。

「じゃあいい。ひとりで行くから」

わたしはそれだけを言うと、タミーに背を向けて部屋をでた。

ひとりになった途端、心の中に不安が湧き上がってくる。タミーに言われた通り、このまま知らんぷりをしてひきかえそうかとさえ思った。……何を不安がっているのだろう？ リストとは、昨日の朝に別れたばかりなのに。そんな彼女が……。

電車に乗り、記憶をたどりながら彼女の部屋を目指す。路地裏を歩いている途中、電話でリストの安否をたしかめることを思いつく。そしてすぐに諦《あきら》める。彼女の連絡先を知らなかった。電話番号もメルアドも交換していない。なんてバカなんだろう、わたし。

細長い、ペンシル型のマンション。鳥籠《とりかご》のように小さなエレベーターに乗り込む。最上階のボタンを押すと、体にぐっと上昇の負荷がかかるのを感じた。このままずっとエレベーターが昇り続けて、いつまでも到着しなければいいのに、と思う。部屋が近づくにつれ息苦しくなる。けれどわたしの願いなんかとは関係なく、あっというまにエレベーターは止まり、わたしを吐きだした。

彼女の部屋の呼び鈴を押した。玄関の扉の向こうから、電子音が漏れ聞こえる。いくら待っても、反応はなかった。扉に手をかけると、それにはしっかりと鍵《かぎ》がかかっている。

玄関のわきに置かれた観葉植物に目をやる。幸福の木。リストがやっていたのを思いだして、その植木鉢のうしろに手を伸ばすと、簡単に見つかった。鍵だ。本当に、なんて不用心。

逡巡《しゅんじゅん》して、決意する。確認するだけだ。そう自分に言い聞かせる。

扉に鍵を差し込む。小さな音を立ててそれは開いた。けれどしばらくのあいだ、わたしはドアノブをつかんだまま動けなかった。心臓が強く脈打つ。どれくらいのあいだ、そうしていただろう。意を決して、扉を開く。

部屋の明かりは消されていて、室内には暗闇の粒子が充満していた。わたしのいる玄関からかすかな明かりが差し込んで、きらきらと小さな埃《ほこり》が瞬く。手探りで明かりのスイッチを探した。と、壁際を探っていた指先が、硬い何かに触れる。

鍵だ。壁に画鋲《がびょう》で留められている。植木鉢の裏に隠されていたのとちがって、招き猫のキーホルダーがついていた。わたしが触れたことで、鈴のように音を鳴らす。リストと来たときにはなかったはずだから、こっちがメインの鍵なんだろう。

そして、鍵が部屋の中にある事実。それはつまり……。

「……リストー。ミチだよー。勝手に入っちゃったー。……寝ちゃってるー？　ねえ、返事してー?」

部屋の暗がりにむかって声を投げかける。返事はなかった。

そのとき、指先が明かりのスイッチに触れた。少しのあいだ、このまま何もせずに帰ることを考える。けれど結局、わたしはそのスイッチを押した。室内が蛍光灯の明かりで照らしだされる。

その光景が、わたしの目に飛び込んできた。あまりにも、あっさりと、あっけなく。それはあった。

ほんの三十時間前。リストと一緒にこの部屋にいたときには、大量の写真やイラストが貼りつけられていた壁。ゴミ袋に吐瀉物《としゃぶつ》にカラスの死骸《しがい》。マーシトロン。いま、わたしの目に映る壁に汚物の群れはなく、代わりに一枚の絵が飾られていた。

一ミリの隙間もなく、黒く塗りつぶされた太陽。

荒廃した丘と枯れた樹木。絞首台。荊《いばら》と蝶《ちょう》。

パステルカラーのシーツは赤一色に染まっていた。その上には、赤黒い肉の塊が転がっている。

血が滲《にじ》み、筋肉の繊維が浮きでたその物体には、埋め込まれるようにして、ふたつの眼球と白い歯が並んでいた。傍らのぬいぐるみまでが血を吸い込み、赤く染まっている。シーツの端からはぽたぽたと液体が滴を垂らしていた。

人形《ひとがた》の、肉塊。

わたしが見たのは、全身の皮膚を剝《は》がされた人間の死体と、その皮膚。歪《いびつ》な十字架のような形の皮膚は、まるで鑑賞用に飾られる絵画のように、壁に打ちつけられていた。キャンバスの上部には髪の毛が生えていて、奇妙な前衛芸術作品のように見える。そこに描かれた世界。

退廃的で、死が溢《あふ》れた滅びの風景。

リストだ。

それからどうなったのか、記憶が曖昧《あいまい》だった。まるで映画を見ているような霞《かすみ》がかった現実感の中で、とりあえずわたしは警察に通報し、幸福の木の隣でひたすら彼らの到着を待った。サイレンが遠くから響き、制服を着た人々がエレベーターから降りてきた瞬間、かるく気を失ったように思う。

警察からいろいろと事情を訊《き》かれたはずだけど、それもいまいち覚えていなかった。死体を発見した経緯を尋ねられる。隠すこともなかったから、わたしは事実をそのまま口にした。

地獄へ堕ちようってサイトがあって、そこに友達らしき写真を見つけたから、彼女の部屋を訪ねたんです、そしたらアレが。

と、わたしの言葉を聞いた刑事は、驚いたような表情を浮かべた。重ねて質問される。

きみはどんな経緯でそのサイトを知ったの？

えっと、なんていうか……口ごもる。タミーのことを喋《しゃべ》っていいのか？　いいはずがない。ぼんやりした頭でも、それくらいのことはわかった。

口ごもるわたしに、刑事の目つきが僅《わず》かに鋭さを増すのが感じられた。そして刑事は、刺すような言葉を放つ。

きみもユーザーか？

は？　意味がわからずに、きょとんとしてしまった。なんでわたしに、そんな質問をするのだろう。数秒……あるいは数分？　刑事はわたしの表情をじっと観察していたけれど、そのうちため息をついた。

何も知らないのか。独り言のように呟《つぶや》く刑事の顔には、困惑が表れていた。

あの……。つい、言葉が口をついて出ていた。刑事さん、知ってるんですか？　あのサイト。あれっていったい……？

あれには、関わらないほうがいい。刑事は忠告するような口調で言った。きみが何も知らないというなら、このままぜんぶ忘れるんだ。

刑事の言っている意味がわからなかった。忘れる？　なぜ？

刑事はやわらかい表情に戻ると、自分の職務を思いだしたように、強引に話を変えた。

いちおう確認しておきたいんだけど、きみが見つけたのって……さんで間違いないよね？

え？　誰ですか？

唐突に刑事が口にした誰かの名前に、わたしは戸惑った。聞き覚えのない名前。と、刑事はわたしよりも更に戸惑い、驚きの声を上げた。

え！　あの部屋に住んでいた女性だよ。ちがうの？

愕然《がくぜん》とした。

このときまで、わたしはリストの本当の名前を知らなかったのだ。刑事が口にした名前は平凡で、一度耳にしただけではすぐに忘れてしまいそうなくらい、ありふれたものだった。そんな名前、彼女には似合っていない、とわたしはぼんやりと麻痺《まひ》した頭で思った。でもそれをいうなら、わたしの名前だって同じだ。ふさわしくない。

警察から解放されたときには深夜になっていた。覆面パトカーで自宅まで送られた。部屋に帰ると、タミーが寝ないで待っていてくれた。何かを考えるよりも先に、言葉が漏れた。

「友達がね。死んじゃった」

言葉にしてみて、初めてその事実を認識することができた。

リストは死んだのだ。それも、たぶん、誰かに殺された。

無責任だ。

わたしの中にまっさきに浮かんだのは、そんな思いだった。いきなり現れて、いきなりわたしのことを傷つけて。そして勝手に、あっさりと、あっというまに死んでしまった。お互いの関係もまだよくわからないうちに。わたしはどうすればいいんだ？

胸に、硬いしこりが残っている。感情なんていう不確かなものじゃない。指先で触れられる、サージカル・ステンレス。

「忘れちゃえよ」とタミーはくりかえした。

忘れられるはずがない。胸に残る硬い違和感。彼女とわたしがたしかに触れ合った証《あかし》は、いまもこうして存在するのだ。ほんの短い時間ではあったけれど。まぎれもなく。確固たる質感と質量をもって。指先で触れることのできる繋《つな》がり。

わたしは、どうすればいいんだろう？


わたしにできることなんて何ひとつなかった。

わたしは刑事でもなければ探偵でもない。難しいことも専門的なこともわからない。彼女を殺害した犯人を捕まえることなんてできないだろうし、事件について詳しく知ることもできない。

それどころか、あまりに唐突なできごとで、悲しむことすらできなかった。それまでの生活と同じように、ひたすら音楽を聴いて、タミーの作ったご飯を食べ、薬とアルコールを飲んで眠る。変わったことといえば、タミーがうちに住みついて、わたしは無職になったくらいのことだけど、それはリストの事件とはなんの関係もない。

タミーはわたしに気を遣っているのか、ことさら普通にふるまっていた。外出することもない。本当に人殺しなんだろうか？　と不思議に思うことすらある。《地獄へ堕ちよう》というサイトも、少なくともわたしの前では、見ているようすはなかった。

夜が明けて、ふと気になってネットのニュースを見てみたが、それらしき事件は見当たらなかった。まだ報道されていないんだろうか。混乱しているうちに二日が経って、ようやく刑事が口にしていた氏名をニュースで見つけた。

二十七歳の女性変死、となっている。

リストって五歳年上だったのか。本名も年齢も知らなかった。事件の扱いは、写真も何もついていない、数行の文章だけの地味なものだった。

記事は死体の状態などについては一切言及しておらず、ただ末尾に一言、警察は事件と事故の両面から調べている、と書かれていた。

それっきり、事件に関しての続報はなかった。

おかしい。わたしにはそう思えた。

どう考えたって、普通の事件じゃない。ただでさえ猟奇的といえる遺体の状態なのに。

それなのに、あまりに報道が少ないのだ。普通なら、マスコミなんかはこういった猟奇的な事件を、こぞって取り上げるんじゃないのか？

事件のことを考えていると、あの光景がフラッシュバックする。壁に打ちつけられた人間の皮膚とそこに刻み込まれた死の風景。ベッドに横たわる人形の赤い塊。

そして、いつまで経っても、事件に進展は見られなかった。警察は何をしているんだろう？　そんな不信感がわたしの中に生まれる。

「タミー。何か、知ってることないの？」

タミーは何も答えてくれなかった。顔を背けると、マットレスの上でごろりと寝返りを打って、わたしに背を向ける。そのまま、いじけた子供みたいに背を丸める。

結局、わたしにできることなんてないのだ。アルコールと抗不安剤を飲む日々が続く。

「……暗数ってさ、わかる？」

白痴みたいに惚《ほう》けているわたしを気の毒に思ったのか、あるときタミーはそう切りだした。

「暗数？」

「たとえばさ」と、タミーは言葉を継ぐ。努めてさりげなくしているような口調。「行方不明者数は年間八万人とか、自殺者は三万人とか。いろいろと統計がでてるわけだけど、そんなの、完璧《かんぺき》に調べて数え上げることなんてできるわけがないんだよな。どの程度の数かはともかく、統計から漏れる数字は必ずある」

「どういうこと？」

わたしの問いには答えずに、タミーはパソコンをいじくると、ひとつのニュースサイトを探しだしてきた。画面をわたしに見せる。

数か月前に起きた、殺人事件のニュースが表示されていた。感情を交えない声で、タミーが言った。

「この事件の被害者。《地獄へ堕ちよう》のユーザーだよ」

驚いた。思わず、タミーの体に抱きつく。

「すごい！　この事件について調べれば、いろいろわかるかも！」

「逆だよ」と。興奮したわたしに対して、彼は冷たい声で言った。「何をしても無駄だってことがわかる。……忘れろよ。まわりの人間が首突っ込むようなことじゃあ、ないんだ」

彼の言っている意味がわからなかった。パソコンを奪い取り、ニュースを丹念に読んでいく。それは特に猟奇的なところもなければ、違和感もない。言い方は悪いが、どこでも起こりうる殺人事件のように思えた。

ただ、一か所だけ、ひっかかる部分があった。

「被疑者死亡のまま、送検……」

犯人が死んでいるのだ。

「おれが知ってる、《地獄へ堕ちよう》に関連のある事件、ぜんぶ教えてやるよ」

タミーはそう言った。彼が教えてくれた事件は、ぜんぶで四件あった。

そしてそのすべてが、被疑者死亡で決着している。ひとつとして、生きたまま犯人が捕まってはいない。

「……どういうことなの？」

マットレスに横になると、またしてもタミーは黙ってしまう。なんなんだよ、もう！

昼間からビールを飲みながら、タミーの言葉の意味を考える。どう考えても、《地獄へ堕ちよう》には裏があるとしか思えなかった。事件が事件、ぜんぶ被疑者死亡なんて、ありえない。もしかしたら、一連の事件には真犯人がいるんじゃないだろうか。それなのに警察は、犯人が死んでしまったことにしている。

そして暗数。統計には表れない数字。そしてひとつの仮説を組み立てる。

たまにニュースでは、県別の犯罪件数ランキングなんかもやっていたりする。きっと、発生した犯罪件数を数えて決めているのだろう。けれど、それにも暗数はあるはずだ。そういえば、性犯罪なんかは被害者が警察に訴えないかぎり事件にならない親告罪だから、表にでないだけで実際にはもっと多くの事件が起きている、なんて話を誰かから聞いたことがある。

リストの死も、その暗い数字のうちのひとつに数えられてしまったのだろうか。でも、なぜ？

リストはなぜ殺されてしまったんだろう。そのことを悶々《もんもん》と考え続けた。そりゃあ、少し性格に問題があったし、あれだけ容姿がいいから、これまでに不必要なトラブルを抱え込むことはあっただろう。けれど、あの酷《むご》い遺体。目をつむると瞼《まぶた》の裏にその光景が焼きついていた。赤黒い肉の塊と壁に打ちつけられた歪《いびつ》な絵画。彼女は全身の皮膚を剥《は》がされて死んでいたのだ。ニュースじゃやっていないけれど、わたしは実際に見たから知っている。普通じゃない。そして、あのサイト。タミーが言うところの暗数。犯罪統計で漏れがあるのは仕方がない。事件を捜査するのだって人間なんだから、ミスや見落としはある。けれど、犯人が全員死んでいるなんて……。

刑事とのやりとりを思いだす。わたしと話した刑事は、明らかに《地獄へ堕ちよう》を知っていた。それなのに、わたしに忘れろと忠告する。ユーザーであるタミーと同じように。

警察にすら圧力をかけるほどの巨大な組織、みたいなバカバカしい想像が頭の中で行ったり来たりする。悪の秘密結社が登場するかどうかは別として、何か裏があることはまちがいない。そう思えた。

わたしはリストが死んだ理由を知らなくちゃいけない。そう思った。わたしは彼女に縛られている。心が。この束縛を解かないと、きっとわたしは耐えられない。息苦しさと痛みに。

誰か、わたしにセーフワードを教えてくれ。


「……ミチに声かけたのは失敗だった」

ぽつりと、タミーがそんなことを言った。

「どういうこと？」

「ちょっとだけ、死ぬのが怖くなった」

わたしに背を向けたままで、彼は呟《つぶや》く。

「死ぬって、何？　どういうこと？」混乱する。「タミー……何に関わってるの？」

「おれさ、消えるよ」タミーはいつだって、わたしの質問には答えてくれない。「ミチの前から。そうした方がいい。おれにとっても、ミチにとっても」

「……なんで、ちゃんと説明してくれないの？」

「説明したら、ミチ、止めると思うから」

ごろり、とマットレスの上でタミーは体勢を変える。仰向《あおむ》けになると、こちらには視線を向けないままで言った。

「ミチさ。おれがあげたナイフ、使ってみろよ」視線は何もない宙に向けられている。ガラス玉の虚《うつ》ろな視線。「それで、おれの体を切り裂いてくれ」

「は？　何言ってんの？」笑い飛ばそうとして、失敗した。「タミー、マゾヒストなの？」

「そうだ。おれはマゾだよ」

四肢をだらりと投げだしたまま、彼は口だけを動かす。

「痛みっていうのは想像力なんだよ。歯医者の待合室で、器具がうなるキィーンって音を聞いているとき。あのときが一番怖いだろ？　他人が転んでひざをすりむいたとき、そこから流れる血を見て、人は『うわ、痛そ～』って顔をしかめる。痛みを想像しちゃってるんだ。他人の傷を見て、その苦痛を想像しているとき、人はたしかに同じ痛みを味わっているのさ。人間って、想像力で痛みを感じる生き物なんだよ。想像で痛いんだ。想像こそが、痛いんだ」

「……」

タミーが何を言おうとしているのか、わたしにはわからない。ただ、その言葉を聞き続けることしかできなかった。彼は一度言葉を切ると、何か硬くて重い塊を無理やり吐きだすようにして、言葉を継ぐ。

「おれはいつだって、他人の腹を切り裂くときに、同時に自分の腹も切り裂いているんだ。人を殺すたびに、痛みで失神しそうになる。拷問だよ」

「じゃ、やめればいいじゃん」

「無理だな。そうしないと、ダメなんだ、おれは。生きていけない」

タミーはちらりと、こちらに視線を向けた。偽物の瞳《ひとみ》が、わたしをじっと見つめる。

彼は続けた。

「この世界は、ぬるま湯みたいな地獄なんだ。身を焼かれるほどには熱くないし、肩までどっぷりと浸《つ》かっていると気持ちよく感じたりもする。でも、ぬるま湯にずっと浸かってると、いつかはのぼせてしまうし、死ぬ。……それならいっそ、もっと熱い炎で焼かれた方がいい。ミチは変な薬飲んでるけど、おれにとっては、痛みだけが唯一の鎮痛剤なんだ。生きていくうえで感じる苦痛から、逃れるための」

ナイフはベッドの上に投げだしたままだった。

ふと、試してみたい、という気持ちがわたしの中に芽生える。ナイフを手に取ると、タミーがやっていたのを見様見真似で、刃《は》をだす。

ナイフを握ったまま、彼の上に馬乗りになった。こういうの、なんていうんだっけ？　ルーシーから聞いたことがある。……スカリフィケーションだ。刃物を使ったSMプレイ。鞭《むち》なんかよりも簡単に傷がついてしまうし、ちょっと力の加減をまちがえただけでパートナーを殺してしまうこともあるから、かなりの信頼関係がある相手とじゃないと行えない。何しろ、ボトムの側からしてみれば、自分の生殺与奪の全権利を相手に譲り渡すのだ。トップの役割を演じる人間にしても、パートナーの命を預かる責任が生まれる。

タミーがどこまで体を預けてくれるのか、知りたかった。こんな方法でしか相手の気持ちをたしかめられない自分を、歪《ゆが》んでいるとも思う。脱力したように横たわる彼に馬乗りになったまま、ジャージの上着を脱がす。タミーの体は痩《や》せていて、肋骨《ろっこつ》がうきでていた。その胸元に、ナイフの先端を突きつける。皮膚がほんの僅《わず》かに沈む。銀色に輝く刃にプリントされた蝶《ちょう》のマークを見て、リストのことを思いだす。彼女とタミーは、たぶん、ちょっとだけ似ている。少しずつ自分を殺して蛹《さなぎ》を作ろうとしていたリストと、他人を殺すたびに自分自身も擬似的に殺害しているタミー。じゃあふたりを繋《つな》ぐわたしはなんだろう？

ずきずきと、ピアスの穿《うが》たれた乳首が疼《うず》くのがわかった。熱を帯びる。もしかしたら、リストも試そうとしたのかもしれない。わたしと、彼女のあいだにある信頼関係を。ちょっとだけ、以前よりもお腹の傷跡が薄くなった気がした。

「怖くないの？」

彼を見下ろしながら、わたしは訊《き》いた。もう少し、ほんの僅かにでも手に力を込めれば、ナイフの切っ先が彼の肌を切り裂いて、その体の内部へと侵入してしまいそうだ。けれどタミーは不機嫌な声になり、

「そんなこと訊くなよ。おれがどう思うかじゃなくて、ミチがどうしたいかだろ。ナイフを手にしたときに」

……正直、わたしは興奮していた。この手に力を加えれば、タミーは死んでしまう。それなのに彼は抵抗もせずに、それどころか受け入れる素振りすら見せている。その事実が、わたしを昂揚《こうよう》させている。

こんなことをしていていいのだろうか？　という思いもあった。リストが死んだばかりなのに。普通はこういうとき、悲しみに暮れるものじゃないのか？　かすかな罪悪感と背徳感を頭の片隅に追いやる。

「タミー、また人を殺すの？」わたしは訊いた。

「あぁ？　まあ、機会があれば、そうかも」

「じゃあ、わたしがここでタミーを殺せば、他の人たちが殺されるのを止められるんだね」

わたしはおどけて言った。できるだけかるい口調になるように、冗談っぽく。

「殺しちゃおっかな」

「そうしてくれ。おれ、ミチになら殺されてもいいよ」

なんでもないことのようにタミーは言った。視線も、わたしではなくどこか宙を虚ろに漂っている。けれど、わたしの耳に彼の言葉は愛の告白のように響いた。

ナイフを両手で握った。自然と、声も真剣なものに変わった。彼の言葉に、わたしは答える。

「うん、わかった。殺してあげる」

手に力を込めると、ナイフの切っ先が彼の皮膚をぷつりと切り裂き、小さな傷口から血が滲《にじ》みだした。

かるく力を込めたままナイフを動かすと、白紙の上にペンで線をひくようにして、皮膚が裂けて赤い線が生まれる。しばらくすると、そこからじわじわと滲みだしてきた血液が、肋骨に沿うようにして流れ、マットレスを朱色で汚した。

「思いやりとか、愛情とか。要らないんだ、そんなの」タミーは言った。夢の中を漂うような口調。「おれの人間性を踏みにじってくれ」

荒い呼吸。ドクン、ドクン、という激しく脈打つ鼓動の響きが聞こえた。こめかみが熱い。この音は、いったい誰のものだろう？　タミー？　それともわたしの？

裂けた皮膚からドロリとした鮮血が溢《あふ》れだす。指先で傷口に触れると、タミーは苦痛に耐えるように体を痙攣《けいれん》させた。喘《あえ》ぐような声を漏らす。少しのあいだ、傷口をえぐるようにして指先でいじくってみる。ぬるぬるとした液体が手を濡《ぬ》らし、力を加えるたびにタミーが見せる反応がおもしろくて、かわいかった。

リストもわたしの乳首に針を突き刺したとき、こんな気分を味わっていたのだろうか？　あのときとは、わたしは逆の立場だ。相手が替わっているとはいえ。わたしが指先で彼の胸をなぞると、掠《かす》れた血の跡ができる。赤く染まった指先にちりちりと痺《しび》れるような感覚があった。

指を移動させる。彼の双眸《そうぼう》はほんの僅かに潤んでいた。その片方。義眼が嵌《はま》った眼窩《がんか》に、指先を強引に挿し込む。彼が以前やったように。眼球と瞼《まぶた》の隙間にずるずると指が入り込み、指先を鉤形《かぎがた》に曲げて力を込めると、彼の偽物の目玉がポロリと零《こぼ》れ落ちた。そのまま眼球は子供が遊ぶビー玉のようにマットレスの上を転がる。

タミーの顔に、ぽっかりと暗い穴が開いた。そこに、人差し指と中指の二本を挿し込む。涙で濡れたその穴はわたしの指をずぶずぶと飲み込み、触れる肉の壁は柔らかく熱を帯びていた。

しばらくのあいだ、わたしは何も考えずに彼の体をもてあそぶ。ナイフで皮膚を切り裂き、空洞となった眼窩を指で掻《か》き混ぜる。

ぽとり、と。

彼の血で染まった体の上に、水滴が落ちた。透明な水滴は血と混じってピンク色に変わる。最初、その液体がなんなのかわからなかった。少しのあいだ考えて、それが自分の頬を伝って流れていることに気がついた。

なぜだろう？

このとき初めて、わたしはリストが死んだことを理解した。

タミーの体に刻まれた傷に、かるくキスをする。舌で舐《な》めると、ざらりとした鉄臭い味がした。


もちろん、わたしにタミーは殺せない。

薄皮一枚を裂いた浅い傷をいくつか作ると、タミーの上から体をどかした。ほんの数分のできごとだったのに、酷《ひど》く消耗していた。わたし自身は怪我ひとつしていないのに、体のどこかがズキズキと痛み、血を流しているような感覚がある。ナイフを握った手が石になったように硬直していた。

タミーは無言で体を起こすと、性行為のあとの女の子が精液を拭《ふ》きとるように、ティッシュで体から流れた血液を拭いた。長い金髪が、ところどころ赤く染まっていた。水道の水で義眼を洗うと、眼窩にすぽんとおさめる。

その日のうちに、タミーはわたしの前から姿を消した。わたしが疲れて眠っているあいだに。

リストとタミー。ふたりとも、消えてしまった。

残ったのは、シルバーのピアスとナイフ。それだけだった。

六

ピアスを開けると運命が変わるっていうけれど、運命が変わったかどうかなんてどうやってたしかめればいいんだろう？　それがわからないなら、結局、運命が変わっていようが変わっていまいが結果は同じじゃない？　つまるところ、わたしは何も変わらない。変わったのかどうかがわからない。相変わらず、からっぽなままの気がする。

けれど、わたしの心の内は、この数日で激しくかき乱された。リストにピアスを開けられたことで、運命が三十度変わった？　合計で三百九十度ほどの運命の転換。停止していた物語がようやく動きだす。そんなバカな。

タミーは何も教えてはくれなかった。きっと、わたしを複雑な問題に巻き込みたくなかったんだろう、とわたしは好意的に捉《とら》える。

けれど、わたしは知らなくちゃいけない。タミーのこと、リストのこと。いろんなことを。

すでに決意は固めていた。そして、手がかりもまったくないわけじゃない。

まず、《地獄へ堕《お》ちよう》というアングラサイトの存在。

ネットで検索してもまったくヒットしなかった。『殺人　請負』や、『死体　画像』などと思いつく限りのワードで検索してみたけれど、タミーが見ていたサイトにはたどり着けない。そもそもわたしは機械オンチだ。こういう問題に詳しくない。それに大手の検索エンジンでは、殺人請負サイトや自殺サイト……いわゆる『闇サイト』の類《たぐい》は検出にひっかからないようにしている、という噂を聞いたことがある。犯罪を助長することになるからだ。

とにかく、自力では《地獄へ堕ちよう》は見つけられなかった。タミーも履歴を残していくなんてマヌケな真似はしていない。でも、名称と存在を知っているだけでも、かなりの手がかりにはなるだろう。

そしてもうひとつ。これは直接の手がかりではないけれど、彼女について、より深く知るとっかかりにはなるはずだ。

ポストカードサイズのチラシ。

リストの部屋を訪れたときにもらったものだ。釣り針のイラストと小さな地図が載っている。記された日時は三日後に迫っていた。

リストはパーティーの案内状だと言っていた。知り合いが来るはずだとも。

彼女のことをもっと知ろう。わたしは実際のところ、リストについてほとんど何も知らない。本名すら知らなかったのだ。

彼女はどんな人間だったんだろう？　それを知れば、彼女を殺害した人間もわかるかもしれない。《地獄へ堕ちよう》なんてサイトがある以上、誰が直接手を下したのかはわからずとも、それを指示した人間はいるはずだ。動機がなくちゃ殺人事件なんて起こらない……普通は。

リストを殺害したのは、きっと、彼女と親しかった人間のはずだ。わたしはそう考えている。

そう考える理由もある。彼女の部屋の鍵《かぎ》だ。わたしが遺体を発見したとき玄関には鍵がかかっていたし、室内にはキーホルダーのついた鍵が残されていた。たぶんあの鍵が、普段リストがメインで使っていた鍵だろう。

通常、部屋を賃借したときに管理会社から渡される鍵は、メインと合鍵、その二本だけのはずだ。リストが別に合鍵を作っていない限り、その二本ともがあの現場には揃っていたことになる。登録制の鍵だと言っていたから、合鍵を作るのは簡単ではないはず。

そして、あの部屋には窓がない。リストが壁一面をキャンバスとして使うために、漆喰《しっくい》で潰《つぶ》してしまった。

じゃあ、犯人はどうやって現場から消えた？

決まっている。合鍵を持っていたか、わたしのように植木鉢に隠された合鍵の存在を知っていたのだ。犯人はリストの知り合い。少なくとも、わたしくらいには彼女と親しかった人間にちがいない。

彼女の交友関係を調べる必要がある。わたしにどこまでのことができるのか、それはわからないけれど。何もしないよりはいいだろう。

わたしに何ができるだろう？

とりあえず、できることから手をつけることにした。っていっても、わたしにできることなんてたかが知れている。こういうときは素直に人に頼った方がいい。

携帯電話を握りしめ、あとは通話ボタンを押すだけという段階になって、胃がきりきりと痛みだす。緊張する。とりあえず鎮痛剤を飲んでみる。相手が電話にでたら、まずなんて言えばいいんだろう？　ていうか、でてくれるかな？　心配だ。

覚悟を決めて、電話した。何回かのコールのあとに、繋《つな》がった。

『……』

何も聞こえてはこない。ただ、気配は感じる。

「あの……ルーシー？　ミチだけど」

恐る恐る、声を発した。相手は《ロマンチック・アゴニー》の女王様、ルーシーだ。

水商売をする女の子にとって、情報は武器のひとつでもある。どんなお客さんとでも話を合わせられるようでなければ、上は目指せないからだ。最近ではわたしのように適当な気持ちで水商売をやる人間もいるから、一概には言えないのだけど、ルーシーのようなプロ意識の強い人であれば、下手な情報屋なんかよりもよっぽど優秀であったりする。特に彼女はSMの女王様。アングラには強い。

ルーシーなら《地獄へ堕ちよう》というサイトについて、何か知っているんじゃないだろうか。彼女自身が知らなくとも、彼女は顔が広い。彼女のお客さん……というかパトロンというか……つまりその、奴隷の中には、警察組織のお偉いさんもいたはずだ。少なくとも、わたしがひとりで無為無策のまま情報収集をするよりは、彼女に訊《き》いた方が有効なはず。

ただ問題は……。

「あの、このあいだはごめんね、お店でめちゃくちゃなことしちゃって……」

ルーシーと連絡をとるのは、社長（名前は知らない）に頭から酒をぶっかけてリストと逃げだした、あの日以来だった。普通に考えて、許される行為じゃない。ましてやルーシーは厳しい人だ。

留守番電話に残されていた、『絶対に許さないから』という言葉。

と。ぶつり、と乱暴な音を立てて通話が切れた。うわぁ。やっぱり怒ってるよ、ルーシー。

ああ、絶対に嫌われちゃってる、もう死にたい……と普段ならなっているところだが、落ち込んだりしている場合じゃない。抗不安剤を飲んで恐怖心と緊張を和らげると、わたしはリダイヤルした。もうでてくれないのかな？　と不安になるくらいの時間が経ったとき、ルーシーが電話口にでた。

『……何？』不機嫌な声。

「お願い、切らないで。聞いて」懇願するように言った。「ルーシーに協力して欲しいの。迷惑はかけないから」

『……』

彼女は何も答えない。気にせず、わたしは続けた。一方的に切られないだけ、一歩前進だ。

「ねえ、ルーシー。《地獄へ堕ちよう》って知らない？　そういうＷｅｂサイトなんだけど」

少しの沈黙。そのあとに、何かを考えながら喋《しゃべ》っているような、戸惑いがちな声が返ってくる。

『あー……なんとなく、聞いたことあるかも』

「ほんと！」

やっぱり！　ルーシーはアンテナが広い。タミーもそれなりに有名なサイトみたいに言っていたし、知っている人は知っているサイトなのだろう。

『でもあれって……』と、そこで彼女はいったん言葉を切り、いぶかしむように、『なんでそんなこと知りたいの？』

「あのね……」

わたしは話した。友達がそのサイトに関わっているらしいこと。さらにもうひとりが死に、その画像がサイトにアップされていたこと。警察には頼りたくない、というか、頼れそうにないこと。リストの名前をだすと問題がややこしくなりそうなので、殺されたのが彼女だということは黙っていた。

『ミチはさ、あのサイトがなんだか知ってるの？』

電話越しに首を横にふった。

「ううん。だから知りたいの。なんだか、ただの殺人請負サイトって感じでもないし……。ルーシーなら、知り合いもいっぱいいるし、何か知ってるかなって……」

『ふーん。ちょっと待って』

ぶっきらぼうに彼女は言って、通話がぶつりと切れた。

しばらくして、向こうから電話がかかってくる。

『メモんな』そう前置きしてから、彼女はアルファベットの羅列を読みあげた。『それ、サイトのURL。最初のが画像の保管庫で、次のはログイン画面。そこから登録用のページに飛べるから』

「すごい！　こんなにはやく、よく調べられたね」

『知ってそうなやつにかたっぱしから電話したのよ』ルーシーは言葉を選ぶように、少しの間を置いてから、継いだ。『そのサイトね、殺人請負サイトなんかじゃないわよ』

「え……じゃあ、なんなの？」

『知り合いが言うには、一種のSNSだってさ』

フェイスブックとかマイスペースみたいな?

『課金モデルのね。誰がなんの目的で作ったのかわからないし、明らかにヤバい画像なんかもでまわってるのに、警察はノータッチなんだと。変よね』

電話口の向こうで、彼女が肩を竦《すく》める姿が想像できた。

SNSって、ネット上で交友関係を築くためのサービスだよな? わたしは首を傾げる。わけがわからない。でも、そういえばタミーも、あれを出会い系だなんて表現していた。

まさか犯罪者の集うコミュニティ? そんなものが現実にあるなんて思えない。しかも、警察すら不干渉だなんて。警察組織にすら手に負えない殺人者の集団、という妄想が、ほんのちょっとだけ真実味を帯びてくる。まるで映画か漫画だ。ありえない。

「なんなのかなぁ、あれ」

『さあね。わたしに教えてあげられるのはこれくらい。気になるなら登録してみれば? まさか、登録した途端に事件に巻き込まれるなんてことはないでしょ』

結局、判明したのはサイトのURLだけか。それでも、わたしはルーシーに感謝した。とにかく、彼女が協力してくれたこと自体がうれしかった。

「ありがとう、ルーシー。やっぱり頼りになる」

『いいのよ、このくらい』彼女は面倒くさそうに言った。と、付け足すように、『あ、そうだ。登録するなら、ルールは守らないとダメよ』

「ルール？」

『そ。そいつらのあいだで、なんらかのルールが取り決められているんだって。それを破ると、酷《ひど》い目に遭わされるって噂らしいから。気をつけなさいよ』

そうして彼女は、一方的に通話を切った。

まだわからないことも多いけれど、わかったこともある。

まずわかったことは、《地獄へ堕ちよう》というサイトのURLと、それが一種のSNSだということ。ソーシャル・ネットワーキング・サービス。要は、ネットを通じての仲間集めのサービスだ。マイスペースなら音楽、ピクシブならイラストなんてふうに、同好の士を集める。じゃあ《地獄へ堕ちよう》は？

ルーシーに教えられたURLを入力してみる。タミーと一緒に見た、画像の保管庫へと飛んだ。手当たり次第にサムネイルを確認していく。やっぱり、そこに表示されているのは死体写真ばかりだ。

素直に受け取るならば、このサイトは殺人者たちが作ったSNS、ということになるのだろう。自分の描いたイラストを公開するSNSのように、自分たちの犯した罪を公開し、批評し合うための空間。自分が殺した相手の、グロテスクな写真を公開するための場。

世の中には狂っているやつもいる。歴史をふりかえってみれば、自己顕示欲を満たすために自らの罪を公共の場で晒《さら》す犯罪者もいた。最近でいえば、事件現場に警察に対する挑戦状めいた手紙を残したり、ネット上の掲示板に犯行を予告したり。殺人者たちが、自らの犯行を世間に知らしめたいと思うのは、ありえることのように思えた。

ただ、これが単なる犯罪者たちの集まりであるならば、警察が彼らの存在を放置しているというのが理解できない。というか、警察は犯人が死んでしまっていることにしている。もしも真犯人が別にいるのならば、これはもはや放置というより黙認だ。で。

気になって調べてみれば、意外と多いのだ。状況に不審な点があるにもかかわらず、事故や自殺として扱われている変死体。

全身をロープと手錠で縛られた状態で柵《さく》のある線路に飛び込んだという少年に、自分で自分の首を切断し自殺したというヤクザ（おまけに頭部は見つかってなかったりする）。他にも空中浮遊でもできない限り不可能な状態に死体があったり、超常現象かと思うくらいに不自然な状況で死んでいるのに、自殺、事故として扱われているケースが見つかった。

自殺として処理されたにもかかわらず、あとになって、別件で捕まった犯人の自白から、過去の犯罪が明らかになる、という場合も実際にあったらしい。ネットで探しただけでもザクザクと見つかる。

こうした事態が起こる原因のひとつとして、日本の変死、不審死に対する解剖率の低さがあるみたいだ。スウェーデンやフィンランドなどでは解剖率がほぼ百パーセント、欧米諸国でも五、六十パーセントなのに対して、日本の変死に対する解剖率は僅《わず》か十パーセント程度。先進国としては異常な低さ。専門家の中には、日本で自殺として扱われるケースの九割は偽装殺人である、なんて過激なことを言っている人もいるらしい。統計には表れない、暗闇の数字。

きっと、これがタミーの言う『暗数』というやつなのだろう。

けれど、果たしてこの事実が今回の《地獄へ堕ちよう》というサイトと関係があるのかといえば、正直微妙なように思えた。何しろ、リストの殺され方は明らかな異状死だ。それは解剖するまでもなくわかる。これを自殺だの事故だので処理することはできない。もしかして警察は、真犯人を隠匿するために、犯人が死んでしまったことにしているんじゃないだろうか？　そんな考えすら浮かぶ。

もうひとつ。

このWebサイトに掲載されている死体写真を見ていて、気がついたことがあった。意外と、見られるものが多いのだ。

わたしはグロテスクなものにそれほど耐性があるわけじゃない。リストのショーを見られるくらいだから、普通よりは血が平気な方かもしれないけれど、それにしたって死体だの内臓だのをばんばん見せられたらげんなりする。だからこそ、かなり気合を入れて画像を見はじめたのだけれど……。

そこに並んでいるのは、土気色の肌と生気のない表情を除けば、まるで眠っているように安らかな姿で横たわっているものがほとんどだった。中には、綺麗《きれい》に死に化粧が施してあるものまであった。タミーのデジカメに残っていた腹部を切り裂かれている死体や、リストの部屋で見つけた全身の皮膚を剝《は》がされた死体……そういった極端な死体損壊が見られる写真というのは、全体の数パーセントに満たない。

もしもこれが犯罪者たちのSNSならば、投稿されている死体写真が穏やかなものばかり、というのには少し不自然さを感じる。


疑問。

彼らはなぜ、こんなSNSを作ったんだ？

回答。

そんなの決まってる。注目を浴びたいのだ。


わたしは人を殺したことなんてないから、殺人者の気持ちになって考えてみることなど不可能だけれど、自分の犯行を他人に見せつけたいと思うような自己顕示欲の強い殺人者たちであれば、彼らが作り上げた一種の作品とも呼ぶべきその死体写真は、よりショッキングで、よりインパクトを求めたものになるんじゃないだろうか？　数こそ少ないとはいえ、過激で人の目を惹《ひ》く写真がある以上、彼らがよりグロテスクな方向にエスカレートしていくのは必至なように思えた。けれど、このSNSにアップされている画像群にはそれがない。

気になるなら登録してみれば、というルーシーの言葉が蘇《よみがえ》る。教えられたURLを入力する。登録ページへと飛んだ。最初に現れたのは、ハンドルネームとメールアドレス、それに新規のパスワードを入力する画面だった。適当に思い浮かんだ偽名を入力し、新しく取得した捨てメールアドレスを打ち込んで、あとは登録するだけ、という段階になって、わたしは手を止めた。

まだはやい。《地獄へ堕ちよう》に足を踏み入れるのは。

いったいどういったSNSなのかもわかっていなければ、ルールというやつもわからない。虎穴《こけつ》に入らずんば、と言うけれど、虎子《こじ》がいるのかどうかもわからない洞穴にむやみに足を踏み入れるのはバカのすることだ。

いまはまだやめておこう。そう思って、パソコンの電源を落とした。

正直に言えば、少し怖かった。

もうひとつの手がかり。

このままいけば、きっと、リストの死も『被疑者死亡』で片付けられてしまうだろう。

そう思えた。

そんなことは、させない。絶対に。

暗い色のジーンズとパーカーに着替える。髪はそのままで、メイクは薄く。スニーカーをつっかけると、アパートをでた。タミーのナイフを持っていこうかと悩んだけれど、道のりの途中で職務質問でもされたらシャレにならない。部屋に残していくことにした。そもそも、わたしは誰かを傷つけに行くわけじゃない。情報が欲しいだけだ。
財布と携帯、白い錠剤の入ったピルケース。それに、小さなチラシをバッグに入れて目的地を目指す。

リストからもらったチラシ。そこに記された日付当日になっていた。

それにしても、情報量の少ないチラシだ。リストはパーティーの案内状とか言っていたっけ？　案内という割には、そこに記されているのは日時と簡単な地図、それに釣り針のイラストだけ。

これだけじゃあ、誰が主催した、なんのためのパーティーなのかもわからない。釣り針が描かれているから、まさかアウトドアフィッシング愛好者のパーティー？　リストの趣味が釣りだなんて、ありえない気がする。開場の時刻も、午後十一時とずいぶん遅い。

とにかく、行ってみればわかる。チラシに記されている会場は、新宿の五丁目のあたりにあった。小さく会場の名前が書かれている。電車を乗り継ぎ新宿駅で降りると、靖国《やすくに》通りをとぼとぼとひとりで歩く。すでに日は落ち、空は黒く塗りつぶされているのに、周囲は輝くネオンサインときらびやかな看板で明るく照らしだされている。この街は苦手だ。何もかもがやかましく派手だから。

チラシを片手に、道順を確認しながら歩いていると、徐々に人通りは少なくなり、なんとなく怪しげな狭い路地へと迷い込んでいく。あたりには汚い雑居ビルが増え、ときおり見かける人も、腕に刺青《いれずみ》を入れた外国人だの、派手な化粧に露出度の高い服を着た、男だか女だかわからない人物ばかりになってくる。

そのうち、両隣を風俗店に挟まれた雑居ビルの前で、わたしは足を止めた。小さなビルで、表には看板も何もでていない。けれど、ここで間違いないはずだ。

ビルに足を踏み入れた。エレベーターもなく、上階へと続く階段が伸びている。その隣に、金属製の頑丈そうなドアがそびえていた。ドアの表面には、まるで落書きのようなアルファベットの連なりで、《ヴィヴィセクト》と殴り書きされていた。チラシに記されている会場の名前と一致している。ヴィヴィセクトってどういう意味だろう？　と頭の片隅で考えながら、ドアに手をかけた。

重たいドアを開いた瞬間。その向こうから、すさまじい振動が伝わってくる。心臓に直接、太鼓のバチを叩《たた》きつけられたような。びりびりと、実感として受け取ることのできる音。

ドアは防音加工されたものだった。その先には、地下に延びる階段が続いている。明かりひとつない暗い地底から、大音量の音楽が鳴り響いてきていた。ノイズ混じりのハードハウス・ミュージック。

クラブだ。

げぇ、クラブって苦手なんだよな。学生時代友人に連れられてクラブに行き、そのやかましく異様な空間に馴染《なじ》めずに、結局、ひとりすみっこでひたすらカクテルを飲み続けるはめになった苦い記憶が蘇る。

尻込みしそうになる気持ちを薬でごまかして、地下へと続く階段を下りていく。リストの交友関係を探る。それがまず、わたしにできる第一歩だ。

表から見たこぢんまりとした印象からは想像がつかないくらい、やたらと長い階段を下りきると、小さな裸電球が一個だけぶら下がった薄暗い空間に、もうひとつ扉が待ち構えていた。扉の前には黒いスーツ姿の巨漢が腕を組み、門番のように立っている。スキンヘッドに筋肉質のいかつい体。身長は二メートルくらいあるんじゃないだろうか？

それだけで、わたしはびびってしまった。男がわたしに気がついたように、視線をこちらに向ける。その顔を見て、もう一度、小さく悲鳴が漏れるほどにわたしは怯《おび》えてしまう。

男の顔面には、大きな傷があった。

傷跡、じゃない。傷だ。顔の左半分に、額から目を跨《また》いで頬のあたりまで、爪で引き裂いたような傷が縦に三本走っている。皮膚が裂けて、その下の赤い筋肉の繊維が露出している。血がでていないのが不思議だった。

そのままの姿でもゾンビ映画に出演できそうな恐ろしい顔の男が、わたしの姿を頭のてっぺんからつま先まで眺め、困ったような表情になった。

「あのー。申し訳ないんですけど、実は今日、通常の営業はしてなくて……」

男が音楽に負けないように声を張り上げて言った。見た目に反して、声変わり前の少年のような声をしている。

「えぇっと、あの……」

なんて説明しよう？　と、わたしが悩んでいると、男はわたしが手にしていたチラシを目にして、

「あ、誰かの紹介？」パッと顔を輝かせた。

「えっと、まあ、そんな感じで、はい」

「でもなぁ。……いちおう、ドレスコードは守ってもらわないと」

そう言って、男はわたしの格好をもう一度、じろじろと観察する。

ドレスコード？　そんなのあるのか。

わたしは自分の格好を見直す。ジーンズにパーカー。ちょっと近所のコンビニ行ってきます、みたいに地味な服装。たしかに、パーティーに出席するような格好ではない。でも、わたし、ドレスなんてお店で着るショッキングピンクのものくらいしか持ってないし……。

「えっと、念のため訊《き》くけど、誰から聞いたの？　仲間内だけでやってる集まりだからさ、これ。大体の人は名前聞けばわかると思うんだけど」

「リストっていうんだけど」

わたしは答える。あだ名でわかるだろうか？　リストの本名ってなんだっけ？

と、男は「あぁ！」と納得がいったような声を上げて、

「リストか。うーん、じゃあ、どうしようかなぁ」スキンヘッドを、ぺたぺたと手のひらで叩く。「まあいいや。入っちゃいなよ。これ、ワンドリンク無料になる引換券」

「え、でもわたし、服装が」

いきなり入店を許可されて、逆にこちらが戸惑ってしまう。すると彼は不思議そうに、

「服装？　そんなのどうでもいいよ！」

分厚い扉を肩で押し開く。途端に音量が増し、声がかき消される。男が何かを言いながら、わたしの背中を押し店内へと招き入れた。

音というよりは、ほとんど衝撃波に近い大音量のＢＧＭ。照明が絞られた空間に、緑色のレーザー光線が走っている。タバコの煙とアルコールの臭い、それ以外の何か危険な香り。

地下空間はビルの外観からは想像がつかないくらいに広く、大勢の人たちがいた。入ってすぐ左手にはＤＪブースがあり、白人男性がヘッドフォンを首にかけ体をリズムに乗せて揺らしている。こぢんまりとしたバーカウンターに、ゆったりとしたソファ。大勢の男女がコロナの瓶やタバコを片手に体をくねらせている。

うわ、やっぱりクラブだよ、とわたしはうんざりした気分になった。人口密度の高さに、はやくも気疲れを感じる。

まず、どこへ行けばいいんだろう？　流動的な人の流れについていけず、かるいパニックに陥る。と、こういう場所に慣れていないわたしは、踊っている女の子とぶつかってしまった。

「あ、ごめんなさい」

こちらが謝るよりも先に、その女の子が頭を下げる。わたしが返事をする前に、踊りに

戻ってしまった。と、その背中を見てわたしは硬直する。

その女の子の背には、まるで靴ひもを結ぶようにして、白いリボンがうなじから腰まで編まれていた。てっきり、そういうデザインの服を着ているのだと思ったが、違う。

彼女は背中の大きく開いたドレスを着ていた。そうしてあらわになった素肌に、背骨に沿うようにして縦に二列のピアスが連続して穿《うが》たれているのだった。そのリング状のピアスに、リボンを通して編み込んでいる。

そのときになって初めて、わたしは周囲にいる人々の姿を観察してみた。服装も年齢もまちまち。ドレスコードと言っていたけれど、フォーマルな格好をしている人はあまり見かけない。統一感なんてあったものじゃない。けれど、彼らには一貫して共通している特徴があった。

首から頰のあたりまで、トライバル柄のタトゥーを体に刻み込んでいる男に、眉《まゆ》から眉間《みけん》、唇から頰、更には口内にまでピアスを穿ち装飾を施している女。スキンヘッドに鱗《うろこ》のようなタトゥーを彫り、モヒカンの代わりに皮膚から金属の角が飛びだしている、ＳＦ映画に登場する悪役宇宙人みたいな人間までいた。

ドレスコードの意味がわかった。

ここにいる人はみんな、体に痛みをともなう装飾を施しているのだ。それも、とりかえしのつかない過度なレベルの装飾が多い。

それにしても。わたしは啞然《あぜん》とした。ここは、本当に日本か？　ＳＭ嬢という仕事柄、ピアスやタトゥー、じゃなきゃビザールファッションみたいなものには理解があるつもりだったのだけれど、ここまで極端なのは見かけない。この人たちは、普段はいったいどこに隠れているのだろう？　街中を歩いていて、トカゲ人間と遭遇したことなんてない。魑《ち》魅魍魎《みもうりよう》のように、日の下を歩かず、物陰から物陰へと移動する、そんな想像が頭に生まれた。

ヤベ。どう考えても、わたし浮いてるよ。

耳には一般的な人よりは多くピアスを開けているし、乳首にも（自分の意思ではないにしろ）穴が開いているとはいえ、基本的にわたしの外見はかなり地味だ。私服の場合。特に、こういった人たちの中に放り込まれると、余計に目立つ。その、普通さが。むこうもわたしの場違いな見た目に気がついてか、外国人を見るような目でわたしを見ているような気がする。

まったく予備知識のない異国に、突如としてひとり取り残された気分だ。いや、もっとぶっちゃけて言えば、怪物たちのいる檻《おり》の中に投げ込まれた心境。

情報収集をするつもりで来たのに、骨を震わせるほどの大音量のBGMに、飛び交うレーザー光線、さまざまなものが混じり合った臭い、それに百鬼夜行じみた人々の群れを見ていて、わたしの脳は情報を処理しきれずにパンク寸前だった。

困ったときはどうする？　とりあえず、お酒と薬だ。

そんなわけで、人の波をかきわけてバースペースに向かった。バーカウンターには、黒いベストと蝶《ちょう》ネクタイで正装した女性のバーテンダーがいた。長い髪をうしろで結い、化粧は薄く顔にピアスもタトゥーも入れていない。普通の人だ、とひそかに安心する。

さっきの門番からもらったドリンクの引換券を渡し、ジンをストレートで注文した。そのときちらりと、シャツの袖《そで》からタトゥーらしき模様が覗《のぞ》いたけれど、まあ許容範囲だ。受け取ったアルコールを一息で飲み干すと、勢いをつけて、わたしは女バーテンダーに尋ねる。

「ねえ、ここってどういう場所なの？」まずはそこから。

「ここ？」冷たい顔立ちをしたバーテンダーは、同じように冷たい声で言う。「ここは深海よ」

「は？」

深海？

「ほら、深海って奇妙でグロテスクな生き物がいっぱいいるでしょ？　恐ろしく見えるけれど、そういう生き物って、深海でしか暮らせないの。地上にひきあげられると、内圧で体が破裂して死んじゃうのね」その女は薄く笑う。「ここにいるのは、みんな深海魚。何かの間違いで、地上の羊たちの群れの中に産み落とされてしまったの」

うわぁ、変な人だ。

それっきり会話も続かず、しかたがなくわたしは続けてアルコールを頼んだ。胃が焼けて頭の芯《しん》がぼんやりとしてくるけれど、一向に、この環境に馴染《なじ》むことができない。摂取するアルコールの量ばかりが増えて、財布の中身が減っていく。情報が増えることがない。

と、何杯目かのジンを舐《な》めていると、ぽんぽんと肩を叩《たた》かれた。

「いたいた！　楽しんでる？」顔に傷のある門番だ。「……ようには見えないね」

「何か？」

彼に話しかけられる理由が思い当たらず、わたしは訊く。音楽にかき消されないよう、大声で。男もまた、怒鳴るようにして返した。無邪気な笑顔。

「いやあ。きみ、あんまりこういう場所に慣れてなさそうだし。リストの友達を退屈させたりしたら、あとでおれが殴られるからさ、リストに」

その言葉を聞いて、うろたえた。

そうか。この人はまだ、彼女が死んでしまったことを知らないのだ。

事件が起きてからまだ一週間。それも、報道はささやかなものだ。異様なほどに。……知らなくても無理はない。

「受付は交代してもらっちゃったよ。そういえば、今日はリスト来てないね。あいつさ、外国行ってたじゃん？　長いこと会ってないから、楽しみにしてたんだけど」

無邪気に話すこの男に、リストの身に起きたことを知らせるべきだろうか？

「……彼女とは、親しかったの？」

「うん？　まあ、そうだなぁ。普通に、友達かな。おれ、ここに来る人たちとはみんな仲良いけどね。リストは有名人だから。頭蓋骨《ずがいこつ》にドリルで穴開けるために海外行くやつなんて、なかなかいないぜ」

「友達じゃなくて奴隷でしょ、リストの」

　バーテンが口を挟んだ。

「弟みたいだって言ってくれよ」

　けらけらと楽しそうに笑うふたりを見て、わたしは口をつぐむ。

　言えない。あなたの友達が殺されましたよ、なんて。それも、あんな残酷な方法で。

　それに、わたしの考えでは、リストを殺したのは彼女と親しかった人間のはずだ。この男だって、圏内に入る。

　なんとなく気まずくなって、わたしは強引に話を変える。男の顔面を指さした。アルコールと薬の相乗効果で、危うい質問ばかりするりと口をついてでてくる。

「その顔、どうなってるの？　怖いんだけど」

「え、これ？　スキンリムーバルって知らない？」

　男が不審げな表情を浮かべると、顔の傷もぐにゃりと歪《ゆが》んだ。

　やっぱり、メイクなんかじゃなくて、本物の傷だ。

「そもそも、ここがなんの集まりだかわかってる？」

　男がぐい、と顔を近づけてくる。体がでかいうえに凶暴な顔つきの彼に睨《にら》まれ、体が竦《すく》んでしまう。おまけにその顔面には、つい昨晩クマに襲われました、みたいな傷までついている。赤い皮下組織が露出した肌を見ていると、それだけで顔がひりひりと痛くなった。

「わ、わかってません……ごめんなさい」なぜか謝ってしまった。

と、わたしの言葉を聞いた男は、口を大きく開けて笑いはじめた。

「まったく、リストもちゃんと説明してあげればいいのになぁ」

「モリオ、あんたの顔が恐いのよ。この子、完全に畏縮《いしゅく》しちゃってるじゃない」

女バーテンダーがグラスを拭《ふ》きながら言う。

「ああ、これね。スキンリムーバルっていって、皮膚を剝《は》がして完全に切除することで、模様をつける身体改造だよ。顔面にやるやつはあんまりいないけどね。特に日本だと、ほら、仕事の都合とかで」そうして、モリオと呼ばれた男はもう一度笑う。「いやぁ、先週施術したばっかりだから、まだ傷口がグロいんだよね。見慣れてない人には、ちょっとキツイかも。……それにしても、佐賀の実家に帰ったとき、ばあちゃんにマキロンぶっかけられたのには、こっちがびびったよなぁ」

優しいおばあちゃんじゃないか。わたしだって孫が顔にこんな怪我をしていたら、即行で消毒して病院に連れて行く……いや、ていうか、皮膚を剝がして模様をつけるってなんだよ？

アキ姉！　とモリオが女バーテンダーを手招きし、半ば強引に彼女の腕をとると、シャツの袖をめくってみせる。肌の表面には、茶色っぽい線が回路図のような絵を描いている。よく見てみれば、タトゥーと違って着色された皮膚が僅《わず》かにでこぼこになっていた。

「これも似たようなもんだよ。ブランディングっつって、皮膚を焼いて模様を作るんだ。

要は、意図的に火傷《やけど》の跡を残してるんだね」

「施術のときに、焼肉みたいな臭いがするのよ。自分の肉の焼ける臭いなのに、お腹が空《す》いてくるのよねー」

モリオとアキ姉は声を合わせて笑う。うげぇ、なんだこいつらは……と思ったが、まわりを見回してみれば、トカゲ人間や角の生えた人間ばかりだ。

ここではわたしの方がマイノリティなのだ。深海、という言葉の意味が少しだけわかった気がする。息苦しく、圧迫感を覚える。

「ま、そんなに緊張しないでよ。リストの友達なら、仲間みたいなもんだから」

なんだかよくわからないうちに、仲間認定されてしまった。ちょっと待ってくれ、わたしあんたらと同じじか？　という気持ちが湧かないでもない。

「わたしらの場合、ボスがこういうの好きだから、ある程度は自由にやらせてもらってるんだけどね。今日みたいな集まりも、九割はボスの趣味みたいなものだし、普段は普通のクラブなのよ、ここ。特別な日だけ、身体改造クラブになるの」

アキ姉とやらも、多少はわたしに対する警戒を緩めたのか、打ち解けた口調でそう言った。モリオが付け足す。

「それにしても、ボスも親が資産家だからって、やりたい放題だよなぁ。この店だって、採算度外視の遊びの店だし」

「怒られるわよ」

アキ姉にたしなめられ、モリオは肩を竦めてペロッと舌をだす。反省している様子は皆無。わたしは追加でお酒を頼みながら尋ねる。

「ここに来る人たちって、みんな、なんていうか……そういう人たちなの？」

わたしの言い方がおかしかったのか、ふたりは顔を見合わせる。

「まあ、身体改造っていうか、ボディアートの愛好家だよね、みんな」

「あの子も？」

ホールで踊っている若い女を指さした。パッと見た感じでは、街中で見かける普通の女の子と変わりないように思える。

「背後にまわってごらんよ。背中にすごいピアスしてあるから」

そう言われて、気がついた。よくよく観察してみれば、その女の子はわたしがさっきぶつかった子ではないか。背中に靴ひもを結ぶようにして、ピアスとリボンを編み込んでいる。

「コルセット・ピアッシングっていうんだよ。かわいいよね」

「じゃあ……あ！　普通の人発見！」

店内を見回して、今度こそ見つけた。ソファに深く腰かけ、タバコをふかしている中年男性。ジャケットを脱ぎジーンズとTシャツ姿になっているが、ピアスもタトゥーも見えない。外見も少し小太りのオッチャン、といった感じで、そのまま くたびれたスーツを着せて満員電車に乗せれば、すぐにでも量産型サラリーマンができあがりそうだ。とてもじゃないけれど、このクレイジーな空間の雰囲気にとけこんでいるようには見えない。

が、モリオはうなり声を上げて、

「あー。サトさんか。あの人は特別変態だから」

「へ、変態？」

「サブインシジョンの愛好家なのよ」とアキ姉。

「ホントに何も知らないんだ。性器改造だよ。サブインシジョン」首を傾げるわたしに、モリオが補足する。「異物を埋め込んだり、真っ二つに切り裂いたりするんだ」

「せ、せいきかいぞう……？」

きっと、何かの聞き間違いだ。たぶん、世紀とか、精気とか。そういったことをモリオは言いたかったのだけれど、わたしの心が汚れているから下の方を連想してしまったのだ。そうか！　製機改造だ！　これならなんとなく、意味が通じる気がするぞ！　と、わたしは無理やりに納得しようとしたけれど、頭の中では恐ろしい想像が駆け巡り、太もものあたりの筋肉がぎゅっと硬直するのが感じられた。

「そうそう。女の子がクリトリスにピアスを入れたり、ヤクザが真珠を入れたり、ってアレだね。サトさんの場合、いろいろやりすぎて、いまじゃあ根っこの部分からバッサリと切り落として、完全に去勢しちゃってるんだけど」

きょ、去勢って……それ、人間に使う言葉じゃないだろ。宦官《かんがん》がいた時代ならともかく。

「もしかして……あの人、心は女なの？」

わたしの想像力の及ぶ範囲では、男性が股間《こかん》に生えたものを完全に切り落とす、という理由はそれしか思いつかなかった。けれどモリオとアキ姉は顔を見合わせるとやっぱり苦笑いを浮かべる。

「ちがうよ、ちがう。性器を取り除いて女になるのが目的なんじゃなくて、性器を取り除くこと自体が目的なの。っていっても、おれには理解できないけどね。チンコなくなったら困るし」

「わたしらも道端歩いてると、かなり奇異な目で見られるけど。それでも、やっぱり上には上がいるっていうか、イカレてる人っているよね。リストのブレインピアスってのも、なかなか」

「おれの予想じゃあ、三十年後くらいには、頭蓋骨《ずがいこつ》をパカッと取り外して、かわりに透明な樹脂か何かで覆って脳ミソを露出させる身体改造がでてくると思うね。ほら、なんて言ったっけ。昔の特撮にでてくる敵役」

「ハカイダー？」

「それそれ！　あんな感じでさぁ」

やっぱりこの人たちの話にはついていけない。そしてできれば街中をハカイダーが徘徊《はいかい》するような未来は訪れてほしくない。ていうかあれ？　わたしそもそもここに何をしにきたんだ？　少なくとも、クリトリスだのチンコだのといった単語を聞きにきたのではないことはたしかだ。

リストの交友関係。それも、特に彼女と親しかった相手を探すのだ。リストはこのパーティーに知り合いが来るはずだと言っていた。このふたりも知り合いには違いないのだろうけれど、彼女は別の人物の名前を口にしていた。なんて言ってたっけ？

そう、たしか……。

「あ。ボス。この子、リストの友達みたいですよ」

ふと、モリオがわたしの背後に向かって言った。彼の視線につられて、ふりかえる。

そこには誰もいない。……ように思えた。

すぐに気がつく。視線を下げれば、わたしの胸よりも低い位置に男性の顔があった。背が低いわけじゃなくて、椅子に座っていたのだ。

電動車椅子。

「へえ、リストの。初めまして」

車椅子の男がわたしを見上げて言った。無機質で平坦《へいたん》な声。

その瞳《ひとみ》。暗く、底なし沼みたいに虚《うつ》ろな印象を持たせる。

ほんのちょっとだけ、人の背筋を冷たく凍えさせる視線。

「この人が、この集まりの主催者だよ」モリオがわたしに耳打ちする。

線の細い、昭和の文学青年みたいな男だった。歳はたぶん、わたしよりも一回りくらい上。三十代半ばだろう、と見当をつけた。青白く生気の感じられない肌と、一重だけど小さくはない切れ長の目。パサパサとした脂気のない髪の毛を、耳にかかるくらいの長さに伸ばしていた。なんていうか、街中で会ってもどういう職種の人か判断できない、そんなタイプの容姿だ。デパートに飾られているマネキン人形みたいな、極端に自己主張のない顔。

ただ、首から下の方が、より強く主張をしていた。袖《そで》をまくったセーターから覗《のぞ》く腕には、緻密《ちみつ》な絵柄で半人半獣の怪物の姿が刻まれている。山羊《やぎ》の頭に、人間の体。大きな角と黒い翼が生えている。タロットカードに描かれている悪魔に似ていた。

そして……その脚。黒っぽい色のジーンズに包まれたそれは、太もものあたりでペタリと薄く潰《つぶ》れていた。

両脚とも、太ももから先がないのだ。

……そうだ。リストは、その知り合いのことをなんて呼んでいた？

「あの……もしかして」恐る恐る尋ねた。「脚切りさんですか？」

「うん？　ああ、リストから聞いたのか。そうだよ。もっとも、そんな名前で呼んでいるのはリストだけだけれどね」

男は相変わらず無機質な、灰色のコンクリートのような声で答えた。

脚切りという名前の意味がわかった。……しかしおい、いくらなんでもこのあだ名はないだろ！

ふと。そのとき、わたしの頭に嫌な予想が広がる。このパーティーの趣旨と、脚切りという名前。それにリストは、タミーと似たようなことをした人物を紹介するって言っていた。まさか、この人……。

「あの……その脚って」

「ああ、これか。きっときみが訊《き》きたいのは、『その脚どうしたんですか？』といったようなことだろう。よく訊かれる。答えは『自分で切った』だよ」

脚切りはまるで、その服どこで買ったの？　と尋ねられたように、それが些細《ささい》でありきたりなことであるように答えた。わたしはといえば、彼の言葉を聞いてもまったく理解できない。ここのところ、理解不能なことばかりだ。

脚切りは言葉を継ぐ。

「十七……十六歳のときだっけかな？　これをやるのには苦労した。最初は包丁と鋸《のこぎり》を使って自分で切断しようとしたのだけれど、やっぱり痛くてダメだね。医者に切ってくれって頼んだら、精神科に行くことを勧められてしまうし。結局、切断せざるをえないように、救急車を呼んでから線路に飛び込んで、両脚を列車に轢《ひ》かせたよ。バファリンを一箱飲んでから挑んだのに、死ぬほど痛かった。結果には満足しているけどね」

自分で自分の脚を……その話を聞いて、まっさきに思い浮かべたのは、保険金目当てだ。水商売をしていると、そういう話はたまに耳にする。……けれど、そういう行為をするのは大抵、借金で首がまわらなくなった人たち。十六歳のころに自らの意思で脚を切断した、というところと、なんとなく噛《か》み合わない。それにさっきモリオは、ボスは親が資産家、みたいな話をしていなかったか？

と、わたしの考えていることを察したように、脚切りは柔らかい笑みを浮かべて、

「医者に言わせれば、ぼくみたいな人間というのは、身体完全同一性障害という病気になってしまうみたいだね」

「身体完全……？」

初めて聞く言葉だ。

「五体満足で生まれてきても、その体に違和感を持ってしまう精神疾患の一種、というわけさ。自分は本当ならば、脚や腕がない状態で生まれてくるのが正しい姿だったのではないか、いまの五体満足の体は何か間違っているのではないか、と考える……なんて説明を、脚を治療した医者から受けたよ。患者も一定数いるし、海外じゃそういった人間に頼まれて体の一部を切除した医者が、裁判にかけられたりもしているらしい。体は男なのに心は女、みたいな性同一性障害と似たようなもので、体は健常者なのに心はフリークスというわけさ」一呼吸おいてから、本当に愚かだよね、と脚切りは続けた。「医者にかかると、なんでもかんでも病気になってしまう。単純に、切りたいから切っただけなのに。自切くらい、クモやカニなんかの自然界の生物だって行う。理由は不明だ。……心理学者たちにトカゲのしっぽ切りを見せたら、彼らはそのトカゲが精神に何か重大な疾患を抱えていると頭を悩ませるんじゃないかな。そしてきっと、向精神薬を処方する」

脚切りの言葉を聞いていると、めまいに似た感覚に陥る。

リストはこの男を、タミーと似たようなことをやった人物、と評していた。

違う。この脚切りという人は、タミーとは……いや、わたしたちとは、まったく違う生物だ。

「うちのボス、かるく狂ってるからさ、あんまりマジメに相手しない方がいいよ」

モリオが告げ口をするように囁《ささや》いた。

部下の言うところのその軽度の狂人は、わたしの姿を上から下まで観察すると、僅《わず》かに首を傾げる。

「見たところ、どこもいじくってないみたいだけれど。今日はボディ・サスペンションをやりに？」

「ボディ・サスペンション？」

今度はわたしが首を傾げる。またしても初めて聞く言葉が飛びだしてきた。直訳すると身体の吊《つ》り上げ。ぜんぜん意味がわからない。

「今日のメインの催し物だよ。聞いていない？」

不思議そうな表情をする脚切りに、ドレスコードを無視してわたしを入場させたモリオが取り繕うようにして、

「いや、ボス、実はこの子、何も知らないみたいで。でも、ほら、リストの知り合いみたいだし、むげに追い返すわけにもいかなくて……」

「ふん」脚切りは鼻を鳴らす。「リストの説明不足はいつものことだからな。大方、何も説明せずにイベントの案内状だけ渡したんだろう」

おっしゃる通りです。

脚切りは何かを納得したようにひとりで頷《うなず》くと、わたしに向かい、

「せっかく来たんだ。実際に見てみて、興味が湧くようであれば試しに一度やってみればいい」

そうして、会場の中心に視線を向ける。

「……ほら。そろそろはじまるみたいだ」


にわかに会場がざわつきはじめる。

ついさっきまでは熱に浮かされたように音楽に合わせて体を揺らしていた人々は踊りをやめ、ホールの中心に円を描くようにして人垣を作っている。と、スポットライトが人垣の中心を照らしだす。天井から細いワイヤーのようなものが数本垂れていた。

その光景に既視感を覚える。なんだったっけ？　と悩むまでのこともない。わたしが少し前までやっていたＳＭショー。スポットライトと天井からぶら下がるロープ、興奮し潤んだ人々の視線。とてもよく似ていた。

「最初は誰だ？」脚切りが誰にともなく訊いた。

「マキちゃんですよ。初挑戦ですね」アキ姉が答える。

わあ、と歓声が上がった。するするとワイヤーにひっぱられて、人ごみから何かが宙に持ち上がってくる。滑車が軋《きし》む音を立てる。

人間だ。

その姿を見てわたしは絶句した。

首を吊っているように見えた。天井からワイヤーで吊るされているのは、ビキニ姿の少女で、顔を伏せた直立の状態で、ぷらんぷらんと穏やかに揺《ゆ》れている。彼女のつま先は完全に床から離れていて、かすかに見えたその表情は苦痛に歪《ゆが》んでいた。

「うっ」

口を手で覆い、反射的に顔を背けた。

ヤバイものを見てしまった。混乱に、じっとりとした汗が滲《にじ》みだしてくる。ボディ・サスペンションって、まさか。そういえば、ボディって単語には死体の意味も……。

と、その瞬間。わたしの耳に、狂ったような甲高い笑い声が響く。

スピーカーから流れる音楽にも負けない、強烈な哄笑《こうしょう》。こんな状況で、誰が笑ってるんだ？　と床に向けていた視線を上げると、笑っているのは吊るされている少女だった。

ワイヤーで中空に吊るされたまま、体を捩《よじ》って笑い声を上げる女の子。宙に浮いたままで、腹を抱え、体を震わせながら叫んでいる。

死んでなかった、と安心する一方で、混乱もした。ワイヤーで吊るされている少女は上下ともビキニ一枚を身に着けただけで、他には体に何もつけてはいない。天井から垂れているワイヤーは四本あったが、器具らしい器具は見当たらなかった。

子供のころにテレビで見た、ピーターパンのミュージカルを思いだす。あの劇でもピーターパンは空を飛びまわっていたけれど、服の下にはハーネスをつけていたはずだ。吊るされた少女は、つま先が観衆の頭より高い位置にまで上がっていた。

ふと。スポットライトに照らされた少女の白い肌の表面を、赤い筋が伝っていることに気がつく。赤い線は足の先端にまで走り、そこからぽたり、ぽたりと滴を垂らしていた。誰かが彼女の足に触れ、ぐい、と力強く押す。吊るされた少女の体が空中でくるくると回転した。

その背中には、手のひらくらいある大きな釣り針が突き刺さり、傷口からはダラダラと血液が流れだしていた。四本の鋭い釣り針が貫通した皮膚は、彼女の体重を持ち上げているために、まるでゴムのように伸びている。なぜ肉が引き千切れないのか、不思議なほどだ。

皮膚に直接釣り針を突き刺し、それで体を吊り上げているのだ。

「……何あれ」

茫然《ぼうぜん》と呟《つぶや》いたわたしに、隣で同じ光景を見ていたモリオが、さっきと変わらない口調で答える。

「あれがボディ・サスペンションだよ。身体の吊り上げっていう、そのまま。体に針を突き刺して、ワイヤーで空中に吊り上げるの。あの子がやってるのは、一番簡単なスーサイド・サスペンションだね。初心者向け。背中の上部に針を刺して、吊り上げる。ほら、正面から見たとき、首吊《くびつ》り自殺をしているみたいに見えるだろ？」

　首を吊っているように見えたのは、わたしだけじゃなかったのだ。しかし、説明されても意味がわからない。頭の中では同じ言葉が、くりかえし再生されている。……なんなんだ？　あれは？

「ほかにもスーパーマン・サスペンションとか、オ・キー・パとかいろんな種類があるよ。ちなみにあの釣り針、もともとは大形の魚釣り用のものを改造したやつなんだ」

「ねえ……なんであの子、笑ってるの？」

　体に釣り針を刺され、空中に吊るされている彼女はケラケラと笑い続けている。

「さあ。なぜだろうね」

　わたしたちの会話を聞いていた脚切りが言った。騒音の中でも、彼の感情のない声はするりと耳の奥に忍び込んできた。

「やってみて何を感じるかは、結局のところ人それぞれとしか言えない。笑いだす人もいれば、泣きだす人もいる」

「ぜ、ぜんぜん、意味がわからない。なんのためにやるの？　あれ」

「なんのためって言われてもなぁ」

　モリオが困ったように笑った。

　しばらくのあいだ吊るされていた少女が下ろされ、伸びきったゴムのようになった皮膚からフックが外される。傷口の内部に空気が入り込んでいたらしく、間欠泉のように血が噴きだした。そのたびに彼女は笑い声を上げる。

狂っているようにしか見えない。

「そもそもは呪術《じゅじゅつ》的な意味合いの強い、儀式のようなものだったらしい」と脚切り。「身体改造のルーツには、そういった種類のものがよくある。たとえば、そうだな……外国の文化を紹介するテレビ番組などで、『口封じの儀式』というのを見たことはないかい？　タイの伝統的な行事で、頰に針や釘《くぎ》、人によっては刃物や槍《やり》を貫通させた状態で、街中を練り歩く祭りだ。あれも本来は肉食を禁じる決意を込めて行う儀式だったのだけれど、現在では単なるマゾヒスティックなお祭りと化している。ボディ・サスペンションも元来はああいうところから生まれたのだと思うよ。ボディ・サスペンションの一形態であるオ・キー・パなどは、ネイティブ・アメリカンの儀式の名称から名づけられているしね」

「でも……」

ここは現代の日本だ。

「たとえば刺青《いれずみ》は、一昔前に比べれば頻繁に見かけるようになった。ミュージシャンやフィクションに登場するキャラクター、そして一般人にも。あれだって呪術と深く結びついているようなところがある。刺青によく使われるトライバル柄という模様があるけれど、トライバルというのは『部族的な』という意味だ。部族によっては顔面に刺青を入れる文化があるが、あれは野生動物や自然に対する威嚇・防御のためであるし、たとえば琉球《りゅうきゅう》にはかつてハジチと呼ばれた刺青文化があって、刺青が死後の世界への通行手形として考えられていた。一種のペイガニズムというか、自然がまだ超常的なものとして考えられていた時代に、こういった身体改造は自然と向き合い、うまく付き合っていくための装置として機能していたわけだ。身体を装飾し苦痛を乗り越えることで、外部から超自然的な力を取り込むことができる、と信じられていたわけだね。……ま、長々と説明したけれど。ぼくたちの中で、呪術だの超自然だのを信じているやつはいないだろう。現代においては、呪術的な意味合いは失われている」

「じゃあ、なんで」

「さあ。なぜだろうね」

脚切りはその言葉をくりかえした。かるくうつむき、口元に手を当てる。考え込むようにしながら、言葉を継いだ。

「最近じゃあ、芸術性を競うパフォーマンスみたいになっているのかな？　何年か前に、動物愛護団体がスポーツフィッシングを批判して、人魚の格好をしてボディ・サスペンションをやっているのを見たことがある。『お魚さんたちは、いつもこんな痛い思いをしているんですよ！』というわけだ。魚に痛覚なんてないのにね。あれもパフォーマンスには違いないだろう」

「一種のショーだってこと？」

リストが《ロマンチック・アゴニー》で見せたショーを思い浮かべる。そして、それを評してルーシーが言った、『見世物小屋じゃない』という言葉。

たしかに、これはいわば現代の見世物小屋と呼べるのかもしれない。そうわたしは納得しかけたのだけれど、それまで黙ってわたしと脚切りのやりとりを聞いていたモリオが、面倒くさそうにうなり声を上げた。

「そりゃ、まあ、見てる方からしたら一種のショーなんだろうけどさ。やってる本人からしたら、やっぱり身体改造なんだよ。ピアスとかタトゥーとかと同じ」

何度聞いても、理解できなかった。ピアスやタトゥーというのなら、それをやる人の気持ちもなんとなくわかるような気がする。単純に、外見が変わるからだ。一種のファッション。化粧をするのと同じ。

けれど、ボディ・サスペンションという行為の場合、肌を貫通したフックは終わったあとに取り除かれている。傷口だって、いつかは完全に治癒することだろう。それを改造と呼ぶのは、よくわからなかった。

わたしが思ったことを口にすると、その顔面に傷がある大男は恐ろしい顔を悩ましげに歪《ゆが》ませて、

「うーん。たしかに身体改造っていっちゃうのは語弊があるのかもしれないけど……やっぱり、改造なんだよなぁ。やる前とやったあとじゃあ、確実に何かが変わってる」

「頭の中の、何かがね」

アキ姉があとを引き取って言った。

「興味があるなら、やってみればいいじゃない。傍《はた》から見ているだけじゃあ何もわからな

いわよ。飛び込みでもボディ・サスペンションができるところなんて、日本国内じゃここしかないわ」

「絶対に、やりません！」

痛いの嫌いだし。

「大丈夫大丈夫」とモリオが軽薄な口調で請け合う。「痛いのは最初だけだから。むずかしいことはよくわかんないけど、たぶん脳内麻薬とかがいっぱいでるせいで、途中から苦痛は消えるんだよ。それどころか、とんでもなくテンションが上がるんだ。心の奥底にある感情が、一気に爆発する感じ。泣いたり笑ったりするのも、そのせいだね。人によっては、幽体離脱にも似た不思議な体験をする人もいるんだってよ」

呪術的な意味合いは失われているなんて口にしながら、似たようなことを言っているじゃないか。呆《あき》れる。

そういえばリストも、ブレインピアスを見せてくれたときに、神秘体験がどうのこうのと言っていた。どうやら二十一世紀の現代においては、神様と対話を試みようと思ったら、辛《つら》く苦しい修行をするよりも、体のどこかに金属製の棒をぶっ刺した方が手っ取り早いし確実なようだ。インスタント食品みたいな神秘体験。

「ボス、どうしたんですか？」

ふと、アキ姉が心配そうな声をだした。その視線の先では、車椅子の男がうつむき、固まっている。声をかけられて、彼は眠りから醒《さ》めたばかりのような表情のまま、顔を上げた。

「いや、なんというか……なぜだろうな、と思って」

脚切りはそんなことを言った。思考しながら喋《しゃべ》っているように、一語一語句切って話を続ける。

「こんなにはっきりと、理由を尋ねられたことがなかったからね。大抵の人は、ぼくを見ると、それだけで、踏み込んだ質問をすることを躊躇《ちゅうちょ》し、遠慮する。そのせいでぼくも、動機について深く考察することを放棄していた。……なんで、ぼくたちは、こんなことをしているんだろう？」

「もう。ボスは悩みはじめると長いんだから、あんまり深く考え込まないでください」

ため息交じりに言うとアキ姉は、小振りなグラスにエメラルドのように美しい緑色の液体を注いで、脚切りに手渡した。独特で強烈な甘い香りが、わたしの鼻腔《びこう》にまでとどく。

アブサンだ。

アルコール度数七十パーセントを超えるそのリキュールを、脚切りはストレートで一息に飲み下すと、緑の液体と同じ甘いため息をついた。すぐさま二杯目がでてくる。彼はグラス片手に、僅《わず》かにリラックスしたような微笑をわたしに向けると、「そうそう」と話題を切り替えた。

「リストとはしばらく会ってないんだ。彼女、元気にしているかい？」

うっ、と。言葉に詰まった。またこの問題だ。

リストはもういない。そのことを、彼らになんて言えばいいのだろう？　わたしに何が言えるのだろう？

「いや、しかし。トレパネーションをするために海外にまで行くなんて、リストも不思議な人だよね。あの行動力を見習いたいよ」

「ボス、トレパネーションじゃなくてブレインピアスですよ。最近、海外のBMEで流行《はや》ってるみたいじゃないですか。時代はブレインピアスか眼球タトゥーか！　ってな具合に」

「トレパネーションもブレインピアスも似たようなものだろう？　昔からあったものに別の名前をつけて売り出すのは気に入らないし、そもそもぼくは、あの身体改造者団体というやつがあんまり好きじゃないんだ。なんというか、彼らからは選民思想にも似たものを感じるよ。苦痛に対して鈍感な人間であることを、特別な人間であることと混同しているんじゃないのか？」

「よくわかりませんね、おれには。おもしろい連中の集まりならいいじゃないですか、それだけで。人間なんてみんな、心のどこかでは自分が特別だと思ってるわけですし」

脚切りとモリオはそんなことを話し合っていた。

このままわたしが彼らにリストの死を伝えなければ、彼らはきっと、自分たちの友人の死を知らないままで終わるだろう。彼女の死は、あまりにも小さく扱われている。そして、それを言わなくちゃいけない。リストが、あんな残酷な方法で殺害されたことを。そして、その死が、暗い数字として葬られようとしていることを。

「あ、あの……」

「そうそう。リストに、気をつけてくれよ、と伝えておいてくれ。どうせ、ぼくが何かを言っても無視するだけだから」

脚切りは、わたしの言葉を遮って言った。アルコールが入った途端、まるで機関銃のように喋りはじめる。

「きみからよく注意しておいてくれ。そもそもトレパネーションについての危険性は古くから指摘されていたんだ。細菌が入り込んだり、穿孔部《せんこう》が脆《もろ》くなったりとね。多くの国じゃあ法律で禁止されている。どうせ、いい加減な彼女のことだ。施術したのもちゃんとした医師じゃないんだろう」脚切りは心配げな表情を浮かべていたかと思うと、今度は打って変わって少年のように目を輝かせ、「そうそう。もうひとつ、訊《き》いておいてほしいことがある。トレパネーションをやると、やっぱり精霊とか神様に会えるのかな？　それが無理なら、脳の使われていない未知の部分が活性化されて、超能力に目覚めたり」

「あ、あのぉ……」

「まあ、それは置いておこう。まるでSFだからな。とにかく、危険なことをやっているのに違いはないんだ。身体改造と死は常に隣り合わせだということを、リストは忘れているね。彼女の場合、後天的とはいえ、生まれついてのフリークスのようなところがあるからね。……友達のきみが注意してあげなくちゃいけない。後遺症や違和感、本人に自覚がなくても、何かあったらすぐに医者に行くんだ。よく耳にするだろう？　日本脳炎にかかった患者や、事故で脳に損傷を負った人間の人格が変わってしまったり、ロボトミーによって脳の機能の一部が失われたり、意識が異常を起こしたり。……彼女の歪みきった人間性が変化して、つまらない人間になってしまったら、ぼくとしては悲しいからね。リストも、脳ミソにちょっとした穴くらい開いているんじゃないのかな？」

そもそも、頭蓋骨《ずがいこつ》とその内部にある脳髄の構造を知っているかい？　脳というのは約一五〇ミリリットルほどの髄液のプールにぷかぷかと浮かんでいる状態にある。それを髄膜という三枚の膜が包み込んでいるんだね。トレパネーションは皮膚こそ縫合するけれど、ほとんど脳を露出させる状態にするというから、彼女のブレインピアスもほぼ似たような状態だろう。穴を医療用ステンレスで埋めているだけで、おそらく髄膜まで切除してあるはずだ。彼女は額にピアスを入れたいと言っていたけれど、額の奥には前頭葉がある。いわゆる理性の脳だ。脳の表層にある大脳新皮質は神経細胞の集まるデリケートな部分だし、そんな箇所を露出させて思考や運動機能にどんな影響があるか……という延々と続く話をわたしは、

「あのぉー！」

と大声をだして遮った。周囲にいた関係のない人々まで、こっちをふりかえる。気にしている場合じゃない。

「……何かあったの？　リストに」

わたしの真剣な様子に気がついたらしく、アキ姉が言った。わたしは無言でうなずく。

「ついに警察に捕まってしまったかな。いろいろと危険なことをしていたから」

脚切りが冗談めかして言う。わたしは彼の顔を正面から見つめて、言った。

「そんなんじゃありません」

わたしの緊張が伝わったらしい。脚切りの表情が、かすかに強張《こわば》る。

「それじゃあ……」

意を決して、わたしは口にした。

「死んだんです。リスト」声にだした途端に、目が熱を帯びる。両手で顔を覆った。「それも……殺された」

しん……と。場が静まりかえった気がした。スピーカーからはやかましい音楽が鳴り響いているはずなのに、わたしの鼓膜は震わせない。世界は静寂に満ちていた。

「……バカな」

永遠とも思える時間が経ったころ。脚切りが、ぽつりと呟《つぶや》いた。

「殺される理由がない」

「殺される理由がある人なんて、いないと思います」

再び、沈黙が訪れる。

三人とも、酷《ひど》く動揺している様子だった。自分の発言がこんなにも強烈な動揺を引き起こしたことに、ずきずきと痛みにも似た不快感を覚える。葬儀会社では働けそうにないな、と頭の片隅でくだらないことを考える。

「……最近、リストと連絡を取った人間は？」

脚切りが、沈んだ声であとのふたりに訊いた。モリオもアキ姉も、首を横にふる。

「そろそろ日本に帰るよ、ってメールを何か月か前にもらっただけですね」

「ぼくもそうだ。連絡が取れなくなることは、リストの場合、以前からよくあったからな。住処《すみか》も頻繁に替えるし。今回もどこかでぶらぶらしているんだろうと思って、気にかけていなかった」と、脚切りはわたしに向き直る。「ぼくたちのところには、何も情報が入ってきていない。きみは、どうして彼女の死を知ったんだい？」

「わたしが見つけたんです。彼女の、その……死体を」

「……殺されたという根拠は？　事故や自殺じゃないことはたしかなのかな？」

「それは……」

口ごもる。

脳裡《のうり》にあの光景が蘇《よみがえ》る。剝《は》がされた皮膚とベッドの上に転がる赤い肉の塊。壁に打ちつけられた歪《ゆが》んだ絵画。描かれた滅びの風景。

あのグロテスクな死体の状態。言えなかった。彼女がどんなふうに殺害されたかなんて。

「殺されたとしか思えない状態だったんです」そう口にした途端。言葉が溢《あふ》れだしてきた。

「それなのに、ぜんぜんニュースでもやってないし、警察は当てにできないし……。何かがおかしいんです！　絶対に」

「……それで。ここへは何をしに？」脚切りは、そんなふうに訊いてきた。「何か目的があってきたのでは？」

そうだ。わたしには目的があって、ここにやってきた。それを忘れてはいけない。

「リストと、特に親しかった人を探してます」感情を抑えて、わたしは言う。「犯人は、彼女とは親しかった方だと思うからね。きみにとっては容疑者圏内のはずだ」

「その根拠は？と訊きたいところだけど、やめておこう。ぼくらもどちらかといえば、そう思う根拠もあります」

脚切りは呟くように言うと、モリオに視線を向けた。その無言の視線を受け取って、モリオは腕を組み考え込む。ぽつりぽつりと、言葉を吐きだした。

「……やっぱり、一番仲が良かったのは、ミウちゃんかなぁ。ルームシェアしてたくらいだし」

「あのふたり、レズビアンじゃないかって疑われていたわよね」

ミウ。初めて聞く名前だ。新しい情報に、ほんの少し興奮する。しかも、同じ部屋で暮らすほどの仲。合鍵《あいかぎ》を持っていたり、その隠し場所を知っていたりしてもおかしくはない。

「その人はいま……？」

勢い込んで訊くと、モリオは表情を曇らせた。言い難《にく》そうに、もごもごと何かを呟く。

「いや、なんていうかさ……死んじゃったんだよね、ミウちゃん」

「……え？」

「あ、いちおう言っておくけど、これは事件とかじゃないよ。ぅーん、ほら、そのぉー」

「自殺よ」

アキ姉が横から口を挟んだ。モリオが咎《とが》めるような目つきで、彼女を睨《にら》む。

「あんまりそういうこと、ぺらぺら人に教えない方がいいんじゃない？」

「いいじゃない、別に。適当にぼかして、犯人扱いされた方がかわいそうよ」アキ姉は続ける。「ありきたりだけど、病気を苦にしてね。死んじゃった。つい最近よ」

「病気って……」

自殺を考えるほど追いつめられる病。そうあるとは思えない。少し逡巡《しゅんじゅん》したようだったが、アキ姉は答えてくれた。

「……ミウっていうのは源氏名なの。みんな、本名よりそっちの名前で呼んでたわね。風俗で働いてたのよ、彼女。生抜き専門のね。それで、変な病気もらっちゃって」話しながら、彼女はどこか遠くを見つめるような表情をする。「いますぐに死んじゃうような病気じゃなかったと思うんだけど。……ミウ、肌が白くて綺麗《きれい》でね。それを自慢にしてた子だったから。ぽつぽつ、赤い不気味な斑点《はんてん》みたいのが肌にできはじめてね。それがショックだったんでしょう。最初のうちはがんばって隠してたんだけど、結局ね……。なんでそこまで思いつめちゃったのか、わたしにはわからないけど」

彼女の言葉が、頭に染み込んでいくのを、わたしは待った。

そういえばリストもいつだったか、風俗嬢の友達が、みたいな話をしていた。リストと仲が良かった、ミウという女性。その人物もまた、死んでいる。病気を苦にしての自殺だという。……けれど。

「ほかにリストと親しくしていた連中といえば、やはりここに来ている人間かな。どうする？　アリバイでも訊《き》いてまわるかい？　となれば、まずはぼくたちかな？」

「いえ……いいです」

脚切りの提案を、わたしは首を横にふって断った。深く物事を考えられない。酷く疲れていた。

アキ姉に水をもらうと、それを一気に飲み干し、「帰ります」と三人に告げた。

「帰るったって、もう電車走ってないよ。朝までいればいいのに」

腕時計を見ながらそう言うモリオにかるく手をふって応《こた》え、わたしはこの身体改造者たちのパーティーをあとにした。心配するような、不安がるような、曖昧《あいまい》な三人の視線が背中に突き刺さる。

店をでるとき、一度足を止めてふりかえった。会場の中心では、半裸の男が背中や太ももにフックを通され、うつ伏せになるような体勢で、空を飛びまわっていた。

血を流しながら。

なるほど。わたしはひとり納得する。あれがスーパーマン・サスペンションか。

七

身体改造クラブ《ヴィヴィセクト》をでると、わたしはそのまま駅に向かった。足が重い。消耗しているのが自分でもわかる。気分は酷く沈み込んでいた。暗く深い穴の底から浮き上がれない。きらきらと瞬くネオンが寒々しく感じられる。

終電の時間はとうに過ぎていたため、駅前にあった漫画喫茶に入った。タバコの臭いが染みついた座敷タイプの個室に通されると、倒れ込むようにして横になる。そのまま、考え込んだ。

リストが死んだ。

そして、リストの死の真相を探ろうとして、彼女の交友関係を調べていけば、彼女と親しくしていたミウという人物まで、死んでしまっているという。それもつい最近のことらしい。

これは偶然だろうか？

ミウという女性の死は自殺だという。けれど、これだって怪しい。《地獄へ堕ちよう》

関連の殺人事件の犯人たちは、みんな死んだことにされている。暗数、という言葉が頭の中で明滅する。たて続けに、面識のあるふたりの人間が死んでいる。そのミウという人の死は、本当に自殺だったのか？　その死もまた、暗闇の中に葬られてしまったんじゃないだろうか。

何かが起きているような気がする。わたしには全体像が把握できないような、恐ろしい出来事。それはいったい、なんだろう？

抗不安剤と眠剤を飲み、しばらく眠ろうと思った。けれど、神経がささくれ立って、なかなか眠れない。変なふうに目が冴《さ》えてしまっていた。

眠るのは諦《あきら》めて、体を起こす。かといって、こんなときに漫画を読む気分にもならない。目の前には、備え付けのパソコンがあった。なんとなく、深い考えもなしに、その電源を入れる。

ルーシーにURLを教えられてから、《地獄へ堕ちよう》を日に一度覗《のぞ》いてみることが日課のようになっていた。ここ数日のあいだ、サイトには変化は起きていない。

ネットに接続し、《地獄へ堕ちよう》にアクセスしてみた。画像の保管庫が表示される。新たな画像がアップされていた。サムネイルをクリックすると、画像が拡大される。なんとなく。こうなることが、わたしには予想できていたような気がする。頭のどこかではわかっていて、受け入れていて。それでも、気がつかないふりをしていた。

追加された死体写真。そこに写っている被写体。

「……タミー」

タミーは両目の瞼《まぶた》を縫い合わされた状態で死んでいた。

縫合に使われている糸はきっと、そのへんで売っている裁縫用のものなんだろう。不器用なジグザグ模様に皮膚の上を這《は》う糸は、血液で朱色に染まっている。

写真に写ったタミーはベッドの上に横たわっていた。わたしが最後に会ったときと同じジャージを着ていて、僅《わず》かにジッパーが下がっている。そこから覗く白く細い首には、赤くすりむけたような縄の痕《あと》が残っていた。それ以外に外傷は見当たらない。血の気のない頬と、半開きになった紫色の唇。死者の顔。表情は穏やかで、まるで眠っているように見えた。脱色された長髪がシーツの上に放射状に広がっている。

シーツは薄いピンク色をしていた。タミーは住所不定だったから、きっとどこかのラブホテルか何かのベッドなんだろう。写真からはそれ以上、これといって手がかりになりそうな情報は見つけられなかった。

パソコンの電源を落とした。暗くなった画面の中で、反射したわたしの顔が、こっちを見つめ返している。

その目は、タミーはなんで死んだ？　と問いかけてきていた。

彼はなぜ死んだのだろう？　眠っているようにすら思える穏やかな表情だったけれど、

《地獄へ堕ちよう》に画像がアップされていた以上、やっぱり彼はもう死んでしまっているのだろう。それにあの瞼。まるで小学生が家庭科の授業で生まれて初めて裁縫に挑戦するように。不格好に、だけど、きつく頑丈に。糸で縫い合わされていた。

ルーシーの言っていた、『ルール』という単語が頭に思い浮かぶ。《地獄へ堕ちよう》には何かルールがあって、それを破ると制裁をくらう。タミーはそのルールを破った？　だから粛清された？

たぶん、違う。ルーシーは、ルールを破ると酷《ひど》い目に遭わされるなんて言っていた。もしタミーがルール違反を犯し粛清を受けたのならば、その表情は苦悶《くもん》に歪《ゆが》んでいるはずじゃないか。それに、タミーはわたしと再会したことで、『死ぬのが怖くなった』って言っていた。彼は人を殺したと言っていたけれど、自分自身が死の危険にさらされる可能性もあることを、承知していたようなところがある。

この《地獄へ堕ちよう》というサイト。

これは、殺人請負サイトなんかじゃない。そして、犯罪者たちが自分たちの罪を自慢するための展覧会でもない。

これはゲームだ。

タミーの写真を見つけて以来、酷い虚脱症状に陥ってしまった。

やらなくちゃいけないこともあるのに、行動に移せない。朝からアルコールと白い錠剤を飲み、音楽を聴きながらぼんやりと壁を眺めて過ごす日々がしばらく続いた。時間の感覚がなくなり、眠っているのか起きているのか判然としなくなる。いまが何時だかわからない。自分の体が自分の手元から離れていってしまったような感覚。

どれくらいの日数が経っただろう？　一週間？　それとも一か月？　携帯電話が鳴った。実家の父からだった。意識が朦朧《もうろう》としたままで、電話にでる。

えーっと、ミチが昔仲良かった、タミオくんとやらがだね……。

ぎこちない喋《しゃべ》り方。わたしとの会話に慣れていない。助け船をだすように、応える。

うん、タミーね。

つい最近会ったよ、とは言わなかった。父が続ける。

それがな、ショックを受けないで欲しいんだが、亡くなったらしい。明後日《あさって》通夜があるから、帰ってきなさい。喪服は母さんのを貸してあげるから。

そんな感じの内容だった。

電車とバスを乗り継いで、茨城の実家に帰った。バスの窓からは、のどかな風景が広がっているのが見える。わたしが子供のころとなんら変わらない、田んぼばかりの光景。前に見たときよりもいくらか汚くなった実家。家事をする人がいなくなって、廊下のすみの埃《ほこり》は積み重なっていく一方。

ひさしぶりだな、そっちはどうだ、たまには顔だけでも見せに帰ってきたら……と無理をして世間話を垂れ流す父に適当に相槌《あいづち》を打ちながら、中学のころの同級生たちに連絡を取る。ひとりが斎場まで車をだしてくれるということなので、一緒に乗せていってもらうことにした。

喪服を着るのは生まれて初めてだった。学生のときに親しくもない同級生がバイク事故で死んで、通夜にでたことはある。あのときは高校の制服だった。微妙にサイズが合っていない、この黒くて重苦しい服は、粉っぽい独特の臭いがした。染みついた線香の臭いなのか、それとも防虫剤の臭いなのか、わたしには判断がつかない。

通夜が行われたのは、隣町にある小さな斎場だった。割合近代的な外観をしているのだけど、田舎なだけあって、周囲には森しかない。広い土地の中に、孤立したようにぽつんと建っている。カメラを持ったマスコミ関連と思《おぼ》しき人々がうろついている以外、あたりは閑散としていた。参列者が少ない。仕方がないよな、とも思う。タミーは高校をすぐに中退してしまったし、それから同級生たちや友人たちとはぷっつりと連絡を絶ってしまった。ここを訪れている人たちだって、そのほとんどは、お義理でやってきただけだろう。たぶん、タミーの死を心から悲しんでいる人は、あまりいない。

わたしは悲しんでいるのだろうか？　それもよくわからない。

同級生たちとの再会、中身のない会話。試しにわたしは、ここ数年のあいだにタミーと会った人間がいないか探してみた。結果は散々だった。誰もタミーの近況を知らない。

僧侶《そうりょ》の読経《どきょう》。焼香。それらは実に順調に、坦々《たんたん》と滞りなく進んだ。まるでベルトコンベアで運ばれる流れ作業のよう。誰かが声を上げて泣きはじめた。その泣き崩れる姿すら、最初から決められていた演出の一部に見える。わたしの焼香の番がくる。記憶にあるよりもいくらか歳をとったタミーの両親が、目を伏せたまま頭を下げる。目の前にある遺影。そこに飾られているのは、タミーがまだ学生だったころの写真だった。それしかなかったのだろう。短い黒髪で、ぎこちなく笑うその写真に写った人物は、タミーとよく似た別人のもののように、わたしの目には映った。

棺桶《かんおけ》の中で眠る彼の顔は、綺麗《きれい》に整えられていた。

全員の焼香が終わると、通夜ぶるまいの席には参加せず、わたしはタミーの両親を捜した。ふたりは葬儀会社の人間と何やら話し込んでいる。といっても話しているのはもっぱらタミーのおじさんの方で、おばさんは傍らで所在なさげに立っているだけだった。その彼女を、わたしは「おばさん」と手招きして呼んだ。

「あら……」タミーのおばさん」おばさんは少しのあいだ、記憶の奥底をさぐるように視線を泳がせたかと思うと、「ミチちゃん？」

覚えていてくれた。わたしは頷《うなず》きながら、

「このたびは……」

と、そこまで言って、そのあとなんてつづければいいのか知らないことに気がついた。このたびはなんだ？　残念なことに？　ご愁傷さま？　どれも寒々しく響く。

斎場のすみっこで、わたしたちは立ったまま話した。

「わざわざきてくれたのね。ずっと会ってなかったのに」

「あの……タミーは、なんで」

「何年か前にね。家出しちゃっていたの。だから、いつかはこんなことになるんじゃないかって、心配していたんだけどね……」

おばさんは声に感情を込めずに語った。心のどこかが欠けてしまったような、何かが足りない弛緩《しかん》した表情。

タミーが消えて、おじさんとおばさんは警察に家出人として捜索願をだしていたようだ。けれど進展はなく、ようやく見つかったと思ったら、死体になって帰ってきた。

タミーが見つかったのはラブホテルの一室で、ホテルの従業員が死体を発見し通報したらしい。タミーが持っていた健康保険証から、身元が判明した。

「刑事さんが言うには、一種の心中だろうって」おばさんは言った。

「心中……?」

意味がわからなかった。いったいどこから、そんな単語がでてくるのだろう。

いや、それ以前に。タミーの死が心中だというのなら、相手は……。

「あの子を殺した女の人ね。次の日に、自宅で首を吊《つ》って死んでいたのよ」

知らなかった。もうタミー殺しの犯人は見つかっていたのか。

けれどその犯人も、すでに死んでしまっている。

淡々と、まるで台本に書かれたセリフを口にするように、おばさんは話した。きっと、ショックでまともに思考が働かなくなっているのだろう。タミーの死について、微塵《みじん》も疑いを持っていないようだった。

「何か……不審なところはなかったんですか？　本当に、その首を吊っていた女が、タミーを殺したんですか？」

「さあ……刑事さんが言うには、間違いないそうよ。証拠もあるみたい」

おばさんはそんなふうに言った。

「でも……」

わけがわからなかった。本当に、タミーの死はその名前も知らない女との心中なんだろうか？

そんなはずがない。もしあれが心中ならば、タミーの縫い合わされた瞼《まぶた》はなんだ？

ふと。わたしの中に疑問が芽生える。

そもそもなんで、タミーの死体は瞼を縫い合わされていたんだろう？

連鎖的に、複数の疑問が浮かぶ。これまでにも、考えてみるべきだったのだ。死体損壊の理由。タミーは瞼を縫われていた。リストは全身の皮膚を剝《は》がされていた。タミーが一緒に暮らしていたという女性は、腹を切り裂かれて死んでいる。タミーの手によって。何か理由があるのか？

犯人にとって、死体の瞼を塞《ふさ》がなければいけない理由があったと仮定する。その理由とはなんだろう？

タミー。瞼。そこまで考えれば、自然と考えが及ぶ。

義眼だ。

たとえば、あの義眼がとても価値のあるものだったとする。犯人はそれを盗もうとするのだけれど、盗んだことが他人にバレるとまずい理由があった。だから、義眼がなくなっている様子が写真に写りこまないよう、瞼を針と糸で縫い合わせた。片方だけだと不自然だから、両方の目を……うーん。でも、あの義眼に盗むような価値があるとは思えない。それに、バレるとまずい理由ってのも思いつかない。そもそも、糸で縫ったくらいじゃ、警察に遺体が渡れば発覚してしまう。頭が混乱する。思考がうまくまとまらない。あー！もうちょっと頭がよく生まれてくればよかったのに！

仕方がない。わからないことは訊《き》けばいいのだ。

「あの、タミーの目のことなんですけど……」

「……ああ、知っていたのね」

おばさんは倦《う》み疲れたような表情を浮かべる。その顔を見て、体のどこかがズキリと痛む。でも、訊かなくちゃいけない。

「タミーの義眼って、ちゃんとありました？」

「え？　ええ、あったけど」

なぜそんなことを訊くのか、と不審そうな表情を浮かべながらも、おばさんは答えてくれた。

うーん。訊いたけどわからない。義眼はちゃんとタミーの眼窩《がんか》に収まっていたという。もしかして、その義眼は偽物？　でもそれじゃあ、瞼を縫った意味がわからなくなる。それに、リストの皮膚剝ぎや、タミーが元同棲《どうせい》相手の腹を裂いた理由はわからないままだ。

「結局」

ふと。タミーのおばさんは、独白するように呟《つぶや》いた。

「あの子がどういう子だったのか、わたしにはよく理解できなかった。最後まで」

なんて言えばいいのかわからなかった。けれど、考えるよりも先に、言葉が口から溢《あふ》れていた。

「……でも。タミー、いいやつでしたよ。わたしには優しかったし」

そう口にした途端。胸が苦しくなった。形容しがたい感覚に、その場に頽《くずお》れそうになる。

痛い、と感じる。体のどこかが。怪我をしたときとも、二日酔いの頭痛とも種類の違う痛み。鎮痛剤だって飲んだのに、その痛みは消えない。リストが死んだときにも、似たような痛みを覚えた。

助けてくれ。耐えられない。誰かわたしに鎮痛剤を与えてくれ。

……そうか。

二十二年生きてきて、このとき初めて、わたしは理解した。いままでずっと、薬で麻痺《まひ》させていた感情。

これが『悲しい』っていうんだ。

「そう言ってもらえるとうれしいわ」おばさんは言った。「あの子、いつもビクビクして、臆病《おくびょう》で。親のわたしに対しても、怖がっているというか、距離を置いていたから。……こうね。目つきが、怯《おび》えているのよ。でも、あなたには、懐いていたのかもね」

タミーがわたしに懐く、という言葉が変なふうに響いた。おかしくて、ちょっと笑う。泣き笑いみたいな歪《ゆが》んだ声がでた。

「たしかに、怖がりでしたね」いろんな思い出が溢れだしてくる。「……ほら。幼稚園だか、小学校低学年だかのとき。劇をやったじゃないですか。タミー、泣きだしちゃって」

「ああ、あったわね、そんなこと」

疲れたように、おばさんはうなずく。気にせずに、わたしはつづけた。止められなかった。

「あれ、あとで訊いたら、怖かったんだって。タミー、兵士の役で、槍《やり》を持ってて。……刺さったら痛そうだったから、なんて言ってました」

わたしは言葉を継いだ。

「やっぱり、優しかったですよ。タミー」

と、わたしの話を聞いていたおばさんは、ほんの僅《わず》かにだけ、表情を曇らせた。そして、

「あら、不思議ね」

そう言った。独り言のように、虚《うつ》ろな言葉を呟く。

「あの子、本当に小さいころから、台所仕事を手伝っていたから。……包丁なんかは、平気でぺたぺた触っていたんだけど」


告別式には出席しなかった。

通夜が終わると、もう少しのんびりしていきなよと引き留める父を振り切って、都内のアパートに戻った。

わたしには、やらなくちゃいけないことがある。それをしないと、わたし自身が耐えられない。

この痛み。この苦しみ。それに、ほんのちょっとの怒り。

死んだ人は、残された人を、縄で縛る。悲しみっていう縄で。

わたしはいまも縛られている。きつく。解《ほど》けない。耐えられないほどに、体の芯《しん》にくいこんでいる。

熱いシャワーを浴びる。まだホールの完成していない乳首のピアスが、水流を受けてじくじくと痛んだ。指先で触れると、かすかに出血する。浴室をでると、ベッドの上に置き去りになっていたバタフライナイフが目に入った。手に取り、刃《は》をだすと、特に意味もなく手の中で遊ばせてみる。銀色の刃には、タミーの肌を傷つけたときに付着した血液が、茶色い塊となってこびりついていた。

わたしとリスト。そしてわたしとタミー。わたしが、彼らとたしかに出会い、触れ合った証拠がここにある。これを捨てれば、この胸の息苦しさ。悲しみ。苦痛も消えるだろうか？　そうは思えない。

セーフワードが必要だ。

わたしはわたし自身を、この苦痛から救いだす手助けをする。

八

タミーの死は心中なんかじゃない。これは確実だ。

警察が言うには、タミーはなんとかって女にラブホテルの一室で首を絞められて殺された。その後、女は別の場所で首を吊《つ》って死んでいるところが見つかった。だから、心中。

これで事件は解決。残ったのはせいぜい、それが合意の下で行われたか、無理心中だったか、という程度だ。

冗談じゃない。

タミーの死体は瞼《まぶた》を縫い合わされていた。どう考えたって、普通の心中なんかじゃない。

警察は、《地獄へ堕《お》ちよう》関連の事件を、闇に葬りたがっている。わたしには、そんなふうに思えた。何しろ、事件の犯人がみんな、被疑者死亡のまま送検されているのだ。

そんなバカな。きっと彼らは、真犯人を隠匿するために用意されたスケープゴートに違いない。

そして、《地獄へ堕ちよう》。

ルーシーが言うには、このサイトはSNSだという。そしてルールがあるとも。タミーは出会い系みたいな表現をした。殺し、殺される人間が出会うための広場。その言葉通り、タミーは《地獄へ堕ちよう》を通じてひとりの女性と出会い、その人を殺害した。お腹を切り裂いて。内臓をひきずりだして。誰かを殺すとお金がもらえるとも口にしていた。そうして、結局はタミーもまた何者かに殺害された。

不特定多数の人が参加し、ルールがある。相手を倒すと賞金が手に入る。そして、自分もまた倒される危険がある。

殺人請負サイトでもなければ、殺人者たちの馴《な》れ合いの場でもない。

これはきっとゲーム。

現実世界で、命を懸けて、狩るか狩られるかを試す。

プレイヤーたちは《地獄へ堕ちよう》へ登録し、登録が済んだ時点でゲームスタート。自分が狙う相手プレイヤーの情報を与えられるとともに、自分も誰かから狙われる。この現実世界。住んでいる街、職場、学校、自宅の便所がゲームのフィールドとなる。狩った対象は、戦果として《地獄へ堕ちよう》で公開される。それがあの死体写真。そして、このゲームで死者がでても、警察はそれに関与しない。おそらく、そんなシステムなんだろう。

そう考えてみると、リストの死に関しても、ひとつの物語ができあがってくる。

リストの友達で自殺したという女性。ミウとかいった。交友関係のあったふたりの人間が、立て続けに死んでいる。これは不自然じゃないだろうか。

きっと、その人も《地獄へ堕ちよう》というゲームのプレイヤーだったのだ。スリルを楽しむための遊び半分だったのか、お金が必要だったのかはわからない。とにかく、彼女は殺された。その死は自殺として処理される。

友人の死に疑問を抱いたリストは、独自に調査を始める。警察が力になってくれないからだ。そうして、彼女も巻き込まれた。

もしもこれがゲームであるのならば。ゲームマスターがいるはずだ。

このWebサイトを創りだし、運営している人間。そして、ゲームを観賞して悦《よろこ》んでいる人間。

そいつを、ひきずりだしてやる。

そして、地獄に叩《たた》き落とすのだ。

それがきっと、わたしに必要なセーフワード。

この苦痛。悲しみから解放されるための鎮痛剤。

薬はあまり飲まないようにしよう。そう決めた。あれは感覚を麻痺させる。そのくせ、嫌なことは何ひとつ忘れさせてくれない。

ビールの代わりにアパート前の自販機で買ったオレンジジュースを飲みながら、《地獄

〈堕ちよう〉》にアクセスする。ルーシーに教えてもらった、ログイン画面。

運営をわたしの目の前にひきずりだすには、どうしたらいいだろう？

わたしはあまり頭が良くない。それを自覚している。バカのふりをしているうちに本当にバカになってしまったみたいだ。だから、危険な方法しか思いつかなかった。

ルールを破ればいいのだ。そうすれば、違反者として粛清される。その際、必ず運営側の人間が現れるはずだ。

そのためにはまず、このゲームに参加しなければいけない。

新規登録用のページに飛ぶ。ハンドルネームとメールアドレス、パスワードを入力する。もちろんすべて適当だ。次の画面に進むと、本名、年齢、職業、連絡先、それに住所まで入力する場所がある。入力できる情報には、趣味や日々の生活範囲、生活サイクルまで書き込む場所があった。たぶん顔写真を晒《さら》すんだろう、画像まで参照してアップロードできる。まるで本当に、友達を作るためのＳＮＳ。なんなんだ、このサイトは？　冗談みたいだ。

いい加減な情報を入力して済ませると、さらに次に進んだ。と、そこでわたしは手を止める。

二択の質問があった。

『あなたは人を殺せますか？』

はい。

いいえ。

これが最終確認なのだ。人を殺せないやつは、ゲームには必要ない。

わたしは『はい』を選んだ。次に進む。……と。

最後に、本人確認のための身分証をスキャンしてメールで送れ、とあった。ご親切なことに、スキャナを持っていなければ写メでもOK、なんて記されている。

なんだこりゃ、ふざけんな。銀行口座の開設手続きかよ。わたしは呆《あき》れて、なかばやけくそ気味にパソコンの電源を落とした。

悔しくて爪を噛《か》む。オレンジジュースじゃなくてアルコールが飲みたかった。

さすがに、本物の個人情報を教えるわけにはいかない。きっとわたしなんて、あっというまに殺されてしまう。わたしは死にたい死にたいと口癖みたいに呟《つぶや》いてばかりいるけれど、痛いのは嫌いだし怖い思いをするのも嫌だ。死ぬなら楽に逝《い》きたい。わがままなのだ。

でもよく考えてみれば、ある程度運営側がプレイヤーの本人確認をするのは当然だ。嘘の情報でも登録できるのであれば、アンフェアなゲームになってしまう。それに、本人以外が勝手に他人をプレイヤーとして登録する危険もある。それができてしまうと、自宅にいながらにして、憎い相手に殺人者を送りつけるという凶悪な裏ワザが可能になってしまう。それじゃあゲームにならない。

どうすればいいんだろう？　バレるのを覚悟で偽造する？　それとも、誰かから保険証か運転免許証を借りて使ってしまおうか？　いや、そんなことしたらわたしの代わりにその人が狙われるだけだ。できない。

「あー！　もうやだ！　めんどくせ！」

はやくも壁にぶち当たってしまった。なんの名案も思いつかない。ノートパソコンを放りだして、ベッドの上でごろりと寝転がった。

ゴッ、と頭に硬い物体がぶつかり、痛みに小さく悲鳴を上げた。タミーのバタフライナイフ。

……そうだ。タミーのアカウントはどうなっているんだろう？

体を起こすとノートパソコンを膝《ひざ》にのせ、落としたばかりの電源を入れる。ログイン画面に繋《つな》ぐ。

ログインに必要なのはユーザー名とパスワードだけ。ユーザー名っていうのはハンドルネームでいいんだろうか？　それともメールアドレス？　一般的なSNSでは、メールアドレスをそのままユーザー名としているところが多いように思う。

とりあえず、物は試しだ。ユーザー名に『タミー』と入力する。わたしは彼が他のあだ名で呼ばれているのを聞いたことがない。もしもユーザー名にメールアドレスが使われていたり、あるいはわたしの知らないハンドルネームでタミーが登録していたとしたら、この時点で終わりだ。

次にパスワード。まずはタミーの生年月日。ダメ。生年月日を逆の順で。またダメ。クレジットカードの暗証番号とは違うんだから、数字とは限らないか。わたしだったらどんな設定にする？　好きなミュージシャンや曲の名前。タミーは何が好きって言ってたっけ？　ブラックメタル、デスメタル。エンペラーにダークなんちゃらかんちゃら……ダメダメ。

あー、やっぱりダメだ。他人のパスワードなんてわかるはずがないし、ユーザー名だってわかっていない。そもそも、簡単に他人がログインできるようじゃ、認証の意味がないじゃないか。

諦《あきら》め半分で、適当にキーボードを叩いた。えっと、タミーが好きなものって他に何があったっけ？　そうそう、ネコだネコ。なんて言ったっけ、タミーんちの茶色いニャンコ。

「えー。……KI……NO……違う違う。……NA……KO、と」キナコ。エンター。

カチカチ、とパソコンの内部でひっかくような音がした。画面が違うページに切り替わる。

ずらりと並んだ誰かの写真と、個人情報。

タミーに見せられた、ユーザー専用のページだ。

え！　うそ！　入れちゃった！　なんかすごいあっさり！

思わぬ幸運にテンションが上がりそうになるのを、なんとか我慢した。落ち着け、と自分に言い聞かせる。まだスタート地点に立ったばかりだ。

それにしても、タミーのアカウントがまだ抹消されていなくて助かった。当然かもしれない。ネット上じゃあ、作成者が何年も前に死んでしまったのに、そのままになっているブログやホームページなんかいくらでもある。それらはサイバースペース上の墓場として、人の視界に入らない暗がりに放置され続けるのだ。

それよりも、タミーのユーザー名とパスワードが単純で助かった。これで、わたし自身は情報を晒すことなく、《地獄へ堕ちよう》に参加できる。いわばタミーの亡霊。圧倒的優位。

こいつを殺せ！　っていう情報だよ……タミーの言葉を思いだす。画面に並んだ殺しの目標。そのデータをひとつひとつ確認していった。大量の情報に、めまいと頭痛がしてくる。我慢して確認作業を続けた。

そして。そのうちのひとつに、目をひきつけられた。

それは若い男のものだった。歳は二十一歳、わたしとひとつ違い。本名は非公開で、ハンドルネームは『ディープ・パープル』となっている。年齢の割に古臭いチョイスだ。誕生日、血液型、職業、それになぜか普段よく行く店の名前や、好きな音楽のジャンルまで記載されている。住所も、ここからそう遠くはない。

そして何より、わたしの興味をひきつけた理由。

そこには顔写真も添付されていた。明らかにカメラを意識して、顔の角度を決めている写真。自分で撮影したのだろう。写り込んだ顔は青白く、夜の仕事をしている人間に特徴の、荒れた肌とくまの浮かんだ暗い目をしている。

わたしは彼を知っている。

「……ムラサキくんじゃん」

何してんだよ、こんなとこで。声にはだサずに、わたしは口の中で小さく呟いた。

SMバー《ロマンチック・アゴニー》のバーテンダー。根暗で自閉的。何を考えているのかわからないけど、黙々と仕事はこなす。あんまり話したこともないし興味もない。そんな男。ムラサキくんだ。

かるく混乱する。なぜここで彼がでてくるんだ？　いや、そりゃ彼もまた《地獄へ堕ちよう》のプレイヤーだからだ。でも、リストが死んで、彼女の同僚ともいえるムラサキくんもまた、このゲームに参加している。偶然？

もしかして……ムラサキくんが、殺したのだろうか？　リストを。

いや。なんでもかんでも、すぐに結びつけるのはよくない。

わからないことは、訊《き》けばいいのだ。

画面を閉じると、わたしは行きつけの病院に電話を入れた。できるだけはやく予約を入れたいと伝えると、今日の午後はわたしの担当の先生が空いているという。約束を取りつけて、わたしは病院に向かった。心療内科の待合室で名前を呼ばれるのを待つ。

数十分ほどで診察室に案内される。見慣れた顔の医師が、わたしに尋ねる。

どうなさいました？

わたしは答える。

「……最近、眠れないんです。眠剤の量を増やしてもらえませんか?」

わたしは正直者だけど、時と場合により嘘もつく。

ムラサキくんはたしか、高校を卒業したあと、十代のころから《ロマンチック・アゴニー》で働いている。そう聞いた。勤務歴はわたしよりも長い。当然、わたしよりも先にリストと知り合っていたはずだ。

リストを殺害したのは、リストと親しかった人間。その説を、わたしはまだ捨てていない。もし彼女がミウという友人の死の真相を探るために《地獄へ堕ちよう》に登録したのであれば、易々と重要な情報を垂れ流すはずがない。自宅の合鍵《あいかぎ》の隠し場所なんて、一番知られちゃいけない情報だ。彼女を殺害した犯人はそれを知っていた。または合鍵そのものを持っていた。やっぱり、どう考えてもリストの友人、親しかった人物が怪しい。

そして、合鍵を渡す相手となれば、まっさきに思いつくのは恋人だ。

たとえば。かつてリストとムラサキくんが恋人の関係にあって。ふたりは別々に《地獄へ堕ちよう》に登録する。そのときすでに男女の関係が冷え切っていたとして、元恋人がゲームの攻撃対象になっていると知ったムラサキくんは、どうするだろうか。すでに親しい仲ではあるのだから、他のプレイヤーに比べてアドバンテージはある。合鍵を持っているとすれば、なおさらだ。

いやいや、妄想で話を進めちゃいけない。結局、確認するしかないのだ。自分の目で。耳で。そして手で。

携帯電話を手に取る。幸いにも、アドレス帳にムラサキくんの連絡先は登録してあった。いままで使ったこともなかったけれど、今日初めて役に立つ。そしてさらに幸運なことに、相手はわたしが《地獄へ堕ちよう》のプレイヤーだということを知らない、というか実際に登録はしていない。わたしのやり方次第で、いくらでも状況を有利に進められる。

ムラサキくん宛てに、メールを送った。

『ひさしぶりぃ〜。元気してる〜？　ひまなときでいいからさぁ、一緒に飲みぃかない？　返信待ってまーす』

悩んだ末に、末尾にハートマークをつけておいた。わたしはお店ではずっとバカな女で通している。いきなりこんなメールを送ったところで、何か裏があるとは考えないだろう。

獲物はエサにかかるだろうか？

「ごめんごめん。待った？」

「いえ、ぜんぜん。いま来たばっかりっす」

ムラサキくんはあっさりとエサにかかった。仕事に来るときと違い、髪をワックスでツンツンに逆立て、かっちりとしたジャケットまで身に着けて待ち合わせにやってきた。まあ、血気盛んな年頃だ。女から誘いを受ければ、そりゃウキウキと現場にもやってくるだろう。同僚なら遠慮もあっただろうけれど、わたしはもう《ロマンチック・アゴニー》には通っていない。後腐れもないと考える。

わたしも珍しく、胸元の大きく開いたセーターを着ていた。胸が大きくないからあんまり似合っていないと思うけれど、ことをスムーズに運ぶため。寒くて風邪をひきそうだ。それでも下は、動きやすいようにとジーンズとスニーカーを選んだ。

「ミチさんからいきなりメールあったから、びっくりしましたよ」

「んー？　ほら、ムラサキくんとあんまり話したことないじゃん？　だから、もうちょっと、いろいろお話ししてみたいなって思って」

できるだけ甘ったるい声をだして言った。さりげなく彼の腕に手を伸ばし触れる。あからさまに、ムラサキくんが挙動不審になるのがわかった。

ムラサキくんは目が細く、たらこ唇。別にブサイクだとか不潔だとかいうほどでもないのだけれど、おせじにも美青年とはいえない容姿。それでいて性格が暗く、話もおもしろくないから、女の子にはあまり相手にされない。《ロマンチック・アゴニー》のオーナーのアキラちゃんも、そういうところがわかっているから、彼ならスタッフのSM嬢と問題を起こしたりはしないだろうと雇っているのだ。

男なんてコンニャクが相手でも満足できる生き物なんだから、とルーシーが以前語っていたのを思いだした。

いま。ムラサキくんの目は泳いでいるのに、その視線は熱を帯びてぎらついている。少なくとも、わたしはコンニャクよりは魅力的みたいだ。

「どこ行きましょうか？　おれ、あんまりこのあたり詳しくないんですけど……」

ムラサキくんが周囲をきょろきょろと見まわしながら言う。待ち合わせ場所には、わたしのアパートから近い駅を指定していた。

彼の袖《そで》をひっぱって、駅前にあるチェーン展開しているアイリッシュ・パブへと向かった。時刻は午後九時。店内は多くの人でにぎわっている。合コン中らしい男女のグループに、外国人のカップル、大学生らしい男三人組が大声で何かをわめきながら、巨大なグラスでビールを飲んでいた。壁にはサッカーチームのユニフォームがかけられ、天井に備えつけられたテレビでは海外の試合を中継していた。

「ムラサキくん、何飲む？　わたしの方がちょっとお姉さんだから、なんでも飲んでいいよ。おごったげる」

席に着くなり、わたしはメニューを見ながら言った。周囲の客たちの声が耳障りで吐きそうになっていたけれど、顔には笑顔を貼りつかせている。薄っぺらい笑顔。媚《こび》を含んだ嬌声《きょうせい》。仕事をするうちに覚えた。

店員が注文を取りにくる。わたしが年上だからか、それとも元同僚だからか、ムラサキくんはいちおう遠慮しているらしく、

「えっと、それじゃあ、ミチさんと同じもので」

「じゃあ、コロナビールと、ラフロイグ10年をダブルのストレートで。二つずつ。あ、そ

れとフィッシュアンドチップスも」

すぐさま店員に言った。ムラサキくんがぎょっとした顔をする。まずいと有名なイギリス料理を注文したからじゃない。酒の飲み方がアル中のものだからだ。でも、彼は何も言わなかった。

ビールをチェイサー代わりに、スコッチウイスキーで乾杯する。飲み始めてすぐに、わたしは感嘆したように言う。大げさに手を叩《たた》きながら。

「すごーい！　ムラサキくん、お酒強いね！」ぱちぱちぱち。

「え、そうっすか。そんなの、言われたことないですけど」

困惑しながらも、まんざらでもなさそうに彼は頭をかいた。実際のところは、彼はちびちびと舐《な》めるようにウイスキーを飲んでいて、そのたびにスコッチの強烈な臭いに顔をしかめている。これならわたしの方がペースがはやいくらいだ。それでも、おだてているうちに彼も勢いに乗ってきたようで、スコッチを口に含むとビールで無理やり胃に流し込んでいく。グラスが空になると、間髪を容《い》れずにおかわりを頼んだ。

「ちょっとお手洗い」

わたしはトイレに立つと、アルコールが血中に染み込みはじめる前に、のどの奥に指を突っ込んで胃の中のものを吐きだした。便器にびしゃびしゃと、泡立った琥珀色《こはくいろ》の液体と食べたばかりの白身魚の破片が飛び散る。つんとしたのどの痛み。涙が滲《にじ》みだして、視界が歪《ゆが》む。トイレットペーパーで唾液《だえき》と涙、それに鼻水を拭《ぬぐ》い取ると、席に戻った。入れ替わるようにして、ムラサキくんがトイレに向かう。もともと青白い彼の顔は、すでに真っ赤に染まっていた。

彼の姿が完全に見えなくなったのを見計らって、バッグからピルケースをとりだす。いつもの錠剤ではなく、砕いて粉末状にした眠剤が入っていた。白い粉末を、彼のスコッチのグラスに注ぎこむ。底の方に沈殿していた薬剤は箸《はし》を突っ込んでかきまぜると、暗い照明の下では確認できないくらいに液体に溶けこんだ。

ラフロイグはもともと強烈な薬品臭と濃厚な味がする。それが一部の通に好まれているのだ。薬が混じっていることが味や臭いでバレることはないだろう。このわたしの一連の動作を、バーカウンターに入っている店員が見ていた。わたしが睨《にら》みつけると、目を逸《そ》らす。ただのアルバイトに違いない店員は、見て見ぬふりを決め込むことにしたらしい。

ムラサキくんはトイレから戻ってくると、眠剤の溶けたスコッチウイスキーを口に含む。ほんの少し、眉《まゆ》をひそめた。けれどそのまま、ビールで流し込む。

予想していたよりもはやく、そのときがきた。

「あれ……なんかおれ、ちょっと、酔っ払ったかも。……ていうか、ヤバイ、かな」

呂律《ろれつ》のまわらない舌で、ムラサキくんが言った。だるそうに、テーブルに肘《ひじ》をついている。

少しだけ悩む演技をして。わたしは、上目遣いに彼に告げた。

「それじゃあ……うちにくる？　すぐ近くなの」

まっすぐ歩くこともままならないムラサキくんをひきずって、自宅アパートに帰った。

室内はいちおう掃除してある。けれど、部屋の中心にはベッドから外したマットレスが鎮座したままだ。わたしのゲロと、タミーの血で汚れている。いまさら他の何かが染みついたところで、気にはならない。

眠剤とアルコールのカクテルが予想外に効いたのか、ムラサキくんは当初の目的も忘れてしまったようで、マットレスの上に横たわるといびきをかいて眠りはじめた。性欲よりも何よりも睡眠欲が勝り、マットレスの汚さも気にならないらしい。

わたしはわたしで着々と準備を進めた。人形みたいになっているムラサキくんのジャケットを脱がし、シャツも取り払う。痩《や》せた貧相な上半身があらわになる。ジーンズもずり下げた。トランクス一枚の姿にする。

わざわざこんなことのために、アダルトショップでSMグッズを買う必要もない。近場の百円ショップで、ガムテープと二十個セットの安全ピンを購入してあった。ムラサキくんの体をひっくりかえしてうつ伏せにすると、ガムテープを使って両手首を背中でぐるぐる巻きに縛り上げる。両足首にもガムテープを巻いた。

それが済むと、わたしは服を脱いでシャワーを浴びた。かすかに脳に染み込んだアルコールを、熱い水流で洗い落とす。意識がはっきりとしてくるのがわかった。

痛い。

そう感じた。胸がじんじんと熱を帯びている。息苦しい。涙が溢《あふ》れそうになる。ルーシーは、ＳＭは思いやりと気遣いが大切だという。つまり愛。わたしにはそれがない。だからＳＭには向いていない。だから、どこまでも残酷になれる。そう自分に言い聞かせる。暗示をかけるように。何度も何度も。

リストとタミーのことを思いだす。痛みが加速する。この苦痛を消したい。鎮痛剤が欲しい。そのためなら、どんなことだってしよう。見知らぬ誰かが流す五・四リットルの血液よりも、この痛みを消してくれるたった一錠の鎮痛剤の方が重要だ。そう思えた。

浴室をでると体を拭《ふ》いて下着を穿《は》く。ジーンズに手をかけたときに、汚れたら嫌だな、と思って着るのをやめた。ブラジャーとパンツだけの姿で、部屋に戻る。

ガムテープで拘束されたムラサキくんの体をもう一度ひっくりかえし、仰《あお》向《む》けにする。起きる気配がないので、コップに水を入れてきて、それを鼻の穴から少しずつ注いでみた。ごぼごぼと溺《おぼ》れるような音を上げて、すぐに彼は目を覚ました。息苦しそうに咳《せ》き込む。ひゅうひゅうと喘鳴《ぜんめい》を漏らしながら、わたしに視線を向ける。

「気がついた？」わたしは問いかける。

「あれ……み、ミチさん？　え、何？」

手足をガムテープで縛られていることに気がついて、ムラサキくんは体を捩《よじ》らせる。状況が理解できない、というふうに顔をこわばらせた。

と、ムラサキくんの視線が、下着だけを身に着けたわたしの体に移動する。僅《わず》かに表情が緩む。きっとまだ寝ぼけているか、酔っ払っているんだろう。

「ねえ、ムラサキくん。訊《き》きたいことがあるんだけど」彼を見下ろしながら言った。

「はい、な、なんでしょう」

緊張したようすでムラサキくんが応《こた》える。その表情にはまだどこか、期待する色が浮かんでいた。気にせず、わたしは続ける。

「《地獄へ堕ちよう》ってサイト、知ってるでしょ？」

わたしがそう口にした途端。彼の顔色が変わった。安楽にまどろんでいた夢から、いきなり覚めたような。

そして。彼は体から力を抜くと、弛緩《しかん》した表情で、不可解なことを言った。

「ああ……ついにきたのか。このときが」

そう言ったのだ。

いつかは自分も殺されることを覚悟して、諦《あきら》めていたのだろうか？　ムラサキくんは続ける。

「でも、それだったら眠ってるあいだに殺してくれればよかったのに」

「ごめんね、楽にイカせてあげられなくて」言いながら、わたしはナイフを手に取る。

「でもね、そもそも殺すつもりはないの」

ナイフの留め金を外し、銀色の刃《やいば》を露出させる。蛍光灯の明かりを反射して、それはきらりと光った。ムラサキくんの顔色が変わる。

「ちょ、ちょっと。もう少しなんとか、やり方があるんじゃないですか……？」

「黙って」

彼の下にしゃがみ込むと、首筋にナイフを当てた。刃の切っ先が肌にふれ、僅かに沈む。

わたしの目つきにただならぬものを感じ取ったのか、ムラサキくんが体を緊張させる。

ナイフを持つ手に力を込める。ぷつり、と皮膚が小さく裂け、そこから赤い液体が染みだした。わたしの体の下で、ムラサキくんが体を捩らせる。ガムテープがミシミシと軋《きし》んで音を立てた。

痛みの与え方はリストが教えてくれた。

そのための刃はタミーがくれた。

大丈夫。わたしにはやれる。

そう自分に言い聞かせる。

「ちょ、ちょっと……」ムラサキくんがうめくように言う。

「余計なことは喋《しゃべ》らないで。大きな声もださないで。わたしの質問にだけ答えて」わたしは冷たく言い放つ。首筋にナイフをあてがわれた状態で、彼はこくこくと頷《うなず》いた。「リストのことを殺したのはあなた？」

「え、リストさん？　あの、意味がよくわからないんですけど、ミチさんなんか誤解して……？」

「余計なことは喋らないでって忠告したのに」

ナイフを首筋から離すと、彼の胸の中心に移動させた。何も言わずに、そのまま刃先の五ミリほどを皮膚に突き刺す。ムラサキくんが声を上げて体をのけ反らせた。そのつんざくような悲鳴に、耳を塞《ふさ》ぎたくなる。ナイフを手から放しそうになる衝動を、必死に抑えつけた。

こういうのは最初が肝心だ。トップが暴力をふるうことにびびってしまうと、ボトムは自分のご主人様をなめてしまう。《ロマンチック・アゴニー》にいたとき、わたしはM嬢だったけれど、ルーシーから責める際のコツは教えられている。重要なのは、わたしがご主人様で、おまえは奴隷だ、ということを相手に教え込むこと。BDSMはお互いの立場を理解するところから始まる。

「わたしの言うことに従って」

彼の耳元で囁《ささや》くと、手に力を込める。刃先が皮膚に沈んだ状態のまま、まっすぐにナイフを移動させた。

そろそろと、ナメクジが這《は》うような速度で。蝶《ちょう》の柄がプリントされたその鋭い刃は、バターに熱したナイフを差し込んだみたいに、スムーズに傷を広げていく。銀色の刃が肌に赤い線を描いていく。胸から下腹部のあたりまで。皮膚の裂けたところから、赤い鮮血がドロドロと溢れだしてマットレスを汚した。

「うおおおおおお！」

ムラサキくんが雄叫《おたけ》びのような悲鳴を上げる。隣の部屋の住人に聞かれてしまうんじゃないかと不安になったけれど、隣室はしんと静まりかえっていた。もしも在宅していたとしても、こんな悲鳴が聞こえてきたら、怯《おび》えてしまって何もできなくなるだろう。わたしならそうなる。

彼はマットレスの上でばたばたと暴れる。が、簡単には拘束は外れない。なんだかちょっとかわいそうになってくる。けれど、わたしは続けた。

「もう一度訊くね。リストを殺したのは、ムラサキくん？　イエスかノーで答えて」

「こ、殺してない！」

ムラサキくんは叫ぶように言った。

わたしはナイフを置くと、百均で買った安全ピンに手を伸ばす。ひとつひとつ針を外していって、ピンを安全じゃなくしていく。作業を続けながら、確認のために訊いた。

「ほ、本当だよ！　……です、本当です！　おれは殺してない……殺さない！　リストさんが《地獄へ堕ちよう》のユーザーだっていうのも、いま初めて知ったし……ていうか、死んだの？　リストさん」

「本当に？」

彼の話し方は真にせまっていて、とても嘘をついているとは思えない。本当に、リストの死とは関係ないのかもしれない。でも、彼が《地獄へ堕ちよう》に関係していることは間違いないのだ。本人もそれを認めている。

彼は、わたしの敵には違いない。

安全ピンのひとつを手に取ると、重ねて訊いた。

「じゃあ、ルールって何？」

「る、ルール？　ルールって言われても、特に……」

「何かあるでしょ？」

「し、知らないよ～」

いまにも泣きだしそうな口調。

と、自分の身に降りかかった不条理に、唐突に怒りが湧いてきたのか、彼は吐き捨てるように呪詛《じゅそ》の言葉を呟《つぶや》いた。

「くそ！　なんなんだよ、いったい！　なんでおれがこんな目に……！」

ダメだ。ぜんぜん話にならない。わたしは右手に安全ピンを持ったまま、左手の指先で彼の乳首をつまむ。こんな場面だというのに、彼は「あっ」と喘《あえ》ぐような声を漏らした。

痛みっていうのは想像力だ。歯医者の待合室で器具のうなる音を聞いているときが一番痛い。タミーが言っていたのを思いだす。わたしはわざと、安全ピンがムラサキくんの視界に入るようにした。

「……お、おい、それ」

わたしが何をしようとしているのか察したらしい。彼の顔がすっと青ざめる。そろそろ酔いも醒《さ》めただろう。

彼の干しブドウみたいな乳首に、安全ピンの針を突き刺した。安物の針は先端が鈍く、ミチミチと肉にめり込むばかりでなかなか刺さらない。強引に、力を込めて針を押し進める。おごごごご、とムラサキくんが変なうめき声を上げる。かなり苦労して、安全ピンを貫通させた。そのまま続けて、もう片方の乳首にもピンを貫通させる。彼の胸に、ふたつの銀色のアクセサリーがぶら下がった。

作業を終えて、ふう、と一息ついたとき、ムラサキくんは唇の端に泡を溜《た》め、白目を剝《む》いて失神していた。信じられない、これくらいで気絶するなんて。わたしはリストに同じことをやられたとき、もうちょっとしっかりしていたぞ。

失神しているムラサキくんの鼻孔からもう一度水を注ぎこみ、目を覚まさせる。げほげほと咳き込みながら、彼は怯えた視線をわたしに向けた。

「ねえ。ルールについて教えて」わたしは甘い声をだして訊く。

「ルール～?」彼は目を泳がせる。と、何かに思い至ったように、「あ、そうだ! 殺す人は、相手を殺害するときに、その人の物を盗んじゃいけないとか、レイプしちゃいけないとか。そういうのは、ルールっていうか、最低限のマナーとして……」

盗んじゃダメに強姦《ごうかん》しちゃダメ? そんなのは当たり前のことじゃないか。

でも、よく考えたら、彼らは殺人者なのだ。人は殺してもいいけど、泥棒、強姦はダメ。なんだか少しちぐはぐ。

なんていうか、もっと《地獄へ堕ちよう》の核心に迫れるようなルールはないんだろうか? わたしの質問の仕方が悪いのか?

そうだ。もっとストレートに、わたしが知りたいことを尋ねればよかったのだ。

「……これが最後の質問。《地獄へ堕ちよう》を運営しているのは何者？」

警察にすら干渉できないようなゲームを作るやつだ。きっと、巨大な組織めいたものがでてくるはず。

そんなふうにわたしは考えていたのだけれど、ムラサキくんは首を横にふって、

「運営？　そんなの、いないよ」そう言った。「そりゃ、Webサイトを管理しているような連中はいるだろうけれど、彼らは重要じゃない。誰が作ったとか、誰が運営しているとかじゃないんだ、《地獄へ堕ちよう》は」

「どういうこと？」

「……もしかして。ミチさん、あのSNSが何を目的としているか、知らないのか？」

あ、いけない。そう思ったときには、遅かった。

彼はわたしの目をじっと正面から見つめて、まるで説得するように口にした。

「だったら、いますぐおれを解放して、《地獄へ堕ちよう》のことは忘れるんだ。その方がいい、絶対に」

その視線に、さっきまでの怯えはない。まいった。わたしの持っている情報が少ないことで、彼は自分が優位な立場にいると思ってしまった。勇気を持ってしまった。そうなると、情報を引きだすのは難しい。トップとボトムは簡単に入れ替わってしまう。

もう一度、徹底的に相手の心を折らないと。

忘れろ、とムラサキくんは言う。タミーもそう言っていた。そんなこと、できるはずがない。忘れて、見て見ぬふりをしてこれからも生きていくなんて。わたしはいまも、痛みを感じている。

相手の言葉には耳を貸さず、わたしは無言で彼のトランクスをずり下げる。しなびて小さくなったペニスがあらわになる。驚いたように、ムラサキくんは体を折り曲げて股間《こかん》を隠そうとした。それを、わたしは半ば馬乗りになって押さえ込む。

安全ピンを手にした。

「お……おいおいおいおいおい。何するつもりだよ、それ……」

ムラサキくんの表情がみるみるうちに強張《こわば》る。

《ヴィヴィセクト》のモリオはなんて言ってたっけ？　サブ、サブ……そうそう、サブインシジョンだ。自分で去勢する人もいるんだから、痛みでショック死したりはしないだろう。

これから起こることに対する恐怖のためか、シャーペンの頭についている消しゴムくらいのサイズにまで小さくなったペニスを指先でつまみあげ、安全ピンの針を近づける。亀《き》頭《とう》を針の先端でつっつく。少しずつ、力を加えていく。

「お、おい、それは……！」

ムラサキくんが何かを言おうとしたが、遮られた。

彼自身の悲鳴によって。

サーモンピンクをした粘膜がぷつり、とかすかな抵抗を残して裂け、ピンの切っ先が柔らかい肉の内部を突き進んでいく。針が一ミリ進むごとにぷちぷちと細胞が潰《つぶ》れるような感触が指先に伝わり、部屋に反響する彼の悲鳴と交じり合ってわたしの脳に染み込んだ。

「は、はやく殺してくれ！」

懇願するようにムラサキくんが叫んだ。

そんなことは訊《き》いていない。針が亀頭を横断するように貫通すると、安全ピンをもう一本、手にした。

「もう一本、いくね」

今度はピンの先を、僅《わず》かに湿り気を帯びた尿道口に挿し込んでいく。するすると針が先に進んでいくごとに、ムラサキくんの肌が細かく震えた。

と、ある瞬間で、彼は大きく弓なりに体を反らせる。そのまましばらくのあいだ痙攣《けいれん》した。尿道を突き進んでいた針が、内部の粘膜を破って肉を傷つけたのだ。そのまま、わたしはずぶずぶと針に力を込めていく。

針が貫通した。尿道から侵入した安全ピンは、反対側のカリの部分から飛びだしている。傷口からかすかに血が滲《にじ》みだしている。そのまま安全ピンを留めた。

「もう一回だけ訊くね。《地獄へ堕ちよう》の運営って……」

「うわあああああん」

と。ムラサキくんは泣きだした。声を上げて。ぼろぼろと涙を零《こぼ》して。

なぜか、わたしは少しうろたえてしまう。

「ね、ねえ、ちょっと……」

「な、なんでこんなことに……痛いよぉーぁあああ」

　ムラサキくんは泣き続けている。手足を縛られ、膝《ひざ》のあたりにトランクスをひっかけただけの、全裸に近い、情けない姿で。その姿を見ていると、なんだかこっちが痛々しい気持ちになってくる。

　おいおい、ちょっと、大人の男が泣かないでくれよ……。高温で熱せられて白熱していたわたしの中の何かが、急速に冷たくなっていくのがわかった。

　ふと。ちょろちょろ……と、水滴の零れるような音がした。ペニスを握っていたわたしの手のひらに、生温かい何かが広がる。思わず、「きゃ」と悲鳴を上げて飛び跳ねてしまった。ムラサキくんが小便を漏らしたのだ。血が混じり、うすいピンク色になった液体で手が濡《ぬ》れている。

　これが決定的にした。

　わたしはいったい、何をしているんだろう？

　なんだか自分が、酷《ひど》くバカげていて、間違っていることをしていたような気分に陥る。目の前には、全身を血で赤く染め、乳首とペニスに銀色のアクセサリーをつけてむせび泣く全裸の男。

　急に、体が重くなった気がした。とてつもない疲労感に襲われる。

ユニットバスに駆け込むと、お湯で手を洗った。ハンドソープをつけて、何度も何度も念入りに汚れを落とす。手に、針が肉を裂いて突き進んでいく感触が残っていた。何度洗っても、手が汚れている気がした。肌が赤くなり、ひりひりと痛みだすまで洗っても、それは消えなかった。

解放しよう。

そもそも、わたしの目的はムラサキくんを殺すことじゃない。殺すつもりなんて最初からない。ちょっといじめて、知っていることを教えてもらおうとしただけだ。わたしはリストやタミーを殺した連中とは違う。これ以上ムラサキくんを拷問しても、得るものはないだろう。彼を帰してあげよう。そう思った。

そのときだ。ごぼごぼ、という下水が逆流するような音がどこかで響いていることに気がつく。なんだろう、この音は？　と、音がする方向に気がついて、慌ててユニットバスを飛びだした。

マットレスの上で、ムラサキくんが体を痙攣させていた。口から大量の血液が溢《あふ》れだし、ごぼごぼと泡立っている。音の正体はこれだった。

何が起きたのか、まったく理解できなかった。どうしよう？　病気かな？　わたしが何かしちゃった？　混乱する。とにかく、救急車！　と携帯に手を伸ばしかけて、思いとどまった。救急車を呼んで、なんて説明すればいいんだ？　拷問にかけていたら、相手の容態が急変しました？

悩んでいるうちに、ムラサキくんの痙攣は少しずつ小さくなっていった。そのうち、完全に止まる。口を大きく開き、顔は苦痛に歪《ゆが》んだまま、時間が止まったように固まっている。恐る恐る、彼の口元に手を近づける。

呼吸していなかった。

……えぇー。

死んじゃったよ、ムラサキくん……。

意味がわからない。まるで悪い冗談にひっかかったような気分だ。なんでこんなにあっさり死んじゃうんだ？　ていうか、わたしが殺したんだろうか？

ムラサキくんの口からは、鍋《なべ》いっぱいの水をぶちまけたみたいに、大量の血液が溢れだしている。おっかなびっくり、口の内部を覗《のぞ》き込んでみる。のどの奥の方で、舌が丸まって塊みたいになっていた。舌は半ばで大きく裂けて、傷口からいまもドクドクと脈打つようにして血液が漏れている。

舌を嚙《か》み切ったのだ。

でも、なんで？　わたしの拷問に耐えかねて？　だからって、こんな簡単に死を選べるか？　普通、こんなにあっさりと死ねるか？　いや、たしかにやりすぎたけどさ。なんなんだ、こいつは？

なんなんだ、《地獄へ堕ちよう》って。

混乱から立ち直ると、次に襲ってきたのは不安だった。

マットレスの上に転がる、ムラサキくんの死体を見下ろす。茫然《ぼうぜん》と立ち尽くす。

どうしよう、これ。

部屋に死体がひとつ。

おまけにそれは縛られていて、拷問の痕跡《こんせき》が残っている。どう考えたって、よくない状況だ。

どうすればいいんだ？　素直に警察に通報する？　そんなことをしたら、捕まってしまう。わたしにはまだやることがある。それまでは、捕まるわけにはいかない。第一、ムラサキくんは《地獄へ堕ちよう》のプレイヤーだろう。犯罪者だ。そんなやつのために逮捕されるなんて、正直納得がいかなかった。

……捨てるしかない。

そんな考えが頭を過《よぎ》る。そのへんの道端に放置しておけば、誰かが勝手に警察を呼んでくれるだろう。

ムラサキくんの足を抱えて、ずるずるとひきずる。床に筆で描いたような血の跡が残る。ほんの数メートル運んだところで、わたしはぺたりと尻《しり》もちをついた。息切れしている。肌にじっとりと汗をかいていた。

重い。

人間って、こんなに重かったのか。わたしひとりで運んで、どこかに捨てに行くなんて。とても無理だ。

どうしよう。泣きそうになった。誰かに助けてと言いたいけれど、そんなことはできないし助けを呼ぶべき相手もいない。

どれくらいのあいだだろう？　床の上にへたり込んだまま、しばらく泣いた。そのうち、冷たい空気に触れた肌から体温が奪われ、体が冷たく凍えてくる。くしゃみがでた。それでようやく、自分がブラジャーとパンツだけの格好だということに気がつく。このままじゃ風邪ひいちゃうな、と場違いなことを考えた。

ふと。乳首とペニスに銀色の飾りをつけたムラサキくんの死体を見下ろしていると、《ヴィヴィセクト》のパーティーのことを思いだした。あそこにはこんなやつがいっぱいいた。

そして、ひとりの男の存在を思いだす。車椅子に乗った彼。脚切り。

わたしの中に、悪魔のような考えが生まれた。

……脚だけだったら、バッグに入れて運べる。

脚だけじゃなくて、腕だけ。胴体だけ。頭だけ。……いけるかもしれない。脚切りは最初、包丁と鋸《のこぎり》で脚を切断しようとして、あまりの痛みに断念したなんて語っていた。でも、この場合は大丈夫。死者は痛みを感じない。

それに。わたしの当初の目的。《地獄へ堕ちよう》のことを忘れてはいけない。

もっとも危険な方法で、ルールを破ることを思いついてしまった。

なぜか、《地獄へ堕ちよう》に関連する死は事件として扱われない。警察は基本的に見て見ぬふりだ。……それを、事件として扱わざるを得ないようにしてやるのだ。大きく騒ぎ立てて、ひっかきまわしてやる。そうなったら、《地獄へ堕ちよう》を管理している連中はどうするだろう？　慌てるのは間違いない。暗い数字のひとつを、明るみにひきずりだした人間。それを捜しだそうとするはずだ。

《地獄へ堕ちよう》というゲームを存続させる上で障害となる、バグを削除するために。


最近の百円ショップは二十四時間営業でとても便利だ。おまけになんでも揃う。

ステンレスの牛刀と小さな糸鋸《いとのこ》、それにゴム手袋を買った。

家に帰ると衣服をすべて脱ぎ去り、全裸になる。ムラサキくんの死体を必死にひきずり、ユニットバスの中に運び込んだ。彼の体はすでに冷たく冷え切っていて、わたしの体との温度差がまるで痛みのように神経に染み込んだ。荷物を放るようにして、浴槽の中に置く。

作業に移る前に、意識を失わないギリギリの量の、抗不安剤と鎮痛剤を飲んだ。十五分ほどで、立っている床の感触が足の裏から消える。まるで雲の上を歩いているよう。感覚が麻痺《まひ》し、触れているものの温度がわからなくなる。視界はまるで、古い映画を見ているように霞《かすみ》がかって目に映った。

ゴム手袋を嵌《は》め、買ったばかりの牛刀を握る。

さて、どこから仕事にかかろう。そう思って、浴槽の中に膝《ひざ》を折りたたんで収まっているムラサキくんを見下ろす。その顔が、視界に入った。ぎょろりと目を剝《む》き、叫び声を上げるように大きく開いた口からは血が垂れて固まっている。

その目がじっとわたしを見ているような気がして、怖くなった。

牛刀と糸鋸を買ったときについてきたビニール袋を死体の頭にかぶせて、表情を見えなくした。それと同時に、まずは首を切り落とすことに決める。人を怖がらせるタイプのフィクションでは、ときたま首なし死体というモチーフが使われるけれど。わたしには、首がついている方がよっぽど不気味に思えた。

牛刀を首筋に突き立てる。皮膚に刃《やいば》が入り込み、そこから、酸素を失って暗い色になった血液が流れだす。気にせずに、ざくざくと包丁を動かしていった。むっとする生臭い悪臭が浴室に充満する。鼻から息を吸うと吐きそうだったので、口呼吸になった。息が荒くなる。はあ、はあ、という呼吸の音が浴室の壁に反響し、鼓膜を震わせる。

血液に黄色っぽい脂肪が混じりはじめる。と、肉を切り裂いて進んでいた包丁が、硬い何かにぶつかった。血でぬめった手が滑り、危うく怪我をしてしまうところだった。のどぼとけのあたりだ。こんなところに骨はないだろうから、きっと筋か何かがあるんだろう。一生懸命になって包丁を前後に動かしたが、筋は切れる気配がない。

しばらく悩んだ末に、これはもとから部屋にあったキッチンバサミを使うことで解決した。バチンバチンと小気味のいい音を立てて、ハサミが硬い筋を切断していく。硬い肉を切るには、包丁よりもハサミの方が有効みたいだ。包丁とハサミを交互に使って、首のまわりの肉をぐるりと切り裂いていく。そのうち、赤い肉の中に埋《うず》もれるようにして、白っぽい骨が見えた。鋸に持ち替える。

浴槽に赤い血液と、ぬらぬらと光を反射する脂肪が溜《た》まっていた。足が滑り、転びそうになる。熱いシャワーをだして、それらを洗い流した。赤く濁った液体が排水口の奥へと吸い込まれていく。

骨に鋸をあてがい、力を込めて前後に動かす。ゴリゴリと鈍い音を立てて、少しずつ歯が食い込んでいく。ほんの数ミリ進むごとに刃のあいだに脂肪とも肉ともつかない破片が詰まって、切れ味が悪くなった。そのたびに、シャワーとボディソープで洗い流す。

ごとん、と音を立てて。死体から頭部が離れた。ビニール袋に収まったままのそれを、浴室のすみに置いた。

息が切れていた。全身の筋肉が熱を持っていて、じんじんと痛む。想像していたよりもはるかに重労働だった。頭を切り落としただけで、フルマラソンを完走したみたいな疲労感が残っている。

ぐっ、と。のどの奥から、熱いものがこみあげてきた。鼻腔《びこう》の奥につんとした鋭い痛みが走る。

慌てて、すぐ隣にある便器に向かった。床に膝をつき、便器を抱え込むようにしながら、嘔吐《おうと》する。数時間前に吐いたばかりの胃からは、何もでてはこなかった。ただ、ネバネバとした黄色い粘液だけが口から糸をひいて垂れる。それでも胃の痙攣《けいれん》は止まらない。涙で視界が歪《ゆが》んだ。

わたし、何やってるんだろう？　そんな考えが浮かぶ。もうやめたい。でも、いま作業を中断したら、立ち直れない気がした。

嘔吐が治まると、作業に戻った。首がなくなった途端、それが人間の死体ではなく、奇妙な形状をしたオブジェのように思えてくる。作業が少しだけ楽になった。

右腕を肩のあたりで切断しているときに、包丁がペキンと音を立てて折れた。アパートには他に刃物がなかったし、これから買いに行くのもしんどかった。タミーのバタフライナイフを使う。刃こそ小さかったけれど、それは鋭い切れ味を発揮し、まるで医療用メスみたいにすいすいと肉を切り進んでいった。最初からこっちを使えばよかったと、薬物と疲労で麻痺した頭で思った。

銀色の刃が赤で汚れていく。

そのうち、蝶《ちょう》のマークは脂肪で汚れて見えなくなった。

首に続いて、両腕、両脚を切断し終えたときには、半日が経過していた。何かに取り憑《つ》かれたように、一心不乱に作業に集中していたため、時間の感覚がなくなっている。ユニットバスをでると、窓から日の光が差し込んできていた。

浴室に転がった人体のパーツを、携帯のカメラで撮影した。

両腕の指から、ナイフを使って指紋をそぎ落とす。頭部と指先、両腕、両脚、胴体をそれぞれ別々にゴミ袋に詰めると、さらに二重に包《くる》んでから、口をかたく縛った。半透明のビニールから、かすかに赤味がかっている中身がうかがえる。

血で汚れたマットレスもナイフで分解し、ゴミ袋に詰める。ムラサキくんの服も同じようにした。部屋の一角に膨らんだゴミ袋が山を作った。大丈夫、見慣れた光景だ。普段と違うのは、かすかに部屋の中に血の臭いが漂っていることだけ。

浴室の血をシャワーで洗い流し、そのまま体を洗った。血で汚れたナイフも一緒に。ボディソープをつけて、丹念に汚れを落とす。汚れと一緒に、全身から緊張も落とされていくような気がした。浴室をでると窓を全開にし、換気扇をつけたまま、ありったけの抗不安剤と鎮痛剤、眠剤、アルコール類を飲んで眠った。

夜になると、ゴミ袋を抱えて外出した。マットレスと衣服は普通にゴミ収集場にだし、頭部と削《そ》ぎ落とした指先が詰まった袋は、アパートの近くを流れている大きな川に投げ捨てた。わたしがムラサキくんを誘いだしたことは、携帯のメールに記録として残っている。彼の身元が判明するのが少しでも遅れればいい、と思ってそうした。ゴミが多く捨てられている汚い川だから、簡単には発見されないだろう。発見されないよう願った。

それから数日に分けて、両腕と両脚、胴体も遺棄した。ただし、今度は発見されやすいような場所で。両腕は公園の草むら、両脚は自動車工場のスクラップ置き場。胴体は、路上の真ん中に放置した。

ふと。ゴミ袋を道路に置きながら、リストのことを思いだした。

街を歩きまわって、ゴミ袋や吐瀉物《としゃぶつ》。カラスの死骸《しがい》。人の嫌悪感を煽《あお》る汚物ばかりを写真に収めていった彼女。彼女はこのゴミ袋も、写真に収めるだろうか？

もしかしたらリストは、路上に放置されたゴミ袋よりも、それを捨てているわたしの姿を撮影するかもしれない。そう思った。わたしは汚れている。

胴体を捨ててアパートに戻ると、《ロマンチック・アゴニー》で働いていたときにお客さんにもらった名刺から、めぼしいものを探しだす。大手新聞社のロゴが入った名刺。これだ。念の為、公衆電話から連絡した。

「……沿いの道路に、死体の入ったゴミ袋が落ちています。捜してみてください」

それだけを伝えて、受話器を下ろす。

次だ。《地獄へ堕ちよう》へ再びアクセスする。タミーは死体写真の画像を送ると、お金がもらえると言っていた。お金はいらない。欲しいのは、混乱。

タミーのアカウントを使って入ったユーザー専用ページに、画像の応募フォームがあった。本当になんでも揃っている。犯罪に関わっているとは思えないほど、親切で充実したサイトだ。そこから、携帯で撮影したムラサキくんの死体写真を送った。

あとは、待つだけだ。

すべてが終わると、わたしはまた虚脱症状に陥った。

抗不安剤と鎮痛剤、眠剤を奥歯でバリバリと噛《か》み砕き、口の中に広がる苦みをウイスキーとビールで流し込む。音楽を聴き、ぼんやりと壁を眺めながら時間が経つのをひたすら待つ。

苦しかった。

わたしが電話を入れた相手はそれをガセネタだと切り捨てなかったようで、路上に放置されていたムラサキくんの胴体を発見した。大事件になった。死体を見つけた新聞社が、路上に放置されていた胴体の写真を、モザイクをかけずに週刊誌に掲載した。マスコミ各社が大きく報道し、警察には捜査本部ができる。遅れて、散歩中のイヌが公園の草むらから両腕を見つけだし、さらに続けて両脚も見つかった。

バラバラ殺人。おまけにマスコミに何者かによるリークがあったとして、事件はセンセーショナルに伝えられる。事件から一週間、毎日のようにムラサキくんの死はニュースで報じられた。わたしのもくろみ通り、頭部の発見は遅れている。被害者の体に暴行の跡があり手口が残虐なことから、暴力団による抗争がらみの事件や、外国人犯罪組織による事件である可能性もある、とニュースは伝えていた。

吐きそうだった。

ネットのニュースで『バラバラ殺人』という文字を見るたびに、自分のやった行為がフラッシュバックする。そうなると、慌てて白い錠剤を飲んだ。流れる暗い色の血液、悲鳴、ナイフの刃《やいば》が皮膚を切り裂く感触、骨を削るゴリゴリという硬質の音と手を伝わって脳を震わせる振動。苦悶《くもん》の表情のまま凍りついた彼の顔。

自分が殺したわけじゃない、わたしがやったことはスーパーで買った牛肉を調理するのと同じだ。それに、わたしは残虐なことをしようと思って彼の体を解体したわけじゃなく、そうしないと重くて運べなかっただけだ。そんなふうに言い訳をしてみても、耐えられなかった。なんで、《地獄へ堕ちよう》の連中は平気なんだろう？　あんな行為をくりかえして。

なんだか、自分がとてつもない間違いを犯している気がする。なんで、こんなことになったんだろう？　わたしはどこで間違えた？　わからなかった。それでも、わたしは止まれない。じくじくと体を蝕《むしば》む痛みに急《せ》き立てられる。

《地獄へ堕ちよう》の画像保管庫では、いまも新たな画像が増え続けていた。けれど、わたしが送った写真はサイトに反映されていない。向こうは、気がついているのだ。いま世間をにぎわせているバラバラ殺人が、《地獄へ堕ちよう》と関連のあることに。

もう、隠蔽《いんぺい》はできっこない。

《地獄へ堕ちよう》の運営は、どう行動にでるだろうか。

わたしにできることは、待ち続けるだけ。薬を飲んで。感覚を麻痺《まひ》させて。痛みに耐えながら。

買い置きのビールが切れて、買い物にでかけた。午後九時を過ぎていて、近所のスーパーが閉まっていたため、コンビニに向かう。ふと、視界に入った週刊誌の見出しが目をひく。

『〇〇バラバラ殺人の背景に、謎のカルト教団か⁉』みたいな煽り文。

普段だったら、こんなバカみたいな記事は気にもとめない。おまけに記事が載っているのは、以前から、アイドルの枕営業疑惑だの、UFOに連れ去られた芸能人だのといった、胡散《うさん》臭くて役に立たない内容ばかりが掲載されている雑誌だった。

それでも、わたしはビールと一緒にその週刊誌をレジに持っていっていた。

アパートに戻るとビールを飲みながら雑誌を広げる。記事を読んで、すぐに後悔した。

記事によると、被害者の胴体には刃物で切りつけた跡があり、その傷が作りだす模様が中世に異端として弾圧された信仰の象徴的なマークと酷似しているのだという。『悪魔崇拝というと現代では廃れた印象がありますが、実をいうと北欧などではいまだにそういった信仰を持つ組織が存在しているのです。組織を構成している人間の多くは、現在の社会にフラストレーションを持った若者たちで、そういった組織はナチズム、レイシズムを吸収し深く結びつきながら、この二十一世紀の社会にも存在しています。そういった組織がここ日本に存在していてもおかしくはありません。そして彼らは常に、生贄《いけにえ》を探しているのです』と、事情通は語る。……らしい。

まず、わたしはカルト教団になんて入っていない。それに、ムラサキくんの体を切り裂いたのは本当だけれど、それは別に何かのマークを描こうとしていたわけじゃなくて、適当だ。どんなふうに傷つけたのかも、あんまり覚えていない。第一、いまの世の中で悪魔だ生贄だなんて、バカじゃないのか、この『事情通』とやらは。

冗談じゃない、雑誌代ドブに捨てたようなもんだ！　憤慨して、雑誌を壁に叩《たた》きつけそうになる。それを、必死で我慢した。

ただ。雑誌のすみっこに載った、小さな写真が気になっていた。

そこに載っているのは古いイラスト。半人半獣の怪物。角の生えた黒山羊《やぎ》の頭に、人間の体。乳房が膨らみ、下半身は体毛で覆われている。額には星のマーク。

『事情通』は他にも語っていた。『たとえばこの山羊の頭に人間の体をした怪物。これは、バフォメットと呼ばれる悪魔です。いわゆる、《サバトの悪魔》として有名な存在ですね。タロットカードの悪魔の起源にもなった存在です。若者に人気のロックやヘヴィーメタルのCDジャケットにも頻繁に使われますね。悪魔崇拝の象徴ともいえる悪魔ですが、これが意外にも我々の生活に深く……』

そこまで読んで、雑誌を閉じた。くるくると丸めて、そのままゴミ箱に突っ込む。記事がバカらしすぎて、これ以上読む気にはなれなかった。

それでもなぜか気になって、ネットで検索をかけてみた。サバト。黒ミサ。

と。ノートパソコンの画面に齧《かじ》りついていたとき。ピンポーン、と、部屋の内部にマヌケな電子音が響いた。

玄関に向かう。ドアスコープから、外を覗《のぞ》いてみた。

そこには誰もいない。

悪戯《いたずら》だろうか。そう思って、玄関の扉を開けた。ふと、視線を下げる。そこに、電動車椅子に座った彼がいた。

「やあ。突然悪いね。……ちょっと、拉致《らち》監禁されてくれないかな?」

脚切りはそう言った。

彼のジャケットの袖《そで》からは、半人半獣の悪魔の姿が覗いている。

九

ついにきた。

ドアの隙間から顔をだして廊下を覗いてみる。少し離れたところに、顔に生々しい傷のある巨漢……モリオもいた。

玄関の前にいる脚切りに、わたしはできるだけ平坦《へいたん》な口調で伝えた。

「ちょっと待っててもらえる？　シャワー浴びたい」

「ああ、いいとも」男は鷹揚《おうよう》にうなずく。

ドアを閉めて、鍵《かぎ》もかける。脚切りに宣言したとおり、ユニットバスに入ってシャワーを浴びた。熱い水滴が頬を刺激し、ちょっとだけ意識がはっきりする。

さて、どうしよう。タオルで体を拭《ふ》きながら考えた。玄関の外には脚切りとモリオ。脚切りだけだったら走って逃げれば追いつかれないだろうけど、廊下はモリオが塞《ふさ》いでいる。窓から逃げる？　ここ二階だ。そもそも逃げる必要もないことに思い至った。

髪の毛も生乾きのままで、服を着た。財布と携帯、それにバタフライナイフをジーンズのポケットに入れて、玄関に向かう。

ドアを開けると、脚切りが待っていた。わたしが靴を履くのを待って、電動車椅子がモーター音をうならせる。モリオが手伝いながらアパートの階段を下りると、路上に黒塗りのBMWが駐車してあった。わたしと脚切りは後部座席に並んで乗り込み、モリオが運転席に入る。わたしたちは終始無言だった。エンジンが始動し、車体が力強く振動する。ゆっくりと、車が発進した。

車内は潔癖なほどに清潔で、かすかに甘い芳香剤の香りが漂っている。それともこれは、隣の男の体臭だろうか？　わたしはそんなふうに思った。

脚切りはそれから一言も発しなかった。思案にふけっているような、あるいはただぼんやりとしているようにも見える表情を浮かべて、窓の外へ視線をやっている。

窓の外には、暗い夜の帳《とばり》が落ちている。

水の中で息を止めているような、長い沈黙。息苦しい。耐えきれずに、わたしの方から口を開いた。

「……ねえ。わたしのアパートは、どうやって知ったの？」

「きみさ」面倒くさそうに脚切りは答えた。目は窓の外へ向けたまま。「自宅のＰＣから《地獄へ堕ちよう》にアクセスしただろう？　少し詳しいやつがその気になれば、簡単に解析できる。もうちょっと、警戒した方がよかった」

あっさりと認めた。

なんだか、ちょっと拍子抜けしてしまった。てっきりもうちょっと言い逃れするとか、知らないふりをするとか。そんな展開が待っていると予想していたのに。脚切りはごく簡単に、《地獄へ堕ちよう》に関わっていることを認める。

「『タミー』というユーザーがすでに亡くなっていることはわかっていたからね。そのアカウントが不正に使用されたら、こっちだって調査しなくちゃいけない。まあ、現状のシステムに穴があることがわかったから、よしとしよう。今度から、逝去したユーザーのアカウントは即座に抹消することにするよ。……しかし実を言うと、不正にログインしているのがきみで驚いた。さっきドアを開けられるまで知らなかったんだ。《ヴィヴィセクト》で会って以来だね。すごい偶然だ。こんな状況じゃなければ、運命を感じていたかもしれないよ。……バレないと思っていた？」

「わかっていてやったの。《地獄へ堕ちよう》を運営してる連中が、わたしに気がつくように」

わたしは言う。さらに言葉を継いだ。

「あのサイト、あなたが運営してたんだ」

「うん？　まあ、そうだな。管理者のひとりではある。《地獄へ堕ちよう》は現在のところ、数人の有志によって運営されているからね」

そこでようやく、彼はこっちに顔を向けた。青白く、特徴の摑《つか》みづらい顔。マネキン人形みたいだ。

脚切り。自らの脚を切断した男。人工的な奇形の生物。

「……それで。何をしにきたの？」

「……なに。それはのんびりと、お茶でもしながら話そうじゃないか」

そうして、脚切りは冷たく微笑んだ。

どれくらい走っただろう。窓の外を流れていく風景は徐々にネオンがきらめく混沌《こんとん》としたものになり、そのうちまた、暗い夜に覆われた寂しいものとなった。車が止まる。繁華街の片隅、人々から忘れ去られてしまったかのような、雑居ビルが密集する寂れた通りだった。

モリオにエスコートされ、路上に駐車した車を降りた。わたしの後に脚切りも続き、立ち並ぶ雑居ビルのひとつに案内される。三階建ての小さなビルだった。彼らの立ち振る舞いに乱暴なところはなく、それどころか大事な客人に対するように扱われた。お姫様に寄り添う従者のように、モリオはわたしをビルの入口まで連れて行く。裏返しだ、と思う。わたしが逃げ出したりしないための。三人でエレベーターに乗り込み扉が閉まると、モリオは安堵《あんど》したように小さく息をついた。

「このビルはぼくの別荘だ」上昇するエレベーターの中で、脚切りが説明するように言った。「まるまるぼくの……というかぼくの親の持ち物でね。一階には、ぼくの友人がやっているタトゥースタジオが入っている。二階はマッサージ店だったんだけどね。警察の手入れがあって、潰《つぶ》れた。ま、あまり健全ではないマッサージも行っていたわけだ。それで三階なんだけれど、本当は小箱のキャバクラが入る予定だったんだ。スケルトンの状態から、これから内装工事に取り掛かろう、ってときに、系列店が中学生を雇っているのが発覚して、オーナーが捕まった。そのまま頓挫《とんざ》さ。……このビルには現在、一階のタトゥースタジオしか入っていない。そこにたむろっている連中は、気心の知れた友人たちだしね。……ちょっと汚いけれど、静かだから気に入っている」

要は、このビルは脚切りの城。わたしがどんなに喚《わめ》いても、悲鳴を上げても、誰も助けには来ないということだろう。

エレベーターが三階で停まり、わたしたちを吐きだす。小さな空間があり、下へ続く階段と、木製の扉があった。モリオがどこからか鍵を取り出し、扉を開ける。促されるようにして、わたしはその向こうへ進んだ。

明かりは点《つ》いていた。三十畳ほどの、何もない空間。床も、壁も、打ちっぱなしのコンクリートがむき出しになっている。天井にはささやかな照明があって、その周囲を無機質なパイプが走っている。灰色ののっぺりとした面に四方を囲まれた広い空間に、申し訳なさそうに数脚のパイプ椅子と、小さなテーブルが置かれていた。テーブルの上に置かれたいくつかのグラスとペットボトルだけが、僅《わず》かに生活感を醸し出している。

無表情な空間。脚切りに似合っていた。

「とりあえず椅子にかけるといい。お茶、飲むかな？　設備がないから、急須《きゅうす》で淹《い》れたてのお茶を、というわけにはいかないけれどね」

まるで自宅を訪れた友人に対するように、脚切りは自然に話す。テーブルの上に置かれていた、封の開いていない五〇〇ミリペットボトルの緑茶をわたしに手渡すと、仮面のような笑顔を浮かべた。そうしている最中にも、わたしの背後で、鍵をかけるガチャン、という音が響いた。モリオが入口の扉の鍵を、内側から閉めたのだ。

密室の中で、男二人と一緒……それも彼らは、わたしにとって明らかに敵だ。そう考えると、急激に体が緊張してくるのがわかった。他に出入口はないんだろうか、と室内を見渡す。なかった。スケルトンの状態、というのは、どうやら全く内装に手を付けていない状態を指すらしい。無機質なコンクリートで囲まれた壁には、一か所だけ大きな窓がついていたが、ここは三階。窓の外には、明かりの灯《とも》っていないネオンサインが見えている。窓以外にはトイレがあったけれど、そのトイレにはドアがついていなかった。いずれできあがる内装に合わせて、ドアも付ける予定だったのだろう。白い便器が覗《のぞ》いている。

身を隠す場所すらない。誰かを監禁するのにはうってつけだ。そう思った。

と。その無機質な壁に、ポツンと、異物があることに気がついた。くすんだ灰色の壁に、小さな額縁がかけられている。

「気になるかな?」

脚切りがわたしの視線の先に気がついて、訊《き》いてきた。緊張を隠すように、あえて平坦な声で、わたしは訊き返す。

「なにこれ?」

最初は絵かと思ったけれど、違った。それは額縁のついたガラスケースで、中には赤茶けた芋虫のような物体が虫ピンで貼りつけられている。四つ並んだそれらは、それぞれ形が違った。

鳥肌が立つ。形容のしがたい、怖気《おじけ》に似た感覚が湧き上がってきた。

「死への羽ばたきだよ」脚切りは車椅子を操作すると、わたしの隣に並んでガラスケースを眺めながら、言葉を連ねる。「そのガラスケースに飾られているのは、蛾の蛹《さなぎ》だ。きみは、キャロル・M・ウィリアムスという生物学者を知っているかな？」

「誰？　知らない」

「クラシカル・スキーム。昆虫の脱皮、変態に関するホルモン支配の理論を確立した人物だよ。ウィリアムス博士の実験に、こんなものがある。四匹の生きた蛹を使って、蛹が傷ついた場合、変態にどんな影響があるのかを調べたんだ。

一は、完全な蛹。

二は、蛹を半分に切断し、それぞれの切断面をプラスチックの板で塞《ふさ》いだもの。

三は、半分に切断した蛹を、プラスチックの管で繋《つな》いだもの。

四は、半分に切断した蛹をプラスチックの管で繋ぎ、さらにその管の内部に可動する球を入れて、前後の組織がくっつくのを阻害する状態にしたもの。

実験の結果、
一は、当然のことながら普通に変態し、成虫になった。

二は、頭のついている方だけが変態し、もう一方は蛹のままだった。

三は、傷が回復し、前後を繋いだプラスチック管が組織を橋渡しすることで、前後ともに変態し成虫になった。

四は、変態しなかった。

ここでおもしろいのが三だ。一度半分に切断されているにもかかわらず、これは完全に羽化し成虫となった。素晴らしい生命力。再生だ。……が、胴体はプラスチックの管で繋がれたままの状態だ。そして、やはり本能かな。この成虫は、飛びたとうとしたんだ。その結果、どうなったと思う？」

「……」

「羽ばたいた途端、胴体を繋ぐプラスチック管内部の組織が千切れ、地上に落ちた。これが『死への羽ばたき』だよ」

そして何がおもしろいのか、脚切りは乾いた笑い声を上げた。

この男は狂ってる。そう確信した。

「気色悪い。悪趣味」

汚物を吐きだすようにして、わたしは言葉を吐いた。脚切りは軽く鼻で笑ったが、

「そうかな。ぼくにとっては、これを眺めているときが、自分が生きていることを実感できる数少ない時間なのだけれど」

モリオ、アルコールが欲しい。脚切りがそう言うと、どこからか緑色の瓶と小さなグラスが運ばれてくる。アブサン。その緑色の液体を一息に飲み干すと、彼はグラスを手にしたまま続ける。

「人間はゴールがなくては走り続けることのできない生き物だ。たとえばきみ、どれだけ走っても完走することのできないマラソンをやれと言われて、走り続けることができるかい？　ぼくにはとても無理だ。そしてぼくらの生活というのは、ゴールがないマラソンに似ている。ぼくなんかは、生きているだけで不安になるよ。いつまでたっても、先が見えないんだ」

「あなたたちは……いえ、あの《地獄へ堕ちよう》っていうサイトは」わたしは脚切りの言葉を無視して、質問した。「いったい、なんなの？」

「ぼくたちにはゴールが必要だ。目に見える最終地点。芋虫が蛹になって、最後には成虫となり羽ばたくように」

そこで初めて、わたしと脚切りは目を合わせた。彼の瞳《ひとみ》。夜よりも暗く、濁っている。

脚切りから渡されたペットボトルを握る手が、じっとりと汗で湿っているのがわかった。

「だからぼくたちは、ゴールを創った。《地獄へ堕ちよう》はその象徴だ」脚切りはそう

言った。「ゴールがあるから、人は全力で駆け抜けることができる。全力で走り抜けているときだけ、人間は自分が生きていることを実感できる。《地獄へ堕ちよう》は救いだ。人々に対する救済措置……『慈悲』だよ」

「それが、あなたの言い訳ってことね」

できるだけ冷たく、言い放った。「なに？」と脚切りが首を傾げる。

怖がっちゃいけない。自分にそう言い聞かせる。立ったまま、脚切りと正面から向かい合った。さりげなく、ジーンズの尻《しり》ポケットに手を伸ばす。そこにある硬い感触。銀色のバタフライナイフ。その重みが、わたしに強さをくれる。

「人が、全力で生きられるようにゴールを創った、なんて嘘。……本当は、退屈だっただけでしょ？」脚切りは何も答えない。だから、わたしは言葉を継ぐ。吐きだすように。悲鳴を上げるように。それでも、口からでてきたのは静かな声だった。「わたしにはもう、《地獄へ堕ちよう》がなんのためのサイトなのかわかっている。……ゲームなんでしょ？あれは」

「ふん」彼は鼻を鳴らした。と、なぜか表情を少し緩めて、「おもしろそうだ。聞こう」

「サイトに登録している参加者からすれば、あれは一種のネットゲーム。ただし、現実を舞台にした、リアルな命のやりとりをするゲーム。他のプレイヤーを捜しだして殺害すれば現金が手に入るし、逆に殺害される可能性もある。命がけのスリルも味わえるし、お金も手に入る。退屈な人生を歩んでいる人には、ぴったり」

タミーの言葉を思いだす。

何もなかったよ。そんなふうに彼は語っていた。あるのはゴミみたいな日常。……だから、おれは変えたいと願ったんだ。そして実際に、変わった。タミーはそう話した。

タミーはゲームの世界に飛び込んだのだ。この『ぬるま湯みたいな地獄』から離れて、死と隣り合わせの、身を焼かれるような炎の中に。

「……《地獄へ堕ちよう》に登録している人間からすれば、そう、ゲーム」わたしは自分の言葉を確認しながら喋《しゃべ》るように、ゆっくりと話した。「……でも、運営しているあなたからすれば、これは少し違う」

「ほう？」

「それ、バフォメットでしょ？」

脚切りの腕に刻まれたタトゥーを指して言った。彼はわたしの言葉に反応し、自分の腕に描かれた悪魔に視線を落とす。

サバト……魔女の集会を司《つかさど》る悪魔だ。

「九〇年代にも、外国であったんでしょ？　インナーサークルって言ったっけ？」

タミーが話していたことを思いだす。若者たちによる悪魔崇拝団体。教会に火を放ち、自殺したメンバーの脳髄でスープを作って、さらには殺人まで犯す。

わたしは脚切りに言った。

「あなた自身が、バフォメットなんでしょ？　生贄《いけにえ》を求めて、《地獄へ堕ちよう》というゲームを作った」

「ははあ！」

と。唐突に、脚切りが大声を上げた。珍しく顔には笑顔を浮かべ、実に楽しそうに言葉を継ぐ。声が弾んでいた。

「なるほど！　つまりぼくは根っからの悪魔崇拝者で、なんらかの儀式のために《地獄へ堕ちよう》のユーザーたちに殺し合いをさせていたというわけだな！　ところで、ぼくはいったい何をしようとしていたんだろう？　街に人間の血で魔方陣を描いて、悪魔でも召喚するつもりだったのかな？　それとも、もうちょっと和風に蠱毒《こどく》かな？　虫同士を共食いさせて、最強の一匹を生む。それを人間でやったというわけだ！」

「茶化さないで」静かに言った。彼のペースに乗せられたりはしない。「わたしだって、現代の日本に本物の悪魔崇拝者がいるなんて思ってない。あなた自身が、《ヴィヴィセクト》のパーティーで言ってたじゃない。ボディ・サスペンション？　あれの起源を話しているときに。……自分たちの中に呪術《じゅじゅつ》や超自然を信じているやつはいない、呪術的な意味合いは失われている、って」

「それじゃあ？」

「結局さ。退屈だったんでしょ？」

思いだす。《ヴィヴィセクト》でのパーティー。その光景。

天井から吊《つ》るされた人間の体。肌を伝わり、滴り落ちる血液。びりびりと心臓を震わせる暴力的な音楽とレーザー光線。歓声。狂ったような笑い声。ボディ・サスペンション。脚切りはあれを、一種の芸術性を競うパフォーマンスだと言っていた。現代の見世物小屋。

「すべては、あなたの退屈を紛らわすためのショーだった。……親が資産家なんでしょ？子供のころから満たされている生活って、どんなだった？　退屈？」

「……そうだね。たしかに退屈といえば、退屈だ」

考えるように顎《あご》をさすりながら脚切りは言う。

「あなたの脚。自分で切りたくて切ったって言ったでしょう。……まるで、無痛症の子供みたい。痛みが感じられなくて、自分で自分の体を傷つける」

「……」

脚切りは何も答えない。それで構わなかった。わたしは続ける。

「すべて、ショーだった。《ヴィヴィセクト》のパーティーも、《地獄へ堕ちよう》というゲームも。あなたは、自分の退屈を紛らわすために、スリリングなショーを求めた。そのひとつが《ヴィヴィセクト》のパーティーで、ボディ・サスペンション。非日常の中で、少しでも退屈を忘れられるように。傷を作って、流れる血を見て、悲鳴を耳にする。痛みによるトリップ。倒錯したエンターテインメント。……でも、それだって、何度もくりかえしていれば単なる日常の一部になる。耐性がつく。いつかは飽きるし、満足もできなくなる。人が求める刺激っていうのは、いつだってエスカレートしていくものだから。……

そして、あなたはもっと強烈で刺激的で、ハイになれる方法をさがした。……最後に手をだしたのが、死」

痛みは想像力だ。人間は歯医者の待合室にいるときに前の患者のうめき声を聞いて恐怖を覚えるし、他人が転んで擦りむいた膝《ひざ》を見て自分も痛みを感じる。痛みを知らない脚切りは、他人の苦悶《くもん》の場面を眺めることで、それに共感しようとした。自分は安全圏にいながらにして、他人の死を見ることで死に触れようとする。自分にも『ゴール』があることを確認しようとする。

結局、彼もタミーと同じだった。この『ぬるま湯みたいな地獄』から脱出を試みる。

わたしの中で、心臓が鼓動する速さを増していく。言葉を吐きだし続ける。

「あなたは死を見世物にするために、《地獄へ堕ちよう》というゲームを作った。ただ、自分はそれに参加する勇気がなかったから、管理する側にまわった。人々に殺し合いをさせて、あなたはそれをショーとして楽しんでいたんだ」

思考が加速していく。言葉が止まらない。

タミーは元同棲《どうせい》相手の腹部を切り裂き、その内臓をひきずりだして殺害した。そのタミーは両目を縫い合わされていたし、リストは全身の皮膚を剝《は》がされている。こういった残酷な死体損壊は、きっと、ショーをより過激にするためのパフォーマンス。人の要求はいつだってエクストリームなものに偏っていく。

「あなた自身がサバトの悪魔だった」わたしは断罪する。「自分自身の退屈を紛らわすための、生贄を要求したんだ」

しん、と。室内を沈黙が支配した。

さあ。自らの悪事を暴かれた脚切りはどうするだろう。悪役らしく、笑って罪を自慢する？　それとももっとみじめに、必死に罪を否定するだろうか。

と。男は数秒のあいだ、何かを考え込むようにしていた。沈黙が耳に突き刺さり、痛みを覚える。そうしてようやく、彼はぽつりと、言葉を発した。

「……きみってもしかして、思い込みが激しいタイプ？」

遠巻きにわたしたちのやりとりを眺めていたモリオが、もう耐えられないといったふうに、豪快に笑いだした。

何がおかしいの？　怒鳴りそうになる。

「笑ってはいけないよ、モリオ。彼女は真剣なんだ」ひいひいと喘《あえ》ぐモリオを、脚切りがたしなめる。こちらに向き直ると、「まあ、なんていうか……一言で表現すると、そうだな。……きみは、とんでもない勘違いをしている、らしい」

「は？」

勘違い？

なぜか脚切りは困惑したように、頭のうしろをかきながら、

「そもそも、きみ、いったい誰から《地獄へ堕ちよう》のことを紹介されたんだ？　その

人物は、きみにちゃんと説明しなかったのかな？　このSNSのシステムを」そうして、大げさにため息をつく。「まったく、完全なルール違反だ。まあ、このシステム自体がまだ不完全で、明らかな欠陥も多く含んでいるものだからな。仕方がないというべきか。システムの構築を、それぞれのユーザーの倫理にゆだねている以上、こういった問題……というかミスか……が、遅かれ早かれ起きるのはわかっていたことだ」

まるで独り言のように、脚切りはぶつぶつとそんなことを呟《つぶや》いている。

怒りにも似た感情が湧き上がって、叫ぶように言った。

「何を言っているの!?　あなたが……あなたの作ったゲームが、みんなを殺したんでしょ！　タミーも、リストも！」

「だから、それが勘違いなんだ」冷静に、彼はわたしの言葉を否定する。「そもそも、これはゲームなどではない。タミーというユーザーが死んだのは、たしかに《地獄へ堕ちよう》が原因のひとつではあるかもしれないが、根本は彼自身にある。そして何より、リストの死には《地獄へ堕ちよう》は何ひとつ関わっていない。ユーザー登録もしていない。彼女が死んだのだって、きみに聞かされて初めて知ったんだ。むしろぼくらは、リストを殺した相手を捜している。彼女はぼくの、数少ない友人だったからね」

「……うそ」何を言っているの？　混乱する。体の中で沸騰していた熱い液体が、行き場を失くしたように頭の中でぐるぐると渦を巻く。「あなたたちが……殺したんじゃないの？」

「いやあ、しかし、すごい発想するよな」モリオが呆《あき》れたような、感心したような複雑な表情を浮かべながら言った。「殺人ゲームに殺人ショーだなんて、B級ホラー映画かよ。聞いてて、笑いを堪《こら》えるのが大変だった」

「きみの言うとおり、たしかにこれはバフォメットという名の悪魔だ。現代においてはサバト、つまり黒ミサを司《つかさど》る悪魔。両性具有の悪魔として知られる。サバトの山羊《やぎ》とも呼ばれるね」なぜか脚切りは、わたしを慰めるような口調で言った。「けれど、この悪魔の初出は聖堂騎士団が崇《あが》めていた存在としてだ。これもまたペイガニズムというか、キリスト教により一方的に葬り去られた存在だよ。バフォメットという名前は明らかにマホメットのもじりだしね。彼ら聖堂騎士団が異端審問を受けた際に、この存在は悪魔として印を受けることになった。というか、実際のところ聖堂騎士団がバフォメットを崇めていたかどうかも、はっきりしていない。異端審問の際のでっち上げである可能性がある」さらに彼は続けた。早口で喋《しゃべ》るので、ついていくのが大変だった。自らの腕のタトゥーを見本にして説明する。「この図はエリファス・レヴィという人物が描いた、バフォメットとしては最も有名な絵だ。牡《おす》山羊の頭と、角のあいだの松明《たいまつ》。印を結んだ人間の手と、それが指し示す白と黒の月。乳房を持った女の上半身、下半身のヘルメスの杖《つえ》。そして額の正位の五芒星《ぼうせい》。……山羊の頭は、罪は物質であるという意味を持ち、角のあいだの松明は、暗闇を照らす知性の象徴だ。白と黒の月は善と悪の象徴であり、女の上半身は母性、陰茎のようにそそり立ったヘルメスの杖は創造の秘密を表す。額の五芒星は神の啓示だ」

「……何が言いたいのか、ぜんぜんわからないんだけど」

ようやく、わたしはそれだけ言った。

「きみが考えているよりは、いくらか、このバフォメットという悪魔は調和を愛する悪魔だということさ。これについて語れる話がいくらかあるけれど、ぼくはうんちくを語りだすと長くなるからやめておこう」ため息をつきながら肩を竦《すく》めて、脚切りは言葉を継いだ。「要するに、世間で言われていることと、物事の実態とは、かけ離れていることがままあるということさ」

「……」

「それにしても、若いのにインナーサークルなんてマニアックなものを知っているね。ぼくも十代のころは激しめの音楽を聴いたが……インナーサークルについても同じことが言える。あれが若者による悪魔崇拝団体だなんて、当時の老人たちによる偏見だったのさ。実際のところは、社会に対して不満を持っている若者たちが、地下室でより集まって酒を飲みながらネガティブな音楽を演奏していただけだ。そのうちのたかが数人が事件を起こしたからって、なんだっていうんだ？　人を殺すようなやつは、聖書を読んでいようがビートルズを聴いていようが、関係なく殺す」脚切りはタトゥーの刻み込まれた自分の腕をさする。ふと思いだしたように、過去を懐かしむような顔をして、「そうそう。ヘヴィーメタルといえば、フィンランドのメタルバンドがおもしろいことを言っているね。……『この国では、若者はテレビを見るか、バンドを組むか、自殺をするかしかやることがない。だからおれたちはバンドを組んで、自殺について歌うことにしたんだ』……みたいな内容だったか。ふん。なかなか素敵な言葉だ。……ぼくたちを取り巻く現状によく似ている」

「いい加減にして！」

叫んだ。

ジーンズのポケットに手を差し入れた。そこにある確かな質量。硬質の、金属の冷たさ。バタフライナイフ。留め金は外してあった。自分でも驚くほど、スムーズに刃《は》をだすことができた。そのまま、銀色に輝く切っ先を脚切りののど元に突き付ける。その後、どうするかは考えてなかった。勢い余って、ぷつり、と刃先が男の皮膚を小さく切り裂いた。

瞬間。景色が歪《ゆが》んだ。

コンクリートの灰色。オレンジ色の照明。脚切りの冷たい蠟《ろう》のような青白い肌に、ナイフの銀色が混じり合い、マーブル模様を作った。それから、数瞬のブラックアウト。

どこかで、かしゃん、というガラスが砕け散る音が鳴った。

気がつけば、冷たいコンクリートの床にほおずりをしていた。キンキンと、耳の奥で金属がぶつかりあうような音が響いている。床に寝ているんだ。なんで？　混乱する意識のまま、反射的に起き上がろうとして、床に手をつく。ぐにゃり、と再び視界が歪んで、もう一度床にキスをするはめになってしまった。

「あぶねえ。こいつ、刃物持ってましたよ」

頭上から、モリオの声が降ってくる。その声はまるでエフェクトをかけたように、頭の中でぐわんぐわんと響いた。

殴られたんだ。そう思い至ったのは、もう少し後になってからだった。

目の前に、手に握っていたはずのナイフが落ちている。と、もう少し先では、液体の入ったペットボトルと、砕けたグラスの破片が転がっていた。電動車椅子を動かすモーターの音が鳴り、視界に脚切りの姿が入る。彼は手を伸ばすと、床に落ちていたナイフを拾い上げた。その首筋には、糸のような赤い線が流れている。

「惜しいな」脚切りが呟く。「もう少しで死ねたのに」

「いやいや、ボス。おれが助けなきゃ、マジで死んでましたよ！」

「いつだって誰かに邪魔されるんだ」愚痴を言うように、「小学生のときに校舎の窓から飛び降りたときも、偶然下を歩いていた教師に衝突して、結果死ねなかった。まったくの無傷だったよ。その教師は病院に運ばれたけどね」

「はいはい、そうですね」

女って怖《こ》ぇえなぁー、むちゃくちゃするもんなぁー、とモリオが呆れたように言いながら、わたしの首根っこを摑《つか》んで持ち上げる。鼻孔の奥から生温かい感覚が伝わり、唇から顎《あご》を濡《ぬ》らす。ぽたぽたと、赤い滴が灰色の床に染みを作っていた。「うう」と呻《うめ》くと、顔の中心にじんじんと痺《しび》れるような熱が広がった。鉄の臭い。

自分の血を見て、初めて痛みを感じた。ズキズキと、顔面を襲う鈍い痛み。呼吸がうまくできずに、視界が滲《し》みだしてきた涙で歪んだ。

「こいつどうしましょう？」モリオが困惑したように、脚切りに尋ねる。「けっこうマジで、ヤバイっすよ、この女。いまも本気で、殺しにかかってたし。実際、もうすでに一人殺してるわけですし」

「うーん。まいったね」のんびりとした声。「てっきり、彼女がリストを殺したのかと思っていたけれど。どうやら違うみたいだ」

「警察につきだします？」

唐突にでてきた現実的な言葉に、体が反応する。え、わたし捕まるの？

「いや、彼女みたいな存在は貴重だよ」脚切りは、そっとナイフの刃を仕舞いながら、わたしには意味のつかめない言葉を吐いた。「《地獄へ堕ちよう》は人手不足だからね」

そのあいだずっと、わたしはモリオの手にぶら下がっていた。顔面がじんじんと熱を持ったように痛む。体が動かない。痛みや肉体的なダメージというよりも、直接的な暴力に触れたことによる恐怖で、全身の筋肉が硬直していた。うまく考えられない。思考が停止している。

モリオは荷物を置くようにしてわたしを椅子に座らせた。

「とりあえず、下の連中と話をしてくるよ」脚切りが言った。「《地獄へ堕ちよう》はぼくの所有物じゃない。システム上の明らかな欠陥を、これからどうやって修正していくか話し合わなければならないし、彼女の処分も決めなくちゃいけない。……みんなで創ったものは、みんなで運用していかないとね」

「うぃっす」

話が終わるまで、彼女を頼むよ。とモリオに言い置いて、脚切りは出口へと向かう。下の連中……どうやら、このビルの階下には、脚切りの仲間、つまりは《地獄へ堕ちよう》を運営している人間が、他にも控えているらしい。わたしに逃げ場はないのだ、とぼんやりした頭で考える。

「あ、そうそう」と、脚切りが扉の鍵《かぎ》を開けながら、思いだしたように振り返る。「きみ、ぼくのことを悪魔で、生贄《いけにえ》を求めている、って言ったよね？」

「……それが？」

椅子に座ったまま、半ば開き直ったように、わたしは訊《き》き返した。

「ひとつ、おもしろいことを教えてあげよう」とびっきりのジョークを思い付いたように、にやにやと笑みを浮かべながら、男は続けた。「この地上にいるすべての動物の中で、角の生えている種というのは、例外なく草食動物なんだ」

何を言おうとしているのだろうか？　わからなかった。

そして彼は、笑う。

「もしも現実に悪魔が存在するとして。……生贄に捧《ささ》げるのならば、生臭い人間なんかよりも、ニンジンやキャベツの葉っぱを捧げた方が、彼は喜ぶかもしれないね」

脚切りは出て行った。

どれくらい時間が経っただろう？

脚切りが出て行ってから、モリオは扉に鍵をかけると、そのまま床に座り込んで携帯ゲームを始めてしまった。薄っぺらい電子音だけが、室内に反響している。

殴られたショックで停止していた思考が、徐々に回復しはじめる。顔の中心にじんじんとした鈍い痛みは残っていたけれど、それも少しずつ慣れてきた。自分を落ち着かせるように深呼吸をしてから、考える。

どうしよう。逃げなきゃ。

このままここに居続けたら、どうなるんだろう？　ろくなことにならないのは確かだ。もしかしたら、殺されてしまうかもしれない。バラバラに解体された自分の体が、写真に収められてネット上にアップされる光景を想像し、吐き気に襲われた。

逃げなくちゃいけない。……でも、どうやって？

縛られたりはしてないから、自由に動けるには動ける。けれど……。椅子に座ったまま、あらためて周囲を観察する。灰色のコンクリートで囲まれた室内。唯一の出口の前では、モリオが座り込んでゲームをしている。それ以外にあるのは、窓と、ドアのついていないトイレだけ。隠れる場所もない。

モリオをどうにかしないと、外には出られない。モリオは巨漢だ。女のわたしが立ち向かっても、とてもじゃないけれど勝てるとは思えなかった。実際、たった一発殴られただけで、意識がちょっと飛んだ。せめて武器があれば……と思うけれど、ナイフは脚切りに没収されてしまった。他に見当たるものといえば、テーブルの上に置かれた酒瓶と、床に落ちて割れたグラスの破片ぐらい。こんなもので、対抗できるだろうか？　せめて、相手に隙を作れれば……。

どうしよう、どうしよう。混乱と焦りに涙がでそうになるのを、頭《かぶり》をふって追い払った。考えろ、と自分に言い聞かせる。

もう一度、室内を観察する。扉。窓。ドアのないトイレ。白い便器。壁にかかった蛹《さなぎ》の標本。小さなテーブルと椅子、その上に置かれた酒瓶。床に転がった緑茶のペットボトル。脚切りが使っていた小さなグラス。いまは床に落ちて砕け散っている。きらきらと照明の光を反射するガラスの破片は、凶器として使うにはあまりに小さい。響く携帯ゲームのBGM。

「あのさぁ。逃げようとか、変なこと考えないでね」

と、わたしが室内を観察しているのに気がついたらしく、モリオがゲーム機に視線を落としたままで言う。

「……わたしに逃げられちゃ、困るの？」わざと挑発するように言った。内心では、びくびくと怯《おび》えている。

「いや、めんどうくさいから。どっちみち、逃げられるわけないし」そこで初めてゲーム機から目を離すと、モリオは室内の一角を指さした。床の上に直接、黒っぽい箱のような物体が置かれている。「監視カメラ……ていうか、ペット監視用の、ただのWebカメラなんだけどね。市販されてるこんなもんでも、十分役に立つ。室内の様子はリアルタイムでボスが持ってる携帯に中継されてるし、音声も向こうに繋《つな》がってる。少しでも変なことしたら、下の階から怖い連中が駆けつけてくるよ」

「ずいぶん、準備万端なんだ」

「まあね。ここはもともと、《地獄へ堕ちよう》でルール違反をしたユーザーを、まあなんていうか、懲らしめるために使ってたところだから」

それだけ言えば十分、とでもいうように、モリオはゲームに戻る。

ますます、このビルから脱出できる可能性が減った。

いっそ、思い切って窓から飛び降りてやろうか。そんな考えが頭に浮かぶ。しかし、この広くはない室内。窓にたどり着くまでのあいだに、モリオに追いつかれてしまうかもしれないし、そもそも飛び降りることに成功したとしても、ここは三階。怪我は避けられないだろうし、下手をしたら死んでしまう。結局、逃げ切れるとは思えない。

ふと。そこまで考えて、誰かの言葉を思いだす。そうだ。ついさっき、耳にしたばかりの……。

……やらなくちゃいけない。わたしは静かに決意する。どうせ、このまま軟禁されていても、良い結果にはならない。それなら、いちかばちか。

しばらくの沈黙の後に、わたしは口を開いた。

「あの」

「んー？」

「トイレ行きたいんだけど」

こういう場面では、あまりにもありきたりなセリフ。却下されるだろうか？　と、どうせ逃げられないと高をくっているのだろう、モリオはあっさり、

「うん、行けばいいじゃん」

その言葉を聞いて、わたしは椅子からゆっくりと立ち上がる。ドアのついていないトイレへと向かう。ここからが問題だった。途中で足を止めると、モリオをふりかえり、できるだけ責めるような口調で言った。勇気を振り絞る。

「ちょっと」

「なに？」モリオが顔を上げる。

「あっち向いててよ！　このトイレ、ドアついてないんだから！」

わたしの言葉を聞いて、彼はぽかんと口を開けた。数秒置いて、心底呆《あき》れたように、

「……自分の今の状況、わかってる？」

わざわざ敵に言われなくても、わかっている。乙女心とか、恥じらいとか気にしていられるような場面じゃないことくらい。でも、わたしは絶対に引かない。後のことなんて考えない。これ以外に、この場から逃げる方法が思いつかなかった。

半泣きになりながら、ジーンズに手をかける。怒鳴り散らすように言った。

「……わかったわよ！　このまますればいいんでしょ！　……好きなだけ見てればいいでしょ、わたしの放尿シーン！　この変態！　放尿マニア！　スカトロジスト！」

あんまり怒らせると、また殴られるかもしれない。けれど、わたしは暴言を吐くのをやめなかった。半ばやけっぱちで、「変態！　変態！」と非難し続けた。

「あー！　わかったわかった」諦《あきら》めたように、モリオがわたしに背を向ける。「そっぽ向いてりゃいいんだろ」

やった！　モリオが完全に背を向けたのを確認すると、わたしはすぐにトイレに向かう。その途中、さりげなく、小さなグラスの破片と、緑茶のペットボトルを拾った。

もちろん、オシッコをするのが目的ではない。

「終わるまで、こっち見ちゃダメだからね！」

便器の前に立つと、大声で言った。ジーンズは脱がずに、鋭く尖《とが》った破片の先を、ペットボトルの腹に突き立てる。小さな穴が開いた。キャップを外すと、ぴゅー、と、水鉄砲のように穴から液体が飛びだす。

タンクの上にボトルを置き、位置を調整すると、飛びだした液体が便器に当たり、ビシャビシャと派手な音を立てた。放尿の音にしてはやかましすぎたかもしれないけれど、まあ、やりすぎくらいの方がこの場合良いだろう。

音を立てるペットボトルと便器をそのままにして、わたしはトイレを出た。モリオは律儀にも、こちらに背を向けたままだった。床にあぐらをかき、視線を落として、携帯ゲームに集中している。

ひたひたと、できるだけ足音を立てないように気をつけながら、そっと、テーブルの上に置かれた酒瓶を手に取った。モリオの背後に立つ。トイレでは、まだ水音が鳴り続けていた。

「おーい。まだ終わんねーの？」

トイレには背を向けたまま、モリオが大声で訊く。そのすぐ背後で、酒瓶の首を握り締めると、それを頭上に高く振りかぶりながら、わたしは答えた。

「うん。もうちょっとだけ、そのままでいて」

わたしの声の近さに、ハッとしたようにモリオがふりかえる。

その顔面に、思い切り、瓶を振り落とした。

ぐしゃ、と。水っぽく湿った音が響く。骨が砕ける鈍い感触が、瓶を伝わって自分の骨を震わせる。

そのまま、もう一度。瓶を両手で握ると、高く振りあげ、落とす。モリオの頭蓋《ずがい》が、瓶の底の形にへこんだ。皮膚が裂け、そこから赤い血が滲《にじ》みだす。

もう一度。もう一度。もう一度もう一度もう一度。息が切れるまで、何度も何度も、瓶を振り落とし続けた。

気がつけば、トイレから響く水音は止まっていた。呼吸が荒く、心臓が激しく脈打っている。全身にじっとりと汗をかき、瓶を持つ手はぬるぬると滑っていた。するりと滑り落ちるように、瓶がわたしの手から離れる。緑色の瓶は、粘りつく血の色で赤に変わっていた。

足元に、モリオが転がっている。その顔面は深く陥没して、水溜《みずた》まりのように血液が溜まっていた。ゲーム機を握る指先が、ピクピクと痙攣《けいれん》を続けている。安っぽいスピーカーから流れるゲームの音だけが、変わらず鳴り続けていた。

殺してしまった。あっさりと、あっけなく。

ムラサキくんのときは、彼は自分で舌を嚙《か》み切って死んだ。原因はわたしにあるとはいえ、わたしが直接手を下したわけじゃない。

おえ、と。胃の中のものが、のど元まで逆流してくるのを感じた。無理して、それを飲み込む。涙で視界が滲むのを、手の甲で拭《ぬぐ》った。感傷に浸ったり、傷ついたり、罪の意識に苛《さい》まれている場合じゃない。こうするしかなかったんだ、と自分に言い聞かせる。

決めたじゃないか。わたしはわたし自身を、苦痛から救う手助けをする。タミーとリストが死んだ理由。その真相を、突き止める。

とりあえずは、このビルから脱出する。ここからは、スピードが勝負だ。監視カメラで室内の様子が中継されているなら、いまにも階下にいる連中、脚切りがここへとやってくるだろう。それまでに、ここから逃げなくちゃいけない。

もたもたしてはいられない。頭ではわかっていたけれど、わたしは衝動が抑えられなかった。頭の中に渦巻くこの感情。吐きださなければ、耐えられなかった。

モリオは、音声も繋がっていると言っていた。部屋の片隅に設置されているカメラに向かうと、わたしは、悲鳴を上げるように告げた。

「脚切り！　聞いてる？　あなた、ゴールが必要だと言ったでしょう？　だから自分たちはゴールを創った、って」

カメラは当然、何も答えはしない。その向こうで、本当に脚切りがわたしを見ているのかも、わからない。それでよかった。わたしは続ける。

「わたしが、あなたにゴールを与えてあげる。それまでせいぜい、自分が生きているってことを実感しているといいよ」

さあ、急がないといけない。床に転がるモリオの足を抱えると、必死になって引きずった。窓まで。

ムラサキくんのときも思ったけれど、死体というのは想像を絶するくらい重い。まるで、地面に鎖か何かで縛りつけられているみたいだ。それでも、これが火事場の馬鹿力というやつなのか、大きく息切れをしながらも、モリオの死体を窓まで運ぶことができた。今度は脇の下に手を差し込み、その巨漢を無理やり立たせるように、ずるずると持ち上げる。

扉の外が、がやがやと賑《にぎ》やかになりだした。数人の男の、怒声やうなり声が聞こえる。カメラの内容を見た脚切りたちが到着したのだ。ガチャガチャと扉が振動する。「鍵《かぎ》だ、鍵！」と誰かが怒鳴る声が聞こえた。

窓を大きく開ける。風が吹き込む。外には、ビルの三階の高さの風景が広がっていた。

すぐ目の前に電線が走り、正面には道路を挟んで雑居ビルと、明かりの消えたネオンサインが見える。視線を下に向けると、十数メートル先に黒いアスファルト。

あらためて自分がいる高さを認識して、下腹部が冷たく凍えるのがわかった。……ここから飛ぶのだ、わたしは。

ガチャン、と鍵の外れる音がして、扉が開いた。誰かの声が鳴り響く。

「待て！」

わたしは中指を立てて答えた。

「誰が待つか！　バーカ！　死ねー！」

窓を乗り越え、空中に一歩、踏み出した。

モリオの死体と一緒に。

ふわ、と。重力から解放される感覚。全身に風を受ける。周囲の景色が、高速で流れていく線の集合に変わった。恐怖を紛らすために、ぎゅっと目をつむった。

そして衝撃。

空気の詰まったタイヤが破裂するような、強烈な音が響いた。そのまま何度かバウンドするように、アスファルトの上を転がる。全身を強く打ったことで、肺の中の空気が強制的に吐きだされた。呼吸がうまくできず、しばらくのあいだ冷たい路上に横たわっていた。痙攣するように、息を吐きだす。体のどこかがズキズキと痛み、あちこちに感電したような痺《しび》れた感覚があった。

それでも、生きてる。

地面に手をつき、ぐっと力を入れると、意外と簡単に起き上がることができた。意識もはっきりしている。骨が折れたり、ということもないみたいだ。三階の高さから落ちたにしては、ほとんど無傷、と言っていい。

ぐるりと周囲を見回すと、数メートル離れた場所に、モリオの死体があった。すぐに、目を背けた。まるで、車に轢《ひ》かれたカエルの死骸《しがい》みたいだったからだ。

三階から落下した衝撃だけじゃなく、わたしが落ちたときの圧力も、すべて受け止めたから。

脚切りが、ついさっき語っていたこと。それが、ヒントになった。……校舎の窓から飛び降りたけれど、死ねなかった。下を歩いていた教師にぶつかったから。

飛び降り自殺を試みた人間が、通行人にぶつかって、結果生きながらえるという事件はちょくちょく起こる。通行人が、自殺者を受け止めるクッションの役割を果たすからだ。

ほとんど、賭《か》けだった。

わたしは、モリオの死体をクッションの代わりにした。

彼の巨大な体躯《たいく》は、どちらかといえば小柄なわたしの体を、それこそクッションのように受け止めた。血と肉でできたグロテスクな緩衝材。

体を起こす。そのまま立ち上がった。少しふらついたけれど、動ける。

死体をまるで物のように扱ったことに対して、申し訳なさというかなんというか、ちょっとした畏《おそ》れのような感情が残った。それでも、仕方ない、と自分に言い聞かせる。こうする以外になかったんだ。

ごめんね、と潰《つぶ》れた肉の塊に謝って。

わたしは、その場から逃げ出した。

想像していたより、ずっと酷《ひど》い姿だ。鏡を見て、そう思った。

路地裏を行くあてもなく駆け抜けて、偶然見つけた公園の公衆便所。くすんだ鏡に反射するその顔は、殴られたことで左目の下あたりが赤黒く腫《は》れて、鼻孔から流れ出した血液が溶岩のように固まっていた。それ以外にも、あちこちに小さな擦り傷や切り傷がある。

固形状になった鼻血を、指先で抓《つま》む。引っ張ると、かさぶたのようにぺりぺりと剥《は》がれ落ちた。肌のひきつる感覚。ちりちりとした痛みに、顔をしかめた。

これからどうしよう。

水道の水で顔にこびりついた血を洗い流しながら、考える。モリオを殺してしまった。ムラサキくんのときと違って、自らの手で。瓶が頭蓋を砕く感触を思い出しそうになり、意識的にそれを頭のすみに追いやった。

わたしの住処《すみか》は、脚切りに知られている。きっと、モリオを殺害したわたしを、彼らは許さないだろう。アパートには戻れない。それに、ナイフは脚切りが持ったままだ。あれは、わたしがタミーに貰《もら》ったものだ。どうにかして、とりかえしたい。

……いや、それよりも先に。

脚切りとの会話を思いだす。彼は、わたしが勘違いをしていると言った。《地獄へ堕ちよう》はゲームなんかじゃない、と。タミーが死んだのは、《地獄へ堕ちよう》が一因ではあるけれど、それが根本的な理由ではない。リストが死んだことについては、そもそも関係がない。……そう言っていたはずだ。

脚切りは間違いなく狂っている。けれど、あの場面で嘘をつく必要があっただろうか？狂人は狂人なりに、真実を語っていたんじゃないか？

タミーは……そしてリストは、なんで死ななければいけなかったんだろう？　結局は、この問題がわたしを苦しませる。

脚切りとのやり取りを思いだせ。鏡を見ながら、自分に言い聞かせる。彼はなんて言っていた？《地獄へ堕ちよう》は数人の有志によって運営されている。死への羽ばたき。人間にはゴールが必要だ。慈悲。ルール違反。システム上の欠陥。サバトの悪魔……。

ふと。彼のセリフが蘇《よみがえ》る。

……そもそも、きみ、いったい誰から《地獄へ堕ちよう》のことを紹介されたんだ？その人物は、きみにちゃんと説明しなかったのかな？　このSNSのシステムを……。

わたしは、説明なんてされていない。《地獄へ堕ちよう》のシステムなんか知らない。だから、自分で勝手に想像して、これがゲームだという仮説を立てた。けれど、それは勘違いだったらしい。

脚切りはこのとき、『完全なルール違反』と言っていた。会話の流れから察するに、《地獄へ堕ちよう》というSNSを誰かに紹介するときは、そのシステムをきちんと相手に説明する。そんなルールがあるのだろう。

わたしは誰から、《地獄へ堕ちよう》を知った？　誰がわたしを、このSNSに近づけた？

最初は、タミー。

でもこれは、紹介されたわけじゃない。わたしの方が勝手に、彼のデジカメの中身を見て、《地獄へ堕ちよう》という存在に触れてしまった。

タミーは何も教えてはくれなかった。知らなくていい、と言って。

きっと、わたしを巻き込みたくはなかったんだろう。そう思うことにする。それに、彼はもう死んでしまった。質問することも、彼の言葉を聞くこともできない。

もう一人。わたしの身近で、《地獄へ堕ちよう》の存在を知っている人間がいる。

彼女もまた、詳しいシステムなどは教えてくれなかった。彼女自身も知らなかったのだろうか？　じゃあ、彼女は誰からその存在を教えられたんだろう？　その際、システムを教えられなかったんだろうか？　それって、『ルール違反』じゃないの？

考えても、答えはでない。それなら、やることは決まっている。

体のどこかが、じくじくと痛む。殴られたせいなのか、ビルの窓から飛び降りたせいなのか。それとも、もっと別の原因があるのだろうか？　わからなかった。

鎮痛剤が必要だ。わたしを痛みから解放する、真実。
そのためなら、わたしはなんだってやろう。

十

公衆便所をでて、タクシーを拾った。行き先は決まっている。車中、バックミラー越しに中年の運転手の視線をチクチクと感じたが、話しかけられることはなかった。沈黙が、いまはありがたかった。馴染《なじみ》のある地下鉄駅が見えてきて、タクシーを降りる。時間帯は深夜。この街が最も活気づいている時間だ。大勢の客引きと、声をかけられるサラリーマン。どこかへ向かう途中の、ドレスで着飾った女。それでも、どことなく寂れた空気は隠せない。

くすんだネオンと消えかかったハングル文字が書かれた看板の下を歩き、二十四時間営業の百円ショップで大き目のカッターナイフを購入した。レジを打っている、やる気のなさそうな中年女性が明らかに不審な目でわたしを見ていたけれど、やっぱり声はかけられない。静かな時間を過ごしたいときは、顔面に大きな痣《あざ》と切り傷を作るといいらしい。

彼女はまだ仕事中のはずなので、シャワー設備のある漫画喫茶で時間を潰した。熱めのシャワーを浴びていると、傷口がひりひりと痛み、殴られた跡が熱で膿《う》んだ。百均で一緒に消毒液と絆創膏《ばんそうこう》を買えばよかった、と後悔する。それでも血と汚れを洗い流すことで、頭の芯《しん》がクリアになる感覚があった。

時刻が午前四時を過ぎると、漫画喫茶をでる。この時間になると、ほとんど人通りはなくなっていた。空はまだ暗いままで、肌に触れる空気には冷たさがある。比較的大きな通りで、タバコの自販機の前にしゃがみ込んで彼女を待った。以前と同じ生活を送っているなら、そろそろここを通るはずだ。

ほんの二十分ほどで、自転車に乗ってやってくる彼女の姿が見えた。その進行方向に飛びだし、名前を呼んだ。

「ルーシー!」

名前を呼ばれてびっくりしたように、彼女は急ブレーキをかけた。唐突に暗がりから飛び出してきた人物に戸惑いながら、少しのあいだ自転車に跨《また》がったまま硬直していたけれど、そのうち、

「……ミチ?」

わたしだと気がついたみたいだ。

《ロマンチック・アゴニー》の女王様。わたしの前のパートナー。そして、《地獄へ堕《お》ちよう》のURLを教えてくれた人物。

ママチャリに跨るルーシーは、地味な色のセーターとジーンズ、それにスニーカーを身につけていた。自転車のかごにはハンドバッグ。美容と健康のため、毎日お店まで自転車

通勤をしている。彼女がいつもこの道を通るのを、わたしは覚えていた。

至って控え目な服装に反して、メイクだけが仕事時のままだった。きりっとした鋭い眉《まゆ》に、ラメの入った濃いアイシャドウ。毒々しい朱色の唇。ハンドルを握る手、その指先には、繊細なネイルアートが施されている。

無言で、彼女に歩み寄る。手には、買ったばかりのカッターナイフ。ゆっくりと、刃《は》を出す。かち、かち、かち、と。刃が神経質な声で鳴く。

「どうしたの、いったい……？」不審そうに、その整った眉をひそめる。と、わたしの顔を見て、「あんた、どうしたのよ、その痣！」

驚く彼女の言葉を無視して、わたしはカッターを突きつけた。静かに言う。

「騒がないで、ルーシー。一緒に来て」

わたしはもう、せっぱつまっている。自分でもそれを自覚している。手段なんか選んでいられるような状態ではなかった。その必死さに気がついたのか、ルーシーは顔を強張《こわば》らせながらも、わたしの言葉にうなずいた。こっち、と促すと、彼女は自転車を降り、バッグだけを持ってわたしの指示に従う。

自転車はその場に残し、近くにあったラブホテルに入る。無人のフロントで一番安い部屋の休憩を選び、青いライトが照らすエレベーターに乗って二階に上がった。そのあいだずっと、ルーシーに体を密着させるようにして、カッターナイフを突きつけていた。監視カメラがあったとしても、この体勢なら何をやっているのかわからないだろう。仲の良い、レズビアンのカップルに見えればいい。

　エレベーターの中と同じく青いライトで染まった通路を歩くと、目的の部屋にたどり着く。部屋のすぐ隣に、非常階段があった。よしよし、と内心うなずく。トラブルが起きたとき、窓から飛び降りるなんてもう二度とごめんだった。部屋に入ると、内側から鍵《かぎ》を閉める。できるだけ安くてシンプルな部屋を選んだのだけれど、室内は結構広く、中心にクイーンサイズのベッドが置かれ、その正面には薄型の大画面テレビが設置されていた。値段の割に良い部屋だな、と、どうでもいいことを考える。

「ミチ……あんた」部屋に入ると、ほんの少しだけ勇気がでたように、ルーシーが問い詰めるような視線を向けてくる。「自分が何をしてるか、わかってん……」

　そのセリフを、わたしはカッターを握ったこぶしで彼女の頰を打つことで、遮った。

　ぺたん、とルーシーはその場に尻《しり》もちをつく。バッグが彼女の手から離れて床に落ち、中に入っていた化粧品や携帯電話が散乱した。つま先を伸ばして、携帯電話を蹴《け》る。それは勢いよく床を滑って行き、ベッドの下にするりと入り込んだ。

　自分に何が起きたのかわからないように、ルーシーは茫然《ぼうぜん》と座り込んだままだった。ショックを受けたような表情。きっと、他人に殴られたことなんて、ほとんど経験がないんだろう。

「ルーシー。先に、謝っておくね」尻もちをついたままの彼女を見下ろしながら、わたしは言った。「もしも本当に何も知らないんだったら、本当に、ごめんなさい」

「あなた、いったい何を……？」

混乱したようにパクパクと口を開くルーシーに、わたしは冷たい口調で言う。いつもショーのとき、彼女自身がそうしていたように。

「いつもと立場が逆だね」

カッターを突きつけ、彼女を見下ろしながら、言葉を継ぐ。

「先に、セーフワードを決めておきましょう」

「ちょ、ちょっと……」

「う〜ん、と」少しのあいだ、考えるふりをする。そして名案が浮かんだように、「……セーフワードは、『ルーシーが《地獄へ堕ちよう》について知っている事実すべて』、これで決まり」

わたしの言葉を聞き、彼女ははっと気がついたように、

「ミチ、その怪我って、もしかして……」

彼女の言葉を最後までは聞かず、わたしはそのすぐ隣にしゃがみこんだ。ショック状態から抜け出せないように、尻もちをついたままのルーシーの耳元で、囁《ささや》く。

「限界が来たら、我慢しないでイってね」

すばやく、ルーシーの手を取った。陶器みたいに白くてすべすべした滑らかな肌と、ほっそりとした美しい指。その先端から生えた、装飾の施された長く尖《とが》った爪。彼女は自分じゃ缶ジュースのプルタブを開けられないくらい、爪を伸ばしている。

とりあえず、人差し指一本だけ。左手で彼女の手をわしづかみにすると、そのまま床に押さえつけるように固定した。右手にはカッターを持ったまま、親指と人差し指で、彼女の長く伸びた爪の先端を抓《つま》む。

「ちょ……待って。……待って待って待って待って！」

自分がこれから何をされるのか、思い至ったんだろう。慌てたように、ルーシーが暴れだす。逃げられないように、体重をかけて彼女の手を押さえつけた。

そのまま、爪を挟んだ親指と人差し指に力を込める。テコの原理を使うように、親指で根本を押さえながら、長く伸びた爪の裏側に差し込んだ人差し指を、ゆっくりと持ち上げていく。メリメリ、と鈍い音がしたような気がした。

気にせず、彼女の指先から爪を剥《は》ぎ取った。

「……っ！」

呼吸が止まったような、数瞬の無音。

その後すぐに、ぎゃあああ！　という、まるで男のような野太い叫び声が上がった。

わたしの手の中に、まるでプラスチック片のような爪が残った。かすかに、根本部分に千切れた皮膚がくっついている。まるでゴミのように、それをポイと床に捨てた。

ルーシーの人差し指の先端には、消えた爪の代わりに血の滲《にじ》んだ肉が覗《のぞ》いている。血液の赤で染めた、グロテスクなマニキュア。

「自分が虐《いじ》められるのには弱いんだね、女王様」

わざと嘲《あざけ》るように、彼女の耳元で囁いた。実際は、ルーシーが特別痛みに弱いわけじゃない。むしろ、常人よりは痛みに慣れているはずだ。優秀なS嬢ほど、自分の体で『苦痛の限界』を試す。人間がどの程度の痛みにまでなら耐えられるのか、調べるためだ。

ただ、爪を剝がすという行為が、彼女の限界を超えていただけ。さすが拷問の代表格、とわたしは心の中で唸《うな》る。

痛みに耐えるように体を丸めてうずくまるルーシーの手を押さえ続けたまま、わたしはその耳元で囁き続ける。

「中指もいっとく？」

「む……無理無理無理無理」ルーシーは顔を上げると、ブンブンとすごい勢いで顔を横に振った。彼女は泣いていた。涙が、マスカラと混じり黒い線となって頰を伝っている。

「もう、やめて。する、なんでもするから」

「それじゃあ、教えて」懇願するルーシーに、わたしは訊《き》いた。「《地獄へ堕ちよう》って、いったいなんなの？」

「じごくへおちよう？」

彼女は困惑したような表情で、わたしを見つめる。

もしかして、ルーシーは何も知らなかったのだろうか。ふと、そんな不安が頭を過《よぎ》る。けれど、それが違うということがすぐにわかった。

その表情には、『そんなことのために、こんな酷《ひど》いことをしたの？』という憤りにも似た感情が見え隠れしていた。

「あれは、ただの自殺サイトよ」

と。ルーシーはあっさりと言った。

「自殺サイト……？」

「そう。昔からあるじゃない。自殺志願者たちがネットを介して集まって、みんなで死ぬ。自殺サイト。あれも、その一種よ。……だから、《地獄へ堕ちよう》なんてサイト名なんじゃない」わたしの許しを請うように、彼女はその整った顔を涙でくしゃくしゃに歪《ゆが》めたまま、言葉を吐き続ける。「ほら、キリスト教だと、自殺って悪いことじゃない？　自殺者は天国にはいけないって。このサイト名は、自殺者たちの合言葉なのよ。自分たちから進んで、自殺を選ぶ……地獄に堕ちることを望む。死を望む人たちの宣言なの、『さあ、地獄へ堕ちよう！』っていう」

彼女の言葉が、頭に染み込まない。理解できない。その言葉も、その言葉の意味も、聞こえているはずなのに。それが、わたしにはどういう意味なのかわからなかった。

「……嘘」結局、そんな言葉がわたしの口からはでた。「ルーシー、嘘ついてる！　あれが自殺なはずない！」

そうだ。わたしは彼らの死体写真を見ている。タミーと同棲《どうせい》していた女性は腹部を切り裂かれていたし、タミーの死体は瞼《まぶた》を縫い合わされていた。誰がどう見たって、自殺によるものじゃない。いったい、どこの自殺者が、自分が死んだあとにその腹を切り裂いたり、瞼を縫い合わせたり、ましてやその姿をカメラに収めてネット上にアップできたりするだろうか。

そもそも、タミーの同棲相手に関しては、タミーが殺害したことが本人の口から語られている。

自殺じゃない。殺人だ。

「自殺なの」ルーシーはくりかえした。「そこが、普通の自殺サイトと違うところなのよ。……サイトを通じて知り合った自殺志願者が、一堂に会して、みんなで死ぬわけじゃない。……《地獄へ堕ちよう》のシステム自体は、すごくシンプルなのよ。登録したユーザーのひとりが、死にたがっている別のユーザーを殺害する。そのユーザーのことを、また別のユーザーが殺害する。そのうち環《わ》ができて、みんな死ねる。わたしに《地獄へ堕ちよう》を教えてくれた知り合いは、自殺志願者同士の助け合いだって言ってたわ。相互自殺幇助《ほうじょ》システムだって」

自殺者が別の自殺者を殺し、その自殺者も別の自殺者に殺される。間接的な自殺。その循環。

まるで、自らの尾を食らうヘビだ。

「流行《はや》ってるのよ、いま」ルーシーはそんなことを言った。「死ぬのって怖いでしょ？　ましてや自殺ってなると、なかなか最後の一歩を踏みだす勇気がでない。死にたくても死ねない。……それが、このSNSなら簡単ってわけ。サイトに登録して、あとは普段通りに生活してればいいの。いつかはサイトからの使者がやってきて、眠ってるあいだに殺してくれる。死を望む人に、望み通りの形の死を与えてくれる。それが、《地獄へ堕ちよう》のサービスってわけ」

死を望む人に、望み通りの死を与える……。

ネット上にアップされていた画像を思いだす。腹部を切り裂かれ、内臓を摘出された女。不器用な形で、瞼を固く縫い合わされていたタミー。

そして、実際にこの目で見た。全身の皮膚を剝がされた肉の塊、壁に打ちつけられた皮膚。その歪《いびつ》な絵画。

あれが、彼ら自身の望んだ死に方だって？

冗談じゃない！

「ね、もういいでしょう？」ルーシーはわたしの目を見つめながら、喘《あえ》ぐように言う。その顔面は蒼白《そうはく》で、じっとりと粘ついた汗が浮かんでいた。「お願い、放して。ほら、酷い怪我……病院に行かなくちゃ……」

彼女の言葉を無視して、わたしは中指の爪も剝ぎ取った。

再び、雄叫《おたけ》びのような悲鳴が響く。

「最初に言ったでしょ。セーフワードは、『《地獄へ堕ちよう》について知っていることすべて』だって」

痛みに震えているルーシーの耳元で囁いたが、彼女にその言葉が聞こえたのかどうかはわからなかった。気にせずに、わたしは質問を重ねる。

「もしあれが本当に自殺志願者の集まるSNSだとして……誰が、そんなものを作ったの？　なんの目的で？」

「知らないわよ！」

半ば泣きながら、ルーシーが答えた。たぶん、本当に知らないのだろう。質問を変える。

「警察は何をしてるの？　あれだけ死人がでてるのに、誰も捕まったりしてないんでしょ？　ルーシーのパトロンに、警察の偉い人いたじゃない。その人はなんて？」

「捕まえたくたって、捕まえようがないのよ」ようやくまともな答えが返ってきた。「だって、あのSNS、ユーザーも運営もみんな、サイトに登録してる自殺志願者なんだもん。事件が起きてから捜査したって、警察が犯人を特定するころにはその犯人も誰かに殺されてるのよ？　どうしようもないじゃない。事件が発生してからじゃないと、警察は動けないし」

被疑者死亡のまま送検。何度も目にした文字が、頭に浮かんだ。

脚切りが、《地獄へ堕ちよう》は数人の有志によって運営されている、と発言していたのを思いだす。自分の所有物でもないと。彼もまた、このSNSに登録しているユーザーのひとりだったのだろうか。

流行ってるの、とルーシーはくりかえした。

「頼めばどんな方法でも殺してくれるから……殺してくれる人がひとりは見つかるから、

楽に死にたい人にとっては、その人が一番楽だと思う死に方ができる。それに殺す方も、ひとり殺すごとに謝礼が貰《もら》えるし、自分が近々死ぬこともわかってるから、その残り短い時間を充実して過ごすことができる。死体写真をサイトにアップしてるから、どんどん話題になって、どんどん人が集まってくる。これが、《地獄へ堕ちよう》。……ね、ぜんぶ。これが、わたしの知ってることぜんぶ」

懇願するように、ルーシーは言った。その姿に、以前のような女王様然とした雰囲気はない。少し可哀そうになったけれど、わたしはまだ許さない。

「信じられない……それじゃあ、みんな自殺だっていうの？　タミーも、タミーの前の彼女も、それに……」リストも。「おかしい。わたしのまわりにだけ、こんなに自殺者がかたまってるなんて。偶然のはずない！」

「ミチのまわりにだけ、自殺者が集まってるわけじゃないのよ。わたしのまわりにだっているし、他の誰かのまわりにも、どこにだっているの。死にたがってる人間なんて。年間三万人だっけ？　この国の自殺者数。潜在的な自殺志願者の数は、もっと多いはずでしょ？　意識してないだけで、みんなのまわりにいるのよ。空気みたいに」

タミーの言っていた『暗数』という言葉を思いだす。年間三万人。十七分にひとりが自らを殺している。……その数字に、漏れはどれくらいあるのだろう。

ルーシーの言葉は真摯《しんし》な響きに満ちていて、とても嘘をついているとは思えなかった。

タミーの言葉が蘇《よみがえ》る。殺し、殺されるために出会った。

それでも、わたしには受け入れられなかった。

自殺？　タミーも、彼が殺害した彼女も、リストも。

「……嘘。信じない」古いレコードが鳴るような、掠《かす》れた小さな音がのどから漏れた。

「わたしの友達は……両目の瞼を縫い合わされた状態で死んでたの。あれが自殺だっていうの？　本人が望んだ死に方だって？」

「だから、知らないわよ！」うんざりしたように、ルーシーが怒鳴った。「そいつが狂ってただけでしょ！」

狂っていた……ふと、連鎖的に脚切りの存在を思いだす。自らの脚を切断した男。なんて言ってたっけ、身体完全……自分は本当ならば、腕や脚がない状態で生まれてくるのが正しい姿だったのではないか……。


ああ、そうか。

この瞬間。なぜか、わたしにはすべてが理解できてしまった。


「……最後に、ひとつだけいい？」

わたしはルーシーに訊《き》く。

すべてがわかってしまった今。体が重く感じた。重力に押し潰《つぶ》されてしまいそうなほどに。

皮膚の一枚下に、濁って澱《よど》んだ液体が詰まっている感覚。この体をナイフで切り裂けば、そこからは血液じゃなくて黒っぽい泥が溢《あふ》れだすことだろう。そんな妄想に囚《とら》われる。

わたしはいったい、何をやってきたんだろう?

「ルーシーは、誰から《地獄へ堕ちよう》のシステムを教えられたの?」

「知り合いに自殺未遂常習者の子がいて、その子が知ってたのよ」

「……なんで、わたしに最初からぜんぶ、説明してくれなかったの?」

タミーがわたしに《地獄へ堕ちよう》の正体を教えなかった理由はわかる。本人も言っていた。

止めるからだ。

これが自殺システムだなんて知っていたら、わたしはタミーを止めていた。どんなことをしてでも。だから、偶然その存在を知ってしまったわたしを、彼はできるだけ遠ざけようとしていた。このSNSから。

じゃあ、ルーシーはなぜ、あんな中途半端な情報をよこしたのだろう? サイトのURLだけを教えて、その具体的なシステムは伏せた。いったい、なんのために?

「……それは」

彼女はバツが悪そうに、視線を落とした。

「それは?」

先を促す。少しの間を置いて、ルーシーが口を開いた。

「……ちょっとした、意地悪じゃない」そして開き直ったように、「こんなことになるなんて、思ってなかったのよ」

ちょっとした意地悪。その言葉の意味を理解するのに、しばらく時間がかかった。

そして思いだす。店で問題を起こしたわたしに対する、『絶対に許さないから』という言葉。

彼女は、ちょっとだけ、わたしを困らせようとした。怖がらせようとした。そのためだけに、《地獄へ堕ちよう》のシステムは教えずに、ルールを破ると酷《ひど》い目に遭わされるなんて不安を煽《あお》るようなことを言った。特に深い考えもなしに。

ちょっとした意地悪。

悪意未満の、ざらりとした感触。

あわよくば、わたしが事件にまきこまれて、怪我でもすればいい。そんな浅はかな考え。

ほとんど反射的に、手がでていた。

カッターを握ったこぶしが彼女の顔の中心にぶつかり、鈍い音を立てた。ぐしゃ、と何かの折れる感触が骨を震わせる。手で顔面を押さえ、体を丸めるようにしてうずくまるルーシーの指の隙間からは、だらだらと湧水《ゆうすい》のように真っ赤な鮮血が流れだしていた。

「そ、そんなことのために……わたしは」

吐き気がした。のどの奥から何かがせり上がってくる。ルーシーの手を押さえつけることも忘れて、わたしは立ち上がる。彼女を殴った右手が痛んだ。見ると、指の付け根のあたりが切れて出血していた。きっと、歯に当たったんだろう。それでも、腹の底から湧きあがってくる感情を抑えきれずに、もう一度、こぶしを振り上げた。

興奮していて、気がつくのが数瞬遅れた。ルーシーの、二枚の爪の剝《は》げた左手が、床に転がったバッグの中に差し込まれていた。口紅のような、小さな筒状の何かを取りだす。

プシュ、と。空気の抜けるような、小さな音が鳴った。

瞬間。

目とのどに、表現しようのない激痛が走った。

小さく悲鳴を上げることすらできない。目が開けられず、視界が暗闇で覆われた。ボロボロと大粒の涙が勝手に零《こぼ》れ落ちてくる。息を吸おうとすると、のどの奥に焼けた鉄の棒を突っ込まれたような痛みに襲われた。

何が起きたのかは、すぐにわかった。防犯用の催涙スプレーだ。

自分の詰めの甘さに、泣きたくなった。ルーシーなら防犯グッズのひとつやふたつ持っていて当然だ。《ロマンチック・アゴニー》では一番人気の女王様だし、そのくせ自転車通勤をしている。ストーカーや暴漢対策くらいしている。

「キャー！　誰かー！　誰かー、助けてー！」

恥も外聞もない、そんな悲鳴が耳に届いた。無理をして目を開ける。大量の涙で歪《ゆが》んだ部屋の中に、ルーシーの姿はなかった。鍵《かぎ》をかけたはずの扉が、開け放たれている。

失敗した。

すぐさま部屋を飛びだした。すぐ隣にあった非常階段を、呼吸もできずに喘《あえ》ぎながら、転げ落ちるようにして下りた。

とにかく走って逃げた。コンビニを見つけると、一直線にトイレへと向かう。内側から鍵を閉め、水道で顔を洗い何度もうがいをくりかえした。

ボロボロだ。

鏡に映った顔は痣《あざ》と切り傷の上に、目は充血して瞼《まぶた》が赤く腫《は》れ上がっていた。もともとわたしは美人ではないけれど、これじゃあ化け物だ。

本当に、化け物だ。自嘲《じちょう》しようとして、うまくいかなかった。

わたしがしてきたことって、なんなんだろう？　考える。ほとんど無意味に、ムラサキくんを死に追いやり、モリオを殺してしまった。ルーシーにも、酷い怪我を負わせた。そしてわたしにはもう、行くあても、やるべき目的もない。

わたしを縛る縄は消えた。代わりに、空虚さが残った。そして痛みは消えない。

帰って寝よう。そう思った。

疲れ切っていた。握り締めたままだったカッターナイフはトイレの汚物入れに捨てて、コンビニをでた。普通に電車を乗り継いで、自分のアパートに向かう。何もかもが、どうでもよくなっていた。

アパートの前では、脚切りが待っていた。

「やあ」と、その顔色の悪い男は気安い挨拶《あいさつ》をした。「結構長い時間待った。どこに行っていたんだい?」

「どこでもいいでしょ」

アパート前の喋《しゃべ》る自販機の前で、わたしは足を止めた。逃げる気力もなかった。

脚切りが、ジーンズのポケットから銀色の物体を取りだす。蝶《ちょう》のマークがプリントされた、バタフライナイフ。

「……何をしにきたの?」訊いた。

「まずは、これを返しに」そう言って、ナイフをこちらに差しだしてくる。「そしてもうひとつ。ぼくたちに対する、きみの誤解を解こうと思ってね」

「もう、わかってる」

わたしはナイフを受け取りながら、そう言った。不思議なほど、淡々としたやりとりだった。

ナイフはそのまま、ポケットに仕舞った。言葉を継ぐ。

「結局みんな、自ら望んで死んだんでしょ」

脚切りはほんの数秒、わたしがその事実を知っていたことに驚いたように黙っていたが、すぐに笑顔を浮かべ、肯定する。

「その通りだ」そして、思いだしたように口を開く。「そういえば以前、きみに質問されたね。……『なぜ身体改造をするのか』と。あんまり無邪気に訊くものだから、ぼく自身もなぜだろう、と悩むはめになってしまった」

「そんな質問したっけ？」

覚えてなかった。それに、いまはそんな話関係ない。

「まあ、聞けよ」と脚切りは珍しく語気を強めて言った。「考えてみたんだ、ぼくなりにね。ぼくらはいったい、何を求めているんだろう？　と。そうして、それなりに納得のいく答えも、見つかった。あくまでも、ぼく個人の意見だけどね」

「……それは？」

なぜか、わたしは尋ねていた。そうしなければいけない気がした。

「生まれ変わりだよ。現在の自分の死と、新しい自分としての再生だ」

脚切りはそう言った。

その暗い視線。無機質な声。人に似て非なる生き物。そんな妄想を喚起させる。

「ピアスを開けると運命が変わるというが、そもそも運命などという存在もしないものが変わったりするはずもない。変わるのはいつだって自分だ。……そして身体改造は、自分を変えるための手段として有効だ。何しろ、施術前と施術後では明らかに体の一部が変質しているのだからね。身体の変化は心にも影響を及ぼす」

そうだ。リストがいつだか言っていた言葉を思いだす。

あたしはきっと、蛹《さなぎ》を作っている最中なのよ、と。

あのとき彼女は、まさしく生まれ変わりという言葉を使っていた。アポトーシス。蛹は幼虫から成虫になる過程で、体を完全に作り替えるために一度死ぬ。そうして、芋虫から蝶々へと生まれ変わる。

「過去の自分を捨て去り、それと決別し、新しい自分を手に入れる。語弊はあるかもしれないが、言うなれば、一年なり十年なり楽器を練習して、弾けなかった曲が弾けるようになったとする。そのとき、『十年前の自分といまの自分は違う』と、そう思えるようになるのと同じだ。そして身体改造は、それよりもずっと手軽で、内面的には劇的だ。何しろ身体の形状まで変えてしまうのだから。……ボディ・サスペンションなどは、明らかな死のリハーサルだよ。度を越した痛みと、それによって放出される脳内麻薬による苦痛からの解放。地上からの離脱。死の模倣。……そして生還。生まれ変わりの仮体験だ」

と。

彼は言葉を切ると、自嘲するように。声を上げて笑った。

「所詮《しょせん》は、簡単お手軽にできるインスタントの生まれ変わりさ」

「……」

わたしは何も言えない。脚切りの表情はどこか、それを見る人間に虚《むな》しさを呼び起こさせた。

「時間をかけて自分の中に何かを築き上げていったのとは根本的に違う。生まれ変わった気分になるだけだからね。体を売る商売に身を沈める女が、以前の生活に区切りをつけるために刺青《いれずみ》を入れるようなものだ。自分を取り巻く世界は何ひとつ変わってはいない。だから身体改造は、際限なくエスカレートしていく。……わかるかい？」

男の目がわたしの目を正面から見据える。

その目は黒く濁り、澱《よど》んで腐った水のような色をしていた。

「人はみな、多かれ少なかれ生まれ変わりを望んでいる」

脚切りは続けた。

「ぼくのように、気に入らないからといって自らの身体の一部を切り落とすような人間は極めて稀《まれ》だとしても、果たして、現在の自分自身に対して完全に満足している人間というのは、いったいどれほどいるのだろうか？　人が何かを努力したり、懸命に何かを学んだりするのはどうしてだと思う？　みんな、変わりたいのさ。現在の自分を捨てたいんだ。理想の自分と現実の自分とのギャップに苦痛を感じている。美容整形などはその典型だ。身体にメスを入れることで、過去の自分を切り捨てる。身体改造となんら変わらない。あるいは、普段人をあごで使える立場にいる、いわゆる成功者と呼ばれる人間が、マスクを被《かぶ》り、身分を隠し、秘密クラブに出入りするのはなぜだろう？　自らを、賤《いや》しい身分に身を落とすのは。別の誰かを演じるのは」

――誰だって、いまの自分のことが嫌いなんだよ。だから生まれ変わりを望む。違う自分になることを。

そう言う脚切りの声は、呪いのように響いた。

「人によってはその願望を、努力して自分を磨くことによって叶《かな》える。人によっては薬物の力や堕落によって忘却の彼方《かなた》に追いやる。ぼくたちはインスタントの生まれ変わりによって、それを味わった気分になる。そしてそのどれもが、完璧《かんぺき》ではない」

脚切りは言葉を紡ぎ続ける。その声はまるで、暗闇そのものが振動し、幾重にも重なった音を作りだしているように、わたしの耳に響いた。

「究極は死だ」

「……死？」

「豊胸手術を受けた女性は、それをしていない女性に比べ自殺をするリスクが三倍高い、という統計結果があるそうだけどね。まあ、そんなのは単なる都市伝説だとしても、生まれ変わりを望む人間にとっての最後の手段が、死であることは間違いないだろう。……運が良ければ来世で別の自分になれる。たとえ来世なんてものが存在しなかったとしても、それはそれで、大嫌いだった自己の存在が消滅するだけだ。やってみて損はない。だろ？」

「……」

同意を求めるように脚切りは言ったが、わたしは動けない。彼は気にせず、言葉を継ぐ。

「《地獄へ堕ちよう》は、巨大な『慈悲の機械』だ」

「慈悲の機械……」

どこかで聞いた言葉。誰から聞いたんだっけ？　思いだそうと、記憶を探る。ずきずきと、頭の芯《しん》が膿《う》んだように痛む。

「安楽死だよ。ジャック・ケヴォーキアンという医者の話は？」

そうだ。あれは、リストの母親の話。

「……知ってる。楽に死ぬための装置を作った人でしょ」

「なんだ。知っていたのか」説明するのを楽しみにしていたかのように、脚切りはつまらなそうな表情をした。「まず彼はタナトロン、次にマーシトロンという積極的安楽死の装置を作った。『死の機械』に『慈悲の機械』だね。……死こそ、現世で受ける苦痛から逃れるための唯一の鎮痛剤というわけだ」

そうだ。わたしにはもう、わかっている。


わたしに拷問されて、『はやく殺してくれ！』と叫んだムラサキくん。彼があっさりと舌を噛《か》み切ったのは、最初から彼が死を望んでいたからだし、わたしがそのきっかけ……死ぬための勇気を与えてしまったのだ。

それに、リストの友人のミウという女性。《ヴィヴィセクト》のパーティーで、彼女は自殺したのだと、わたしははっきり聞かされていた。彼女もまた《地獄へ堕ちよう》の登録者であり、わたしはその可能性にも思い至っていた。なんてことはない。あのとき、脚切りたちは真実だけを語っていた。

そして、タミーが殺害した元同棲《どうせい》相手の女性。デジカメに残された写真には、腹を切り裂かれ、内臓を摘出された姿が映っていた。……タミーがいつだったか、朝食を食べながら話していたことを思いだす。殺された彼女は、神経性無食欲症。拒食症だった。そして、拒食に陥った理由。それも、タミーは言っていた。テレビのドキュメンタリー番組で、肉食動物が獲物を捕食するシーンを見て、肉がダメになったと。

——単に気持ちが悪かったんだとさ。血とか肉が。

その女性は、自分の体の中に内臓があることを拒否したのだ。自分がおぞましい血と肉を詰めた袋だということを。死してなお、自分の体の中に醜い肉の塊が残ることを嫌がった。神経性無食欲症というよりは、強迫神経症、極度の潔癖症だ。そして、タミーは彼女の望みを叶えてあげた。だから、殺害した彼女の死体から、内臓を摘出したのだ。

「……タミー」

呟《つぶや》く。自分の声が、まるで他人のもののように響いた。

自分で自分の目をくり抜いたタミー。

子供のころの学芸会。劇で舞台に上がった途端、泣きだしてしまった彼。

——『怖かったんだ』と語った。『体に刺さったら、痛そうで』と。

わたしはてっきり、兵士の役の彼が持つ槍《やり》が、相手役の人間に刺さってしまうことを怖がっているのだと思った。それは勘違いだった。

彼が畏《おそ》れていたのは、観客たちの視線だった。

結局、タミーは子供のころから何も変わっていなかったのだ。臆病《おくびょう》で、人の視線を気にして、びくびくと震えている。病弱な小動物。

彼は他人の視線を畏れた。でも、出会う人間の目をすべて潰《つぶ》していくことなど不可能だ。それなら、自分の目を潰せばいい。そうすれば、人々の視線は見えなくなる。暗闇の中では恐ろしい怪物の姿も見ることがない。

彼は見ることを畏れて、自らの瞼《まぶた》を縫い合わせた。

いつだったか。タミーはわたしに、おれの体を切り裂いてくれ、と懇願した。

あのときわたしは、彼の目を潰し、殺してあげるべきだったのだ。それが彼の望み。

――じゃあ、リストは？

「自分のことが嫌いで苦しんでいる人は、どれくらいいるのだろう？　あのSNSはそういった人々に対する救済だ。……性科学者のハブロック・エリスは言った。『男女間のいかなる行為も、それが愛の表現であり、一方が他方に強要したものでない限り、それは道徳的な行為である』……と。これは別に、男女間の問題だけでなく、すべてのことに対して言える。……死を望む人間に、思いやりと愛を以《もっ》て死を与える。それは実に道徳的な行為だとは思えないかい？」

「……あなたは」

声が震えた。のどが焼けついたように痛み、言葉が続かない。

結論を下すように。脚切りは告げた。

「いわば、《地獄へ堕ちよう》は公衆自殺装置。巨大な積極的安楽死の装置なのさ」

「あなたはやっぱり……狂ってる」

吐きだすように、わたしは言った。

「狂っている？　違う」

彼は歌うように。両手を大きく広げて、応《こた》える。

「これは、ぼくたちの未来。その雛型《ひながた》だ」

これ以上、話していても無意味だ。そう判断した。

「それで……結局、わたしになんの用？」

「ナイフは返したはずだ」脚切りは強引に自分を落ち着かせるように、深く息を吐きながら言った。「それでぼくの首をかき切れ」

「は？」

言っている意味がわからなかった。何かの罠《わな》だろうか？

「自分で言っただろう。ぼくに『ゴール』をくれると」

そうして男は、まるで夢見る少女が星空を眺めながらそうするように、胸の前で手を組み、歌うように言葉を紡ぐ。

「きみが放ったあのセリフ、実に痺《しび》れた。そして何より、《地獄へ堕ちよう》に送りつけてきたバラバラに切り刻まれた凄惨《せいさん》極まりない死体写真と、モリオに対する人を人とも思わぬ扱い。きみには才能がある。残忍で、容赦がない。素晴らしい。悪魔的だ。狂っている」

「……あのー」

「きみをスカウトする」脚切りは、そんな風に言った。「殺せる人間が少ないんだ」

最初、脚切りの言っている意味がわからなかった。少しのあいだ考えて、思い至る。

《地獄へ堕ちよう》の、ユーザー登録。最後の設問。

『あなたは人を殺せますか？』

はい。

いいえ。


「ぼくはやったことがないからわからないのだけど、人を殺すというのは、とてつもない重労働のようなんだ。肉体的にも、精神的にも、ね。《地獄へ堕ちよう》は、ユーザーがユーザーを殺害するというシステムを用いているが、はっきり言って、需要と供給が釣り合っていない。もともと誰かがデザインしたシステムではないからね。欠陥は多い。死を望む人間は大勢いるのに、彼らを殺せるタフな人間は一握りだ。数人の殺人者の前に、数百人の死にたがりが順番待ちをして行列を作っている状態だよ。そして、そんな『殺せる側』の人間も、数人殺害しただけで精神的に参ってしまうらしく、すぐに『殺される側』にまわってしまう。タミーというユーザーのようにね。サービスを課金制にして報酬をだせるようにしてみたりと、いろいろ試みてはいるが、《地獄へ堕ちよう》は常に人手不足だ。……ぼくたちには慈悲が足りない」

「……わたしに人殺しをさせようっていうの？」

「表現の仕方が悪いな。救済だ。きみ自身が、ささやかな『死の機械』になるんだ」

脚切りはそこで言葉を切った。

わたしは無言で、仕舞ったばかりのナイフをジーンズから取りだす。ゆっくりと、刃《は》をだした。脚切りが手入れをしたのか、ナイフの刃は以前よりも鋭く、尖《とが》って感じられる。

「まずはぼくを殺すところから始めよう」脚切りは期待するように目を輝かせながら、口を開く。「ぼくを救ってくれ。友人が死んだんだろう？　きみにとっては、これは復讐《ふくしゅう》にもなる。ぼくが運営しているサイトのせいで、友人が死んだんだろう？　……さあ、はやく！」

脚切りは、す、と。こっちへ手を伸ばす。

わたしは右手にしっかりとナイフを握り。

一歩、脚切りに歩み寄ると、シャッ、とナイフをふった。

赤く裂けた傷口から勢いよく血が噴きだし、ジーンズを汚す。

「痛っ！」

小さく、脚切りが悲鳴を上げた。

わたしの足元に、切断された脚切りの人差し指が転がった。まるで芋虫みたいなそれを、スニーカーの底で踏み潰す。ぶちゅ、と気色の悪い感触が残った。

「酷《ひど》いじゃないか」

脚切りが恨めし気な視線でこちらを睨《にら》みつける。切り落とされた人差し指の付け根を、残った方の手で押さえている。それでも、傷口からはダラダラと血が流れ続けていた。

「あなただけは、絶対に殺してあげない」わたしはナイフの刃を仕舞いながら言う。「あなたの望みなんて、叶《かな》えてあげない」

だって、なんかムカつくし。

「それが、きみの復讐というわけか。……結局、誰もぼくを救ってはくれない」

大して痛みを感じていないように見える彼の言葉を無視して、わたしはアパートの階段を駆け上った。と、途中で思いだしたように足を止めると、脚切りをふりかえる。

「脚切り!」わたしの声に、彼が顔を上げる。「あなた、死にたがってるみたいだけど。……死んだら絶対、地獄に堕ちるよ」

「死んだら地獄に堕ちる?　冗談じゃない」

軽薄な、だけど憎々しげな声。

彼は肩を竦《すく》めて、呪詛《じゅそ》を吐いた。

「ここが地獄だ」

部屋に戻ると、そのままベッドに倒れ込んだ。何も考えたくなかった。かるく、眠ったような気がする。

夢を見た。

それは、一匹の芋虫が、蛹《さなぎ》になり、蝶《ちょう》として羽化するまでの物語だった。目が覚めると、枕が濡《ぬ》れていた。手の甲で頬を拭《ぬぐ》うと、透明な液体で濡れる。眠っているうちに、泣いていたみたいだ。

夢の内容は、漠然としか覚えていなかった。その漠然とした記憶さえも、海の中に溶けていく一滴の涙のように、あやふやにぼやけていく。それでも、なんとなく、リストが死んだ事実を受け入れることができたような気がする。

彼女は脱皮したのだ。

アポトーシス。生まれ変わるために、自らを一度殺す。細胞の自殺システム。自分の体を破壊しまくっていたリスト。脚切りはそれをインスタントの生まれ変わりだと表現した。死のリハーサルだと。

彼女が死んだのは、幾度となくくりかえされた死のリハーサル。それに、本番がやってきただけのことだったのだ。

難しい、哲学的な話は要らない。事は単純だ。リストは言っていた。大きく裂けた傷。そこに残った、ピンク色に爛《ただ》れた肉の壁。

——あたしが憎んでいるのは、ママの夢を叶えられなかった、あたし自身なのよ。

彼女は自分自身のことが許せずに、自らを殺した。

考えてみれば、シンプルな答えだった。リストは《地獄へ堕ちよう》には登録していない。だから誰かに殺される理由もない。彼女の部屋の窓は、漆喰《しっくい》で潰《つぶ》されている。わたしが遺体を発見したとき、玄関には鍵《かぎ》がかかっていた。鍵のひとつは室内、合鍵は親しい人間しか知らないであろう、植木鉢の裏に隠してあった。リストにとって最も親しかったミウという女性は死んでいる。そして彼女は、刺青《いれずみ》すら自分で入れる。自己破壊は、自分の手で。

リストは、自分で自分の皮膚を剝《は》いで、自殺したのだ。

まるでホラー。とてもじゃないけれど、自分で自分の全身の皮膚を剝がすなんて、常人には可能なことではない。……でもリストには、それを可能にする術《すべ》があった。

ブレインピアスだ。

そもそも、《ロマンチック・アゴニー》で見せたショーからして、おかしかった。彼女は自分の体に鋭い針を突き刺しながら、笑っていた。まるで、痛みなんて感じないかのように。

彼女は本当に、痛みを感じていなかったのだ。

ブレインピアス。頭蓋骨《ずがいこつ》にドリルで穴を開け、そこにステンレス製のピアスを通す。トレパネーションの現代的な形。脚切りは何か難しいことを言っていた。リストはもっとシンプルに表現していた。これをやればハッピーになれる、って。頭痛、うつが治る、気分は爽快《そうかい》で意識は明瞭《めいりょう》。中には神秘体験をする人もいる。

薬物と一緒だ。抗不安剤、覚せい剤、幻覚剤……そして、鎮痛剤。

頭蓋骨にドリルで穴を開ける。その施術の際、きっと、リストは脳に傷を負った。あるいは、細菌に感染した。

脳へのダメージが、その人の精神にどんな障害をもたらすのかは、はっきりとはわかっていない。けれど、とにかくリストの脳は、その施術によって、痛みを感じる機能を失った。

それが、あの自殺方法を可能にした。

リストは、自分で自分の皮膚を剝ぎ……死んだのだ。

——死への羽ばたき。


ふと。

そこまで考えて、わたしの中に疑問が芽生える。

あれあれ？　ちょっと待て。リストは《地獄へ堕ちよう》には登録していなかった。彼女は、個人で自殺した。それがわたしの仮説。

それじゃあ、《地獄へ堕ちよう》にアップされていた、あの画像はなんだ？

あの写真は、誰が撮った？　リストが自分の皮膚を剝ぎ、その皮膚を壁に打ちつけて、カメラで撮影してから、《地獄へ堕ちよう》に投稿した？　バカな。いくら痛みを感じないからといって、そんなことが可能だとは思えない。

この苦痛。わたしに訴える。

縄《ほど》を解け、と。鎮痛剤を探せ、と。

まだ、終わっていない。

十一

何かがおかしい。

それ自体は以前から感じていたのだけれど、なんだか、もっと根本的な部分から間違いを犯しているような気がする。

脚切りとの面談で、酷《ひど》く疲弊していた。それでも、脳の芯《しん》の部分がきんきんと金属音を奏でるように冴《さ》えてしまっている。しばらくは眠れそうにない。

ベッドの上に胡坐《あぐら》をかき、パソコンの電源を入れると《地獄へ堕ちよう》にアクセスする。『慈悲の機械』。自殺志願者が集い、互いに協力し合って安楽な死を遂げるためのSNS。それについては間違っていないだろう。何しろ、運営している人間本人から聞いたのだから。

わたしの中に、漠然とした違和感がしこりのように残っていた。死体画像の保管庫を開き、リストの写真。その壁に打ちつけられた歪《いびつ》な絵画を眺める。

画面いっぱいに表示された画像。消えることのないインクで皮膚に直接描かれた、滅びの風景。

歪《ゆが》んだ十字架のようなキャンバスに、荒廃した丘、枯れて死んだ木と絞首台が刻み込まれている。トライバル柄の炎と神経質な活字の羅列。荊《いばら》と黒い蝶。死んだ世界。

その死の世界を、中心の太陽が照らしている。

真っ黒な墨で塗りつぶされた、暗闇の太陽。


やっぱり、どこかおかしい気がする。この画像、もっと拡大できないんだろうか。

親切なことに、《地獄へ堕ちよう》に保管されている画像はかなり細かいところまで拡大できた。おまけに相当な高解像度。なんだかやっぱり、このサイトはどこかちょっとずれている。でも、今回ばかりは助かった。

黒い太陽をどんどん拡大していく。すぐに、気がつくことができた。

違うのだ。

リストの背中に描かれていた太陽は、一見するとただ黒く塗りつぶされているように見えたけれど、よく観察してみればそれが複雑な幾何学模様の集合でできていることがわかった。幾何学模様に幾何学模様を重ねて作り上げた、神経症的な太陽のタトゥー。

それが、この画像に映っている太陽は、真っ黒に塗りつぶされている。一ミリの隙間もなく。

なんで、いままで気がつかなかったんだろう。剝がされた皮膚。そこに描かれた滅びの風景。それらのインパクトが強すぎて、細部にまで意識が向かなかった。

さらに観察してみれば、リストのうなじや鎖骨、全身に穿《うが》たれていたボディピアスも見当たらない。外すことはできるだろうけど、そんなことをする理由も見当たらない。

そして、彼女の手。

何しろ皮膚は剝がされて、ペラペラになった状態で壁に打ちつけられている。そんな状態になった皮膚から、元の形を想像するのは難しい。それでも、わたしは時間をかけて歪なキャンバスの、以前は手を形作っていただろう部分を注視する。

指は、普通の長さに見えた。

混乱する。どういうことだ？　ずっと信じていたものが根本から崩れる感覚。視界が歪む。

信じられない。でも、そうとしか考えられない。

これは、リストじゃない。

情報が欲しい。

脚切りに連絡を取ろうか？　そんな考えまで頭に浮かぶ。すぐに、頭から追い払った。彼が、わたしの力になってくれるとは思えない。

他に、頼りになる人。リストに近しい人。誰も思い当たらなかった。タミーはもういない。ミウという人は死んでいるし、ルーシーは当てにならないことがわかった。でも、わたしひとりじゃ、もう何もできない。何もやる自信がない。

携帯のアドレス帳とにらめっこをしながら、悩んだ末に、《ロマンチック・アゴニー》のオーナー、アキラちゃんに会おうと決めた。会うことで、事態が進展するのかどうかはわからない。でも、アキラちゃんはいちおうリストの雇い主だったし、彼女の手のことも知っていたみたいだ。なんでもいい。情報。

すぐさまオーナーに連絡を入れた。わたしが話したいことがあると言うと、彼（彼女？）はいつでもいいから店に来なさい、と言ってくれた。SM嬢たちを束ねる女装子《じよそこ》のアキラちゃんは、そのへんの女よりもよっぽど母性が強い。わたしがルーシーにしたことも、まだ知らないみたいだ。安心する。

何かがあったときのために、ポケットにはバタフライナイフを入れてアパートをでた。顔の痣《あざ》を隠すために、大きなサングラスをかけてファンデーションを厚めに塗っておいた。電車を乗り継ぎ、そのゴミ溜《た》めみたいな街で降りる。相変わらず、静かに死んでいる。カラスが飛びまわり、路地裏を闊歩《かっぽ》する野良《のら》ネコが道端の生ゴミを漁《あさ》っている。

いつのまにか、冬がやってきていたみたいだ。ここ最近、色んなことで頭がいっぱいで、季節の移り変わりすらも目に入らなくなっていた。時刻は昼近くになっていたけれど、ジーンズとパーカー姿でやってきてしまったわたしは、肌に当たる冷たい空気に体を震わせた。吐く息が白く凍えている。

空は灰色をしていた。雪が降りそう、とわたしはなんの根拠もなく考える。

マンションの一室にある《ロマンチック・アゴニー》では、オーナーのアキラちゃんが帰らずに待っていてくれた。営業中ではないので、ブロンドのウィッグを外し、ドレスも脱いでいる。こうして見ると、どこにでもいる五十目前の禿《は》げかけた中年男だ。

「おひさしぶりです……その、あのときは、ごめんなさい」

わたしはまず謝った。社長にお酒をぶっかけたこと、それに仕事を勝手に辞めたこと。

アキラちゃんはわたしの言葉を最後まで聞かずに、首を横にふった。

「そんなの、どうでもいいことよ」野太い男の声。だけど口調は女。「それで、どうしたの？」

「……リストのことを、もっとよく知りたいんです」

わたしは言った。と、再びアキラちゃんは首をふる。

「ダメよ、そんなの。リストちゃんのことをよく知りたいなら、彼女ともっとよく話しなさい。知りたいことがあれば、本人に直接訊《き》くの」

口ごもる。アキラちゃんもまた、リストの身に起きたことを知らないのだ。

わたしだって、できることならリスト本人に会って、彼女のことをもっとよく知りたい。でも、それはもうできないのだ。

と。わたしがそう言うと、

「……は？」アキラちゃんはほんの一瞬、男の顔に戻った。緊張感を取り戻すように、すぐに女言葉に戻る。「リストちゃんなら、さっき来たわよ。また日本を離れるからって、挨拶《あいさつ》に。……ミチちゃんにもよろしく、って」

《ロマンチック・アゴニー》を飛びだした。

アキラちゃんによると、リストが店を出たのはわたしが来るほんの十分ほど前だったという。リストと会っていたからこそ、アキラちゃんはこの時間まで店に残っていたのだ。まだそのへんにいるんじゃない？　と彼女（彼？）は言った。

わけがわからない。死んだと思っていたリストが、またしばらく会えなくなると、知り合いに挨拶まわりをしていた。まさか幽霊？　ほら、そんな話があるじゃないか。死んだはずの友人が、最後に挨拶に訪れる。

路地裏を、あてもなく全速力で走りまわる。わたしの勢いに驚いて、野良ネコたちが慌てて逃げだしていく。すぐに息が切れて足を止めた。サングラスをはずす。荒い呼吸音が、わたしの鼓膜を震わせる。

……と。パシャ、パシャ、という、池に小石を投げ込むような音がどこかで響いていた。その音に誘われるようにして、わたしは歩を進める。

薄汚れた路地裏の一角で、背の高い、真っ赤な髪の誰かが、打ち捨てられたゴミ袋をカメラで撮影していた。革のジャケットに、革のパンツ。手には似たような素材の手袋。

カメラのファインダーを熱心に覗《のぞ》き込んでいるその人物の肩に、わたしは手を置いた。

幽霊なんかじゃない。たしかに触れることができた。

「……リスト。死んだと思ってた」

彼女はふりかえる。

「死んだと思ってた、って、なんだか嫌な言い方ね。まるで死んでいればよかったみたい。悪意を感じるわ」


自分の身に何が起きたのか、ぜんぜん意味がわからなかった。死んだと思っていたリストが生きていて、しかもこんなにあっさりと自分の前に姿を現す。頬に熱を感じた。と、わたしの顔を見ていたリストが慌てる。

「ちょ、ちょっと。なんで泣くのよ」

「あ、ごめん……泣いてた？」

指摘されて初めて気がついた。頬をパーカーの袖《そで》で拭《ぬぐ》う。じんじんと。胸が熱を帯びる。

「ねえ……リスト。何があったの？」

「こっちが訊きたいわよ」彼女は呆《あき》れたように言うと、わたしの頭のてっぺんをぽんぽんと叩《たた》く。背の高い彼女に頭を撫《な》でられると、子供に返った気分だ。「ほんのちょっと会わなかっただけじゃない。そんなに寂しかった？」

そして、彼女は口元でグラスを傾ける仕草をする。ストラップで肩からぶら提げたカメラが、左右に揺れた。

そして、どこか楽しそうに言った。

「まだ昼だけど。ちょっと飲みいく？」

日は高い位置にある。飲み屋さんもまだやっていない時間帯で、仕方がなく、わたしたちはコンビニでビールを買うと近くの公園に向かった。

ブランコに腰かける。わたしは何を言えばいいのかわからず、どうでもいいことを訊いた。

「髪の色、変わったね。それに、ピアスも。イメチェン？」

日本人形みたいなおかっぱこそ変わっていなかったものの、彼女の髪の色は漆黒から燃えるような赤に変わっていた。そして、唇や鼻、眉《まゆ》のピアスはなくなっていた。リストは自分の前髪を、手袋に覆われた指先でつまむ。

「うーん、ちょっとね」彼女は自分の髪の色を気に入っていないみたいだ。苛立《いらだ》たしげに、言葉を継ぐ。「なんかね、あたし、警察に追われてるみたいなのよ。日本に帰ってきた途端、行く先々に刑事がいるんだもん。嫌になっちゃうわ。……で、髪とかピアスとかって、一番目につく特徴でしょ？　不本意なんだけど、変えたの」

「え、ちょっと」警察って。「何やったの？　リスト」

「何もやってないわよ！　あたし、悪いことするような人間に見える？」うん、ちょっと見える。ごめんね。「……それがね、酷《ひど》いのよ。聞いてよ」愚痴を言うように、彼女は唇の先を尖《とが》らせた。「ミチ、《地獄へ堕ちよう》ってサイト知ってる？」

「……うん。知ってる」

「そっか。なら、話がはやいわ。あれね。あたしが作ったのよ」

「……そうなの？」

驚いた。自殺志願者たちの集まるSNS。公衆自殺装置。『慈悲の機械』。……その作成者が、リスト？

「って言ってもね。あたしが作ったのは、サイトのトップページだけ。もとは、あんなヤバイ感じのサイトじゃなかったのよ」

「どういうこと？」

「もともとは、単なるオブジェだったのよ、あれ」うんざりしたように続ける。「ネガティブアートの一環でね。何の機能もないWebサイトを作って、噂を流したの。あのサイトが『慈悲の機械』で、なんらかの手段を使って管理者と連絡を取ると、サイトから使者が訪れて安楽な死をとどけてくれる……みたいな物語つきでね。ほら、あたしのママ、マーシトロン自作して、自殺しているでしょう？　そこから思いついた、ちょっとした皮肉のつもりだったんだけど」

「それが、なんで……」

いまや《地獄へ堕ちよう》は、実際に『慈悲の機械』としての機能を持っている。

「ネットの掲示板にふたつみっつ、噂を書き込んだだけよ？　……それが本当に、死にたがっている人たちが集まってきちゃったのよ」

「……脚切りみたいな？」

「そうね」と、なぜか彼女は僅《わず》かに悲しげな表情を浮かべた。「気がついたら、そこに集まった人たちがコミュニティを築いていて、本当に自殺システムとしての機能まで持ち始めちゃったわ。正直、驚いたし、怖かった」

「……」

自分の作った物が、いつのまにか自分の手を離れ、自分の望んでいなかった機能を持ち勝手に動き始める。それは、どんな感覚なのだろう。わたしにはわからなかった。

《地獄へ堕ちよう》は、自然発生的に生まれたものなのだ。誰かが意図的に作った物ではないから、明らかな欠陥も多い。

「それでね、そこからが問題なのよ」と、リストは打って変わって憤懣《ふんまん》やる方ないといった口調で、「あたしが作ったのはサイトのトップページだけ。こんなの、ちょっとしたジョークじゃない。ねえ？」同意を求めるように言う。「なのにね。警察は、あたしがあのSNSの創設者だって言って、捕まえようとしているみたいなの。……酷いわよね、これ。見せしめよ、見せしめ！　……他にもあんなサイトができたらまずいし、警察が対応できてないっていうのも問題でしょ？　でも、サイトの利用者全員を捕まえるわけにはいかないから、見せしめのために、あたしのこと捕まえようとしているんだわ！」

「それで、逃げてるんだ」

あーあ！　と。リストは、うんざりしたように天を仰いで声を上げた。

「あんな糞《くそ》みたいなサイト作るんじゃなかったわ、ほんと」

糞みたい、か。わたしはなんだかおかしくなってしまった。作者が糞みたいだと切り捨てる作品を、救済だとか、自分たちの未来だとか言う人たちもいる。

世の中は、バカみたいなことで溢《あふ》れている。

「わたしね、わからないことばっかりなんだ」ビールのプルタブを開け、口をつけながら言った。「リストの部屋にあった死体は、何？」

「……あたしの部屋？」

彼女は困惑したようにくりかえす。

「うん、ほら、前に泊めてもらった……」

「あれ、あたしの部屋じゃないわよ」

「……は？」

「言ってたでしょ、部屋を『借りている』って」リストは、知らなかったの？　とでも言うような口調で続ける。「あそこは、友達の部屋よ。ミウっていう子なんだけど。もともとね、一緒に暮らしたりはしてたの、家賃の節約のために。それで今回も、日本に帰ってきたばっかりで、新しい部屋を探すまでのあいだ、彼女のうちに泊めてもらってたのよ」

……ああ、それで。

言われてみれば、納得がいく。あの部屋の調度品。パステルカラーの寝具に、ファッション雑誌、ファンシーなぬいぐるみ。まるでリストの人柄には似合わない。それにリストはあのマンションに住み始めたばかりだと口にしていたけれど、それにしては部屋に生活感があった。使い込まれた電子レンジ、着古された灰色のスウェット。

そうだ。リストはあの部屋に上がるとき、『ただいまー』と口にしていた。ただの習慣だと思って気に留めていなかったけれど、ひとり暮らしでそんなことを帰宅のたびに言うのはちょっと違和感がある。彼女がミウという人とルームシェアをしていたことは、わたしはモリオから聞いて知っていた。あの時点で気がつくべきだったのだ。リストの『ただいまー』という挨拶《あいさつ》は、同居人がいることで身についた習慣だった。

そして、わたしに貸してくれたセーターとジーンズ。……リストは、わたしよりもかなり背が高い。なのに、あの服は幼児体形のわたしにぴったり合っていた。

ぬいぐるみも服も。すべて、リストの持ち物ではなかった。彼女の友人の、ミウという人の物。

……それにしても、説明不足だ！

「ちょっと待って、それじゃあ、あの壁の写真とか、タトゥーの機械とかは？」

「ああ、あれ。ぜんぶ、ミウに預かってもらっていただけよ。あんなの鞄《かばん》につめて海外旅行にはいけないじゃない。……それに、さすがに自分の作品を自分の部屋の壁に飾ったりはしないわ。気恥ずかしいもの」

ていたのだ。

あ、そっか。そのミウという人は、友達であるリストの作品を、自分の部屋の壁に飾っていたのだ。

でも、それじゃあ……あの死体は？

「あのね……わたし、あれから、リストの部屋で……違う。その、ミウって人の部屋で、死体を見つけたんだけど」

「あれ、ミチが見つけたんだ」ちょっとだけ、リストは同情するような視線を向けた。

「あの死体は、もちろん、ミウよ」

——あたしが殺したの。

そんなふうに、リストは告げた。

「……やっぱリスト、悪いことしてるじゃん」

冗談を吐くように。かるい口調で言ったつもりだった。わたしの口からでてきたのは、かすかに震えて強張《こわば》った、硬質な音だった。

「そう言われれば、そうね」彼女はかるく笑う。「ミチと別れたあとね。部屋に帰ったら、ミウがいて。死にたい、殺して欲しい、って言うから、そうしてあげたの。ミウ、《地獄へ堕ちよう》には登録していたはずなんだけどね。やっぱり殺されるなら、あたしにそうして欲しいって」

日常のなんでもないことを語るように淡々と口にするリストに、わたしは何も言えなくなった。

理解した。わたしは、リストを殺害したのは、彼女と親しかった人物だと思っていた。鍵《かぎ》の存在。一種の密室。合鍵を持っているか、合鍵の隠し場所を知っているような人物でなければ、部屋には入れなかった。

事実は逆だ。リストこそが、被害者の『親しい友人』だったのだ。彼女は、ミウという女性の部屋の、合鍵の隠し場所を知っていた。

彼女はジャケットの内ポケットからタバコを取りだすと、一本をくわえる。火を点《つ》けると、煙を吐きだす。彼女の唇から漏れた煙を、冷たい空気と一緒にわたしは吸い込んだ。ちりちりと、肺がひりついたように痛む。でも、不快ではなかった。

「結局、あたしも脚切りと同じことしているんだもの。嫌になっちゃうわよね」

リストは肩を竦《すく》めた。わたしは重ねて尋ねる。

「あのタトゥーは……？」

「あたしとまったく同じで、驚いたでしょう？」

彼女はタバコを唇にくわえたまま言うと、片方の手袋を外した。

裂けた肉。そして、その表面を取り巻く荊《いばら》と蝶《ちょう》があらわになる。

「あれね、あたしが彫ってあげたの。……ミウ、どっかで変な病気もらってきちゃってね。まあ、仕事のせいだと思うんだけど。肌に変な斑点《はんてん》ができはじめちゃって、隠したがっていたから。……雪みたいに色が白くて、綺麗《きれい》な肌をしていたのよ、ミウ。その肌の美しさを壊さずに、できものを隠すっていったら、刺青《いれずみ》しかないと思って。刺青って、きめの細かい、白い肌の上でこそ映えるから。……あたしが提案したの。彼女、うなずいた」

「……」

そう。身体改造クラブ《ヴィヴィセクト》で、アキ姉も似たようなことを言っていた。ミウは、性病によってできた斑点を、がんばって隠そうとしていたって。それに、あのクラブの人々がミウと面識があるということは、ミウもまた、なんらかの身体改造者だったはずなのだ。ボディピアスに、ボディ・サスペンション。そしてタトゥー。

「何か入れたいモチーフはあるかって訊《き》いたら、あたしとお揃いのがいいって言うから。……あたしにしても、新しいデザインを考えるよりは、自分の体で一度練習したものを彫る方が、楽だし確実だったしね。他人の体をいじくるんですもの、簡単な気持ちじゃできないわ」

「まったく同じじゃなかったよ」わたしは無理をして笑顔を作った。「背中の太陽が、ちょっと違ってた」

「え！　嘘！」驚いた拍子に、リストの口からタバコが落ちた。赤く火が点《とも》ったまま、風に流されてどこかへ転がっていく。「気がつかなかったわ。……あれは、あたしが彫ったんじゃないのよね。十代のころに入れた、ファーストタトゥーだから」

自分の背中にタトゥーは彫れない。それに、自分の目で直接見ることもできない。

だから、ちょっとだけ、リストはミウの体に彫るタトゥーの柄を、間違えた。幾何学模様の集合でできた暗色の太陽。それを、黒で塗りつぶしてしまった。

　彼女は続ける。

「最初は、皮膚にできた斑点を隠すように刺青を入れていったんだけどね。そのうち、赤い斑点が増えすぎて、隠せなくなってきちゃって。……結局、限界がきた」

　それで、ミウは死を望んだ。彼女にとって、綺麗な肌は、命よりも大切なものだったのだろう。わたしにはわからないけれど。

　そして、その死を……リストに与えてもらうことを望んだ。

「死体の皮膚を剝《は》がしたのはなんで？　それも、ミウが望んだの？」

「そうね。彼女は、肌を綺麗なままで残したいって言っていた。死斑がでたりする死に方は嫌だって。……でも、あれに関しては、本当に悪いことをしたわ」

　そこで、リストは悲しそうに顔を歪《ゆが》めた。

　わたしが初めて見る表情だった。

「あたし自身の打算もあったから」

「……どういうこと？」

「刺青ってね。大昔は、身分証の役割もあったのよ」

　リストは、こちらには顔を向けずに言う。

「身分証？」

「そう。個体の識別。刺青の起源って古くて、もともとは、自然に生えている荊で怪我をしたときに、傷口に植物の色素が沈着したことが始まりだって言われているの。……アイスマンって聞いたことあるでしょ？　だいたい紀元前三千年ぐらいのころの古代人のミイラなんだけど、そのミイラにも刺青が入っていたし、他にも、紀元前二千年ごろから続くアルタイっていう民族なんだけど、この民族の古い王女様のミイラにも、刺青が確認されているの。人類がまだ戸籍とか、運転免許証とかを思いつくよりも前の話よね。……人間の数が増え始めて、文化ができあがってくると、どうしても、個人が所属する社会や人種っていうしがらみが生まれてくるでしょ？　そんなときに、刺青は身分証として役に立ったの。体に刻んだ模様で、自分はどこの民族の、どういった立場の人間です、っていう証明になったのね。……近代でも、たとえば海外のポルノ女優なんかは、出演料の不払いを避けるためにカメラに映りやすい特徴のある刺青を入れるし、いまの日本でも、背中一面に紋々を入れていればヤクザ、みたいな文化はあるじゃない？」

さすがに自分の体を実験台にしているだけあって、彼女はこういった文化には詳しい。

リストが何を言いたいのか、わたしは彼女の言葉を待つことで、理解しようと思った。

「……ミウと一緒にお酒を飲んで、彼女が酔っ払って眠っているあいだに、首を絞めて殺したんだけどね。その死体を前にして、あたし、自分が警察に追われていることを思いだしちゃったのよ。……ほんと、カッコ悪いわよね。自分がしたことに、怖くなっちゃったの。……正直に言うわ。保身を考えた」

「うん」わたしは彼女に同意した。「わかるよ」

人間って、そこまでクールにはなれない。

「それで、ミウが、皮膚は綺麗なまま残しておいて欲しいって言っていたことを思いだしたの。彼女の刺青が、あたしの刺青と同じ模様だっていうことも」

「……それで」

「ミウの皮膚を剝がして、壁に打ちつけた。おまけに、その写真を撮って、《地獄へ堕ちよう》に送ったの。知り合いに身分証借りて、適当なアカウントでっちあげてね。……あたし、全身に刺青を入れていることで有名みたいだからさ、警察のあいだでも。一種の身分証よ。……ミウはどっちかっていうと、皮膚に斑点ができはじめた時点で、親しくない人には肌を見せないようにしていたから。それに血液型も同じだったし、あたしは普段手袋を嵌《は》めていて、部屋にあまり指紋も残していないからね。皮膚を剝がしたりするのは、自分の体で慣れていたし。道具もあった」

「それでリストは……自分が死んだものだと思わせようとしたんだね」

「うん。……でもダメね。なんだかんだ言って、警察ってバカじゃないのよ。もともと部屋はミウの名義で借りていたし、DNAとかで鑑定したのかわからないけど、バレちゃってさ。携帯持ってると、GPS機能でわかるのか知らないけど、刑事がくっついてくるし。ずっと電源切ったまま。……もうね、逃げまくってたわよ、ここしばらく。カプセルホテルだの、ネットカフェだの、転々として。……ミチには、悪いことしちゃったわね」

「うん。わたしは、騙《だま》された」泣きそうになった。「リスト、死んじゃったんだと思ってた。……自分で自分の皮膚を剝がして」

「はあ？　自分で自分の皮膚をって……」

彼女は呆《あき》れた声を上げた。

「そんなことしたら、痛いじゃない」

……ですよね。


つまり、どういうことだ？　思考を整理する。わたしは彼女の策略に騙された。脚切りたちもまた、騙されて犯人捜しをしている。でも、それはリストによってではない。

まず、わたしが皮膚の剝がされた人間の死体を見つけたのは、リストの部屋じゃなかった。あれはミウという人物の部屋だったし、死んでいたのもミウという人だった。彼女を殺害したのは、リスト。彼女は、ミウの部屋の合鍵の隠し場所を知っているくらいには、ミウと親しかった。そして、殺害したあとに皮膚を剝がして壁に打ちつけた。自分が死んだものだと、見せかけるために。

わたしは壁に打ちつけられた皮膚、そこに刻まれたタトゥーを発見して、てっきりリストが殺されたんだと勘違いした。これはリストの企《たくら》み通り。でも警察は騙されない。プロだから。そういえば、わたしはあのとき、死んでいる人物の身元を確認された。聞いたことのない、知らない誰かの名前。あれは、部屋を契約しているミウの氏名だった。わたしは、リストの本名も、ミウの本名も知らなかった。リストは手首を隠していることから生まれたあだ名で、ミウは源氏名。だから、死者が誰であるのか間違えた。

そしてわたしは、情報収集のために《ヴィヴィセクト》を訪れる。そこで、脚切りたちにリストの死を告げた。向こうからしてみれば、寝耳に水だ。よくよく考えてみれば、《地獄へ堕ちよう》の管理者のひとりである脚切りが、画像の保管庫にアップされたミウの死体を見ていないはずがない。壁に打ちつけられた歪んだ皮膚のキャンバス。そこに描かれた風景。

彼らは言った。ミウは自殺だと。つい最近、死んだばかりだと。あれは、《地獄へ堕ちよう》にアップされた写真を見て、そう言っていたのだ。

――つい一週間前に、《地獄へ堕ちよう》のサービスを使って、自殺したばかりだと。

つまり、わたしがリストだと思っていた死体を、彼らは真実通り、ミウのものであると理解していた。身体改造クラブ《ヴィヴィセクト》の住人である彼らは、ミウが身体にタトゥーを施していることを知っていたから。でも、わたしにリストの死を告げられ、彼らは彼らで勘違いをした。《地獄へ堕ちよう》にアップされている画像とはまったく関係なく、リストが死んだと思ったのだ。そして彼女に連絡を取ろうと試みたが、失敗。どうやら本当にリストは死んだらしい、と思う。そのころリストは、携帯電話も投げだして、警察から逃げまわっていた。

やっぱり、わたしはあんまり頭が良くない。

結局、わたしの勘違いが原因じゃん！

「リストは……ミウっていう人のことを、好きだったの？」

わたしは訊《き》いた。

「ええ。好きだったわ」彼女は二本目のタバコに手を伸ばしたが、指先でそれをもてあそぶだけで、火は点《つ》けなかった。根本の大きく裂けた、異常に長い指。「愛していた」

「……愛していたのに、なんで、殺したの？」

「愛していたのに、って」

意味がよくわからない、というふうに、リストはぽかんとした表情を浮かべる。

そして言った。

「愛していたから、よ」

……そうか。わたしは理解する。

脚切りの無機的な声が蘇《よみがえ》る。性科学者だか誰かの言葉。——いかなる行為も、それが愛の表現であり、一方が他方に強要したものでない限り、それは道徳的な行為である。

彼女の手。大きく裂けた傷。フランツ・リストのようにピアノがうまくなれるように、母親が切り裂いた。その暴力、虐待の痕跡《こんせき》。

彼女は言った。

——この傷は、あたしが強く愛されていた証拠なのよ。親が子の頭を撫《な》でるように、愛を囁《ささや》くように、あたしの手を切って、焼いた。

リストがなんでミウを殺害したのかわかった。それに、わたしの胸にピアスを刺したのかも。

子供のころのリストは、自分の手を切り裂いた母親から、『自分は愛されている』と。そう、思い込もうとしたのだ。

愛されているからこそ、傷つけられたのだと。

その時点で、彼女の内部では、『愛する』という行為と、『傷つける』という行為がイコールで結ばれた。リストの中では、このふたつの行為に差異は存在しない。

愛しているから、傷つける。

愛しているからこそ、殺すのだ。

「ミチさ」と、思いだしたようにリストはわたしに顔を向けた。「お腹の傷は、まだ痛い？」

「え？」一瞬、彼女がなんの話をしているのか、わからなかった。すぐに、自分のお腹に目を向ける。「あ、これ？」

母親に傷つけられた痕跡。わたしの中には悪いものがいるから、と。包丁で切り裂かれた腹部からでてきたのは、悪霊でもなんでもなく、どろりとした血液だけだった。

ここしばらく、ファンデーションで隠すことも忘れていた。

「ぜんぜん、痛くない」ていうか。「正直、忘れてた」

だって、それどころじゃなかったんだもん。

「ほんと？　よかった」心底嬉《うれ》しそうに、リストは微笑んだ。「痛みを消す、もっとも確実で、簡単な方法ってなんだかわかる？」

わたしは首を傾げた。痛みを消す方法？　あまり多くは思いつかない。

「……バファリンを飲む？」

「違うわ」

リストは首を横にふると、結局火を点けることのなかったタバコを、指先でぴんと弾《はじ》き飛ばして捨てた。

彼女は言う。

「もっと大きな痛みで、塗りつぶしちゃえばいいのよ」

十二

「これから、リストはどうするの？」

　ブランコから立ち上がると、わたしは訊いた。リストと一緒に、駅に向かって並んで歩く。

「そうね。しばらくは、必死に逃げまわってみるわ。どんなにみっともなくてもね。……だって、警察に捕まったら嫌じゃない。あたしけっこう悪いことしてるから、きっと死刑よ、死刑」

　さっきは、悪いことするような人間に見える？　なんて訊いてきたくせに。

「また日本から離れるかも、ってアキラちゃんから聞いたけど」

「ええ」リストはうなずいた。と、言葉を継ぐ。声と共に吐きだされる息が、冷たさに白く染まる。「あたしはね、まだもう少しだけ、ここにいようと思うの」

「？」

　首を傾げた。日本から離れるのか、それともここにいるのか？

「脚切りは、『この世界は地獄だ』みたいなことをよく言うんだけどね。……あたしは、けっこう気に入ってるし、好きなのよ。この、汚物入れみたいな世界」彼女はどこか恥ずかしそうに、笑った。「うん、好き。だからね、もっと思いっきり、傷つけてやるの。ぐちゃぐちゃに。血を流させてやる。……このゴミ溜《た》めみたいな世界も、そこに生きるクズみたいな人間たちのことも」

そう言うリストの顔は、この世のものとは思えないくらい、美しかった。

彼女は輝く。

この巨大な汚物入れの中で。

「実はね……わたしも、警察に追われることになるかも」

わたしは言った。ムラサキくんやモリオ、そしてルーシーにやったことを忘れてはいない。あれは、わたしの罪だ。

「あら、ほんと？　じゃあ、ちょうどよかったじゃない。一緒に逃げましょうよ」

一緒に買い物でも行きましょ、とでもいうふうに彼女は誘った。

「うん」わたしは曖昧《あいまい》にうなずく。「考えておく」

「じゃあ、ほら」

リストはそう言うと、手袋に覆われた手を差し出してくる。

その手を、わたしはぽかんと見つめた。彼女が言う。

「逃げるわよ」

リストがわたしの背後を指し示すように、あごをふる。ふりかえると、いつからそこにいたのだろう。スーツ姿の男たちが、こちらに鋭い視線を向けていた。警察？　それとも脚切りの仲間？

反射的に、わたしはリストの手を摑《つか》む。すると、そのまま強い力でひっぱられた。

「待て！」

後方で、スーツ姿の男たちが声を上げる。走って追いかけてくるのが、ふりかえらずともわかった。

走りだす。

驚く通行人をかき分け、空き缶を踏み潰《つぶ》しながら、薄汚い路地裏を走り抜ける。ふたりで。

前を行くリストが笑いだした。こんな状況で、いったい何が楽しいのだろう？　呆《あき》れたけれど、気がつくとわたし自身も笑いはじめている。狂ったように笑いながら全力疾走するわたしたちに、野良《のら》ネコが驚き慌てふためいて道を空ける。

呼吸が乱れ、肺が痛みだす。涙が滲《にじ》む。

それでもわたしたちは、止まらなかった。

これから、わたしはどうなるんだろう？

警察に捕まって、犯した罪を償う?

脚切りのスカウトに誘われて、苦しむ人々にささやかな救済を与える?

それとも、このままずっと、リストと一緒に逃げまわる?


どれだっていい。先のことはわからない。実際に、そのときが訪れるまでは。

ピアスをいくつ開けたところで、運命は変わらない。

どんな道を選んだとしても、その道を歩くわたしは痛みを感じるだろう。行く先に待っているのは、破滅かもしれない。

それでも。わたしは走り続ける。


とにかくいまは、胸の痛みすら心地いい。

解説

西上心太

《ゴミよ、言葉なんて》

「ピアスを開けると運命が変わる」という話を聞いて、両耳にあわせて十二個のホールを開けたミチという二十二歳の女性が本書の主人公だ。心療内科をハシゴして大量に仕入れた抗不安剤、鎮痛剤などを、仕事の合間にポリポリと菓子を齧《かじ》るように摂取する薬物乱用者である。その仕事はSMバー《ロマンチック・アゴニー》のホステスだ。原色の子供っぽいファンシーなドレスに身を包み、頭には同じ原色のウィッグをつけ、幼いメークでおバカキャラを演じ、ときおり行われるショータイムではM嬢として女王様に縛られ鞭打《むちう》たれる。しかしそういう趣味ではないので性的に興奮することはない。それだけではない。何に対しても無感動、無関心なのだ。

しかしホールを開けても運命は変わらなかった。明け方に仕事場から部屋に戻れば、今度はアルコールで錠剤を流し込みベッドに倒れ込む。寝ゲロにまみれて起きることもたびたびという荒《すさ》んだ毎日を送っている。

菅原和也《すがはらかずや》の第三十二回横溝正史《よこみぞせいし》ミステリ大賞受賞作『さあ、地獄へ堕《お》ちよう』（河合莞《かわいかん》爾《じ》『デッドマン』と同時受賞）はこんなヒロインが、二人の男女と出会ったことがきっかけで、さらに深い闇に覆われた世界に誘われていく物語だ。

そのうちの一人が、かかりつけの病院で出会った幼なじみのタミーである。彼が突然高校に来なくなって以来六年ぶりの再会だった。行き場所がないというタミーを部屋に連れてきたミチは、タミーの左目が義眼であることに気づく。登校せずそのまま引きこもりになった原因として囁《ささや》かれていた、自らの手で眼球をえぐり出したという噂は真実だったのだ。タミーのデジタルカメラには、彼の同棲《どうせい》相手だった女性の損壊死体写真が保存されていた。それを見つけたミチはショックを受ける。さらにタミーが残虐な死体写真が集められた《地獄へ堕ちよう》という裏サイトのユーザーであり、そのサイトの活動に加わっているらしいことを知る。

もう一人が《ロマンチック・アゴニー》で働くリストという女性だ。客とのトラブルから店を飛び出したミチとリストは、リストが寝泊まりする部屋に逃げ込む。そこで見たリストの裸身にミチは目を奪われてしまう。背中一面を覆う死をイメージした禍々《まがまが》しい刺青《いれずみ》、鎖骨をはじめ全身のいたるところに付けられたボディピアス、皮膚の下に埋め込まれた金属製のナット。さらにリストの前額部にはトレパネーションと呼ばれる頭蓋骨穿孔《ずがいこつせんこう》手術が施されており、額には金属製のブレインピアスが埋め込まれていた。

しばらくして《地獄へ堕ちよう》を覗《のぞ》いたミチは驚愕《きょうがく》する。慌ててリストの部屋に駆けつけたミチは、全身の皮を剝《は》がされた肉塊を目の当たりにしてしまうのだった。そして姿をくらませたタミーの画像も、続けてサイトにアップされた。

　薬とアルコールの過剰摂取が日常習慣となったミチ、自らの眼球をくり抜いたタミー、過激な身体改造を続けるリスト。程度の差こそあれ、自傷に等しい行為を続けるのもそれぞれに「底知れない自己嫌悪と自己破壊願望」があるからだ。ミチは精神を病んだ母親から、幼いころに身体を傷つけられた経験がある。傷跡は徐々に薄くなってきたが、その出来事はミチの心の中ではまだ消化されていない。それが何も考えなくていい仕事を続けながら、薬とアルコールを摂取し続ける彼女の行動の原因となっている。

　タミーも先天的なある性癖があるし、リストは元ピアニストの母親から〝身体改造〟を強いられた過去がある。ミチは自分以上に「底知れない自己嫌悪と自己破壊願望」に取り付かれている二人、さらには身体に痛みをともなう装飾と改造を施すフリークスたちの一団と出会い、裏サイトの真の目的を探るという目標を得る。その行動の過程で、彼女は自分と他人とを相対的に見ることができるようになり、自己を見つめ直すきっかけになっていく。とはいえ物語は内省的なタッチになることはない。後半はドライブがかかると同時に、啞然《あぜん》とする展開がくり広げられていく。こんなことをやってもいいのか！　と大いに驚かされることは必定である。もちろん、その驚きの中にはミステリとしての仕掛けも含まれているので油断がならない。

　菅原和也は一九八八年（昭和六十三年）茨城県生まれ。高校中退後、地元の和食屋でアルバイトをした後に上京。バーテンダーなどを経験し、歴代最年少である二十四歳で第三十二回横溝正史ミステリ大賞を受賞した当時は、キャバクラのボーイとして勤務していた。自身もアルコール依存症の手前まで行った経験もあり、ピアッシングや身体改造についても興味があったという。

またノワール作家の馳星周《はせせいしゅう》のファンだという点にも注目したい。若い女性の一人称視点を用いているにもかかわらず、文章は甘さがなく実にソリッドだ。短いセンテンスをたたみかけていくような文体に、その影響が表れているように思える。いまの自分を抹殺したいという思いが、多くの登場人物の思考と行動から流れ出し物語全編を覆っている。中学から十九歳ぐらいまでずっと「自分自身、死にたいと考えていた時期」があったと作者自身が語っているので、作者自身にとっても身近なテーマであったことは間違いない。

自己否定が極まれば、その先には自らの死しか残されてはいない。だが「底知れない自己嫌悪と自己破壊願望」はいまの自分の否定であると同時に、肉体の破壊による擬似的な死をくぐり抜けた先にある、生まれ変わって新しい自分になることへの願望に繋《つな》がっているのではないか。

デビュー作には作者のすべてがあるというが、これほど作者の興味と思いが詰まった作品も稀《まれ》であろう。あまりにグロテスクで異形の人々ばかりの物語に腰が引けるかもしれないが、ノワールと同様に大ファンだという横溝正史もかくやという大トリックも用意されている。アンダーグラウンドな世界を描きながらも、自己再生という普遍的なテーマが横たわる、堂々としたミステリであることを忘れてはならないだろう。

　冒頭に引いた言葉は、リストがミチに向かっていう台詞《せりふ》だ。リストはその言葉と前後してこんなことを言う。


「言葉なんてね、すべて嘘なのよ。思いの時点では本物でも、言語として口から放たれた瞬間に、それは嘘になるの」

「この世界で唯一、人と人との接触を証明することができるのは、傷跡と痛みだけ」

「人と人との繋がりを築くものは、苦痛だけ。だって傷跡は、目に見えるもの。指先で触れることができる。そのときの痛みを連想することができる」


　本書では、ボンデージ＆ディシプリン（ＢＤ、拘束と懲罰）、ＳＭ（スレイブ＆マスター、奴隷と主人、あるいはサブミッション＆マニピュレーション、服従と操作）など、アダルトサイトで見かけるような専門用語が頻出する。しかしそのような世界で生きる登場人物の口からこのような台詞がさらりと出てくるのだ。作者自身も扇情的で薄っぺらな興味ではなく、覚悟を決めてこの世界を題材に用いたことがわかるだろう。

　本作の単行本が出版された際の帯に「異形な性と謎が奇跡の窯変を遂げた問題作」というコピーを提供したが、今回再読してあらためてその思いを強くした。本書の一年後にあたる二〇一三年には、受賞第一作として『CUT』が上梓《じょうし》されている。キャバクラ嬢とボーイが連続首切り殺人事件に挑んでいく、〃後味最悪〃で黒いユーモアも漂う、堂々の本格ミステリだった。そして二〇一四年八月には三作目として、透明標本に淫《いん》した男の所有する孤島で発生した不可解な事件をきっかけにカタストロフィが引き起こされるという、菅原和也版『そして誰もいなくなった』ともいうべき傑作『柩《ひつぎ》の中の狂騒』が刊行される予定である。

菅原和也の全三作品を読めば、味わいが微妙に違う物語を書ける才能を持っていることがご理解いただけると思う。まだ二十六歳の作者は伸び盛りである。デビュー作である本書を皮切りに、この若き異能に注目されたい。

本書は二〇一二年単行本として刊行された作品（第三十二回横溝正史ミステリ大賞大賞受賞作）を加筆修正の上、文庫化したものです。

本作はフィクションであり、登場する人物、団体名などすべて架空のものであり、現実のものとは一切関係ありません。

さあ、地獄《じごく》へ堕《お》ちよう

菅《すが》原《はら》和《かず》也《や》

平成26年 8月25日 初版発行

発行者●堀内大示

発行所●株式会社KADOKAWA
〒102-8177 東京都千代田区富士見2-13-3
電話 03-3238-8521（営業）
http://www.kadokawa.co.jp/

編集●角川書店
〒102-8078 東京都千代田区富士見1-8-19
電話 03-3238-8555（編集部）

角川文庫 18712

印刷所●株式会社暁印刷 製本所●株式会社ビルディング・ブックセンター

表紙画●和田三造

ISBN978-4-04-101936-8 C0193

角川文庫発刊に際して

角川源義

第二次世界大戦の敗北は、軍事力の敗北であった以上に、私たちの若い文化力の敗退であった。私たちの文化が戦争に対して如何に無力であり、単なるあだ花に過ぎなかったかを、私たちは身を以て体験し痛感した。西洋近代文化の摂取にとって、明治以後八十年の歳月は決して短かすぎたとは言えない。にもかかわらず、近代文化の伝統を確立し、自由な批判と柔軟な良識に富む文化層として自らを形成することに私たちは失敗して来た。そしてこれは、各層への文化の普及滲透を任務とする出版人の責任でもあった。

一九四五年以来、私たちは再び振出しに戻り、第一歩から踏み出すことを余儀なくされた。これは大きな不幸ではあるが、反面、これまでの混沌・未熟・歪曲の中にあった我が国の文化に秩序と確たる基礎を齎らすためには絶好の機会でもある。角川書店は、このような祖国の文化的危機にあたり、微力をも顧みず再建の礎石たるべき抱負と決意とをもって出発したが、ここに創立以来の念願を果すべく角川文庫を発刊する。これまで刊行されたあらゆる全集叢書文庫類の長所と短所とを検討し、古今東西の不朽の典籍を、良心的編集のもとに、廉価に、そして書架にふさわしい美本として、多くのひとびとに提供しようとする。しかし私たちは徒らに百科全書的な知識のジレッタントを作ることを目的とせず、あくまで祖国の文化に秩序と再建への道を示し、この文庫を角川書店の栄ある事業として、今後永久に継続発展せしめ、学芸と教養との殿堂として大成せんことを期したい。多くの読書子の愛情ある忠言と支持とによって、この希望と抱負とを完遂せしめられんことを願う。

一九四九年五月三日

角川文庫ベストセラー

いつか、虹の向こうへ　伊岡 瞬

尾木遼平、46歳、元刑事。職も家族も失った彼に残されたのは、3人の居候との奇妙な同居生活だけだ。家出中の少女と出会ったことがきっかけで、殺人事件に巻き込まれ……第25回横溝正史ミステリ大賞受賞作。

145gの孤独　伊岡 瞬

プロ野球投手の倉沢は、試合中の死球事故が原因で現役を引退した。その後彼が始めた仕事「付き添い屋」には、奇妙な依頼客が次々と訪れて……情感豊かな筆致で綴り上げた、ハートウォーミング・ミステリ。

瑠璃の雫　伊岡 瞬

深い喪失感を抱える少女・美緒。謎めいた過去を持つ老人・丈太郎。世代を超えた二人は互いに何かを見いだそうとした……家族とは何か。赦しとは何か。感涙必至のミステリ巨編。

教室に雨は降らない　伊岡 瞬

森島巧は小学校で臨時教師として働き始めた23歳だ。音大を卒業するも、流されるように教員の道に進んでしまう。腰掛け気分で働いていたが、学校で起こる様々な問題に巻き込まれ……傑作青春ミステリ。

水の時計　初野 晴

脳死と判定されながら、月明かりの夜に限り話すことのできる少女・葉月。彼女が最期に望んだのは自らの臓器を、移植を必要とする人々に分け与えることだった。第22回横溝正史ミステリ大賞受賞作。

角川文庫ベストセラー